HORST BIERNATH / EIN MUND VOLL GLÜCK

HORST BIERNATH

EIN MUND VOLL GLÜCK

HEITERER ROMAN

VERLEGT BEI
KAISER

Berechtigte Ausgabe für den Neuen Kaiser Verlag — Buch und Welt,
Hans Kaiser, Klagenfurt,

Schutzumschlag: Volkmar Reiter, Zeichnung: Peter Bugge.
Reproduktion: Schlick KG., Graz
Fotosatz: Times 10 Punkt, Druck: Wulfenia, Feldkirchen, Kärnten
Bindearbeit: Kaiser, Klagenfurt

1

Ein kurzer Gewitterregen war über die Stadt hinweggebraust. Das dunkle Gewölk, von zuckenden Blitzen aufgerissen, bedeckte noch die östliche Himmelskuppel, während im Westen die Sonne bereits wieder aus heiterem Blau herniederstrahlte. Der Doktor stand in seinem makellos weißen Mantel am Fenster des Ordinationszimmers. Er drückte die Stirn gegen das kühle Glas und stützte sich mit beiden Händen auf die steinerne Fensterbank, unter der sich der kalte Radiator der Zentralheizung befand. Ob kalt oder warm, sechzig blanke Katharinchen waren dafür an jedem Ersten fällig. Der Doktor stieß einen leichten Seufzer aus und senkte den Blick. Am Ringfinger seiner linken Hand blitzte ein funkelnagelneuer Verlobungsring, den er seit vier Wochen trug, aber auch dieser Anblick schien sein verdüstertes Gemüt nicht aufzuhellen.

Die Linden auf der Promenade, erfrischt und verjüngt, als hätten sie ihre herzförmigen Blätter erst in der letzten Nacht entfaltet, spiegelten ihre tropfenden Laubschirme in der blank gewaschenen Schwärze des Asphalts so deutlich wider, als würfen sie ihr Bild in die dunklen Fluten eines träg dahinströmenden Kanals. Wenn der Doktor über ihre Kronen hinwegschaute, sah er von seiner Höhe im fünften Stockwerk weit über die gegenüberliegenden Dächer hinweg, bis sich der Blick in den grauen Rauchschleiern von Fabrik- und Brauereischloten verlor. Es war ein heller, geradezu ideal gelegener Arbeitsraum. Von den Geräuschen der Straße drang bis zu seiner Höhe kaum ein Laut herauf. Natürlich war ein Lift vorhanden. Aber auch der kostete, ob er nun benutzt wurde oder nicht, dreißig Mark pro Monat. Nicht viel, aber man mußte sie erst einmal haben.

Der große Wandkalender, Reklamegeschenk einer pharmazeutischen Fabrik, zeigte den 25. Juni. Die Verlobung hatte am letzten Sonntag im Mai stattgefunden. Tante Hedis Augen waren feucht geworden, als Onkel Paul, von der reichlich mit Kognak angesetzten Erdbeerbowle beschwingt, die Liebe, den Mai und das junge Paar hochleben ließ. Als ob der Mai in diesem Fall seine Kupplerrolle gut gespielt hätte. Vom Hochzeitstermin hatte man bisher noch nicht gesprochen — vielleicht, weil die Verlobung für alle Beteiligten und vor allem für die Verlobten selbst überraschend schnell gekommen war.

Die elektrische Uhr über dem großen Waschbecken ging auf sechs. Der Doktor warf einen letzten Blick über die Dächer und drehte sich mit einem zweiten Seufzer vom Fenster weg. Warten — warten und nochmals warten. Die unangenehmste Beschäftigung für einen Mann von dreißig Jahren, der vor Tatendurst fieberte und zudem seinen Namen unter einige Papierchen geschrieben hatte, um seinem Tatendrang als selbständiger Mann in einer modern eingerichteten Praxis frönen zu können. Hannelore war fraglos ein nettes Mädchen. Ein sehr nettes Mädchen sogar. Aber die Idee, sich von Gegenwarts- und Zukunftssorgen durch eine gute Partie zu befreien, stammte wahrhaftig nicht aus seinem Kopf. Das war allein Onkel Pauls Werk, der so lange gebohrt hatte, bis der Doktor, endlich weichgekocht, mit Onkel Paul — »ganz unverbindlich, Werner, wirklich ganz unverbindlich!« — nach Harpfing gefahren war, um sich die Dame einmal anzuschauen.

»Und das nennt sich Praxis!« knurrte der Doktor und begann den weißen Mantel aufzuknöpfen. In diesem Augenblick jedoch ertönte die Flurglocke. Das Signal kam zweimal. Aber das hatte nicht allzuviel zu bedeuten. Viele Leute hatten die üble Angewohnheit, zweimal zu läuten, obwohl unten am Türschild deutlich zu lesen stand: *Kanzlei Dr. Alois Seehuber 1 x — Dr. med. dent. Werner Golling 2 x läuten!* Trotzdem unterbrachen seine Hände ihre Beschäftigung, und sein Gesicht bekam einen lauschenden Ausdruck.

Die zweieinhalb Räume, in denen er seit sechs Wochen praktizierte, gehörten ursprünglich zur Kanzlei des Rechtsanwalts Dr. Seehuber, eines jungen Mannes, der im Vertrauen auf die vielfachen Rechtshändel der Welt allzu groß angefangen hatte und eines Tages recht froh gewesen war, zwei Zimmer und eine Kammer abtreten zu können, die der Doktor als Wartezimmer, Ordination und Labor eingerichtet hatte. Die jüngste Schreibkraft des Anwalts — er beschäftigte, was der Doktor für reine Geldverschwendung und Angabe hielt, zwei Stenotypistinnen und einen weiblichen Bürolehrling — hatte sich bereit erklärt, den Patienten des Doktors zu öffnen und sie anzumelden. Bislang hatte sie damit nicht viel Arbeit gehabt, aber allein für die Bereitschaft mußte der Doktor dem Mädchen hin und wieder ein paar Mark in die Hand drücken.

Er hörte, wie die Tür ging und dann — seine Finger schlossen den am Hals bereits geöffneten Mantel in fieberhafter Eile — eine Frauenstimme, ob Herr Dr. Golling noch Sprechstunde habe. Schritte über den Flur, das Öffnen der Wartezimmertür, und die Piepsstimme des Bürolehrlings: »Herr Doktor, eine Dame!« Der Doktor drückte den Brustkasten heraus. Jetzt ruhig durchatmen! Und ein wenig mit Papieren rascheln, und quer über das graugrüne Linoleum zum Waschbecken, und tüchtig plätschern, und laut und vernehmlich: »So, gnädige Frau, das haben Sie überstanden. Ja, bitte, hier hinaus, und das nächstemal am Mittwoch um drei!« Und die Tür zu und noch ein bißchen getan, als ob man weiß Gott wie beschäftigt sei. Ein glatter Schwindel, aber wie sonst sollte man sich Achtung und Vertrauen schaffen? Er öffnete die Tür zum Wartezimmer: »Ah, der letzte Patient . . .«, es klang erleichtert. »Bitte, treten Sie ein.«

Die Patientin stand neben dem Tisch mit den Illustrierten. Der Doktor achtete darauf, daß bei ihm immer die neuesten Nummern lagen. Bislang hatte er die Kreuzworträtsel allerdings allein gelöst. Sein Blick glitt flüchtig über die Erscheinung der Patientin, flache Wildledersandaletten, schlanke Fesseln, leicht gebräunte, unbestrumpfte Beine, einen hellgrauen Regenmantel und in der Umrahmung dunkelblonder Haare ein Gesicht, dessen linke Seite eine leichte Schwellung erkennen ließ. Die junge Dame sah den Doktor mit einem recht ängstlichen Ausdruck an.

»Legen Sie bitte ab«, sagte er mit einer einladenden Handbewegung und einem ermunternden Lächeln, »die Garderobe befindet sich links neben der Tür.«

Die junge Dame kam zögernd näher und blieb vor der Tür des Ordinationsraumes stehen. »Einen Augenblick noch, Herr Doktor«, bat sie mit kleiner Stimme, während sich ihre Wangen flüchtig röteten, »ich habe seit zwei Tagen unerträgliche Schmerzen, und ich habe in der letzten Nacht kaum geschlafen, trotz Tabletten . . .«

»Sie hätten nicht so lange warten sollen. Wir arbeiten doch nicht mit Brecheisen und Beißzange . . .«

»Ich habe keine Furcht . . .«

»So?« fragte er mit einem belustigten Zwinkern.

»Ich habe im Augenblick kein Geld!« sagte sie laut und fest. »Und ich bin bei keiner Kasse. Ich werde das Honorar für die Behandlung erst im nächsten Monat begleichen können . . .«

Der Doktor schloß für einen Moment die Augen und beugte sich leicht vornüber. Sein Gesicht sah grimmig aus, als verbisse er mit aller Kraft den Ausbruch eines Riesengelächters. »Legen Sie ab und treten Sie ein!« sagte er und ging der jungen Dame entgegen, um ihr aus dem Mantel zu helfen. Er ließ seiner Patientin den Vortritt in den Behandlungsraum und ging selbst zu dem kleinen Tisch, auf dem seine Kartothek stand. Dann rückte er der jungen Dame einen Stuhl zurecht, zog ein Formblatt aus dem Kasten und griff nach seinem Kugelschreiber.

»Ihr Name, wenn ich bitten darf . . .«

»Irene Faber.«

»Beruf?«

Sie zögerte ein wenig: »Ich schreibe . . .«

»Sekretärin?«

»Nein, nicht so — ich schreibe für Zeitungen. Kurzgeschichten, verstehen Sie — nur, ich bringe sie sehr selten an . . .«

»Also — Schriftstellerin«, sagte er und setzte den Kugelschreiber an.

»Bitte nicht«, unterbrach sie ihn kopfschüttelnd, »wenn Sie den Bogen durchaus ausfüllen müssen, schreiben Sie lieber: ohne Beruf.«

»Wie Sie wünschen«, murmelte er und setzte einen Strich in die Berufssparte; »und nun noch Ihre Anschrift, Fräulein Faber?«

»Wartbergstraße dreiundzwanzig.«

Der Doktor erhob sich, deutete auf den Operationsstuhl und bat seine Patientin, darin Platz zu nehmen.

»Wo fehlt es?« fragte er, während er seine Hände unter dem lauen Wasserstrahl kräftig mit der Bürste bearbeitete.

»Es ist der rechte obere Eckzahn, jedenfalls ging es dort mit den Schmerzen an, aber seit gestern tut es überall weh.«

Der Doktor ging zum Instrumentenschrank und zog eine Glasplatte heraus, auf der sauber ausgerichtet ein halbes Dutzend Zahnspiegel lagen: »Spricht der Sünder auf Kalt oder auf Warm an?« fragte er, während er einen Spiegel mit einem Lederläppchen polierte.

»Besonders auf Süß . . .«

»Aha!« sagte der Doktor, als hätte ihm Fräulein Faber damit ein ganzes Stück weitergeholfen. »Legen Sie den Kopf bitte in das Nackenpolster.«

Irene Faber ließ den Kopf in die Lederstütze sinken, und der Doktor setzte den Wundermechanismus des sündhaft teuren Operationsstuhles in Gang. Die Rückenlehne senkte sich ein wenig, während der ganze Stuhl geräuschlos emporstieg und, vom Fuß des Doktors gesteuert, schließlich mit einem leisen Knacken in der erwünschten Lage und Höhe stehen blieb. Irene Faber umfaßte mit beiden Händen die griffigen

Armlehnen und öffnete den Mund. Der kleine runde Spiegel schwebte, von links nach rechts geführt, hinter der oberen Zahnreihe vorüber. »Ein erfreulich gesundes Gebiß«, stellte der Doktor fast respektvoll fest. Dann aber fuhr, von einer Spritze in seiner linken Hand abgeschossen, ein feiner, eiskalter Wasserstrahl gegen den rechten oberen Eckzahn.

Irene Faber zuckte zusammen.

»Sie dürfen den Mund wieder zumachen«, sagte Dr. Golling und wandte sich dem Instrumentenschrank zu. Er öffnete einige Fächer, legte sich mehrere Einlagen zurecht und prüfte den Bohrer, ehe er ihn in die Klaue des Handstücks einsetzte. Die sinkende Sonne überflutete den Raum mit rötlichem Licht und tönte die leichte Sommerbräune in Fräulein Fabers Gesicht um einige Nuancen tiefer. Aber es war nur die Vortäuschung einer gesunden Gesichtsfarbe. Das Mädchen machte auf den Doktor einen blassen und überanstrengten Eindruck. Aber ihr Gesicht war sehr anziehend. Sie war zweifellos die hübscheste Patientin, die er bisher behandelt hatte, aber das hatte bei dem miserablen Gang seiner Praxis nicht viel zu sagen.

»Ich stelle mir das Schreiben von Geschichten ziemlich schwierig vor«, murmelte er, während er ihr mit der Bewegung eines Juweliers, der einer Dame ein kostbares Kollier umhängt, ein Leinentuch unter das Kinn legte und es in ihrem Nacken mit einer Nickelklammer befestigte.

»Ich finde das Unterbringen bedeutend schwieriger«, antwortete sie mit einem schwachen Lächeln.

»Sie müssen es wissen«, sagte er und schwenkte den Arm des Bohrers näher heran. »Ich werde Ihnen heute eine Einlage machen. Hoffentlich kann ich den Nerv retten. Aber das hängt vom Zustand des Zahns ab. Das nächstemal werden wir mehr wissen.« Er schob ihr ein Tampon unter die Oberlippe und betupfte das Zahnfleisch mit einem scharf riechenden Antiseptikum. »Sind Sie sehr empfindlich?«

»Ich werde es schon aushalten . . .«

Der Doktor griff nach dem Handstück und drückte mit dem Fuß auf einen Kontakt. Der Bohrer begann zu summen. Trotz ihrer mutigen Worte blinzelte Irene Faber bei dem niederträchtigen Geräusch ein wenig nervös.

»Es ist wie beim Gewitter«, meinte Dr. Golling tröstend, »den meisten Leuten ist der Donner unangenehmer als der Blitz.«

»Sie sind sehr freundlich . . .«, murmelte sie errötend.

»Öffnen Sie den Mund«, sagte der Doktor, »und wenn Sie

nach fünf Minuten noch der gleichen Ansicht sind, dann . . .« aber er sprach nicht aus, was dann sein würde. Er kniff die Augen ein wenig zusammen und setzte den Bohrer an. Irene Faber stemmte die Sohlen gegen die Fußleiste und umklammerte die Armlehnen so fest, daß die Knöchel spitz und weiß aus den Handrücken hervortraten. Der Doktor arbeitete aufmerksam und schweigend. In der kurzen Pause, in der er ihr gestattete, den Mund zu spülen, während er den Bohrer wechselte und die Tampons durch neue ersetzte, zwinkerte er ihr zu: »Sie haben sich tapfer gehalten, Fräulein Faber. Aber sagen Sie, wußten Sie eigentlich, daß wir unsere Rechnungen erst eine Weile nach beendigter Behandlung zu stellen pflegen?«

»Gewiß«, nickte sie und sah ihn an, als verstände sie den Sinn seiner Frage nicht recht.

Er fuhr sich mit der Zungenspitze über die Lippen: »Nun ja«, murmelte er, »ich meine, Sie hätten ja schließlich auch . . .«, aber er brach mitten im Satz ab und räusperte sich, »jedenfalls finde ich Ihre Ehrlichkeit und Ihren Mut bemerkenswert. Ich weiß nicht, ob ich an Ihrer Stelle wie Sie gehandelt hätte . . .«

»Ich wäre mir wie ein Zechpreller vorgekommen«, sagte sie fast unhörbar.

»Respekt . . .«, murmelte er und drückte ihren Kopf sanft auf das Nackenpolster zurück. Irene Faber öffnete den Mund, und der Doktor trocknete die Stelle, die er behandelte, mit der Warmluftdusche, ehe er sich von neuem an die Arbeit machte.

Irene Faber verspürte nicht mehr den geringsten Schmerz, obwohl die Behandlung noch lange nicht abgeschlossen war. Sogar das Bohren hatte sie nicht als besonders unangenehm empfunden. Der Doktor hatte aber auch eine besonders beruhigende Art, die Nerven seiner Patienten zu schonen, und Irene Faber streifte ihn mit einem dankbaren Blick. Sie schätzte ihn auf etwa dreißig Jahre. Der Ring an seiner linken Hand sah ziemlich neu aus, trotzdem tippte sie darauf, daß er verheiratet sei und den Ring nur deshalb links trug, weil er ihn rechts bei seiner Arbeit gestört hätte. Auf jeden Fall mußte er immens tüchtig sein, wenn er in so jungen Jahren schon eine derart imponierende und aufs modernste eingerichtete Praxis in dieser teuren Wohnanlage unterhalten konnte. Aber er sah auch so aus, wie sie sich einen Mann vorstellte, der es gewohnt war, im Leben voranzukommen.

Der Doktor legte den Bohrer ab. »Wir sind gleich fertig«,

sagte er und rührte auf einem Porzellanplättchen über der blauen Flamme einer Spirituslampe die Füllmasse für die erste Einlage an. Irene Faber lag reglos mit emporgezogener Oberlippe auf der harten Polsterung und schaute ihm aus halbgeschlossenen Lidern zu.

»Übrigens glaube ich, daß wir den Zahn durchbringen werden. Die Entfernung des Nervs ist immer eine heikle Sache. Der Zahn verfärbt sich mit der Zeit. Man kann ihn ein wenig bleichen, aber er bleibt ein geschminkter Leichnam . . .« Er stieß die Luft durch die Nase: »Mit Vergleichen ist es immer so eine Geschichte«, fügte er mit umwölkter Stirn hinzu, »aber das werden Sie besser wissen als ich.«

Irene Faber versuchte zu lächeln, aber ihre Wangenmuskeln zitterten, und es wurde eine Grimasse daraus.

»Brav durchgehalten«, lobte der Doktor und verschloß die Einlage mit der rasch erhärtenden Füllmasse, »und damit hätten wir es für heute . . .« Das Wort ›geschafft‹ blieb unausgesprochen, denn die Arme seiner Patientin sanken von den Lehnen des Operationsstuhles herab, der Mund blieb gehorsam geöffnet, aber die Lippen waren schneeweiß, und aus den Wangen war der letzte Blutstropfen gewichen.

»Um Himmels willen, ohnmächtig!« stellte der Doktor fest. Ein Kollaps! Unter tausend Patienten kam das einmal vor. Und ausgerechnet ihm mußte das passieren! Er lief zum Waschbecken und drehte den Kaltwasserhahn auf, tränkte ein Handtuch und ließ ein Wasserglas vollaufen, eilte zurück, preßte das zusammengerollte Handtuch auf Irene Fabers Stirn und hob vorsichtig ihren Kopf, um ihr das Trinken zu erleichtern. Aber das Wasser rann an ihren Lippen vorbei und versickerte im Halsausschnitt ihres Kleides. Sie erschauerte, aber damit setzte auch die Atmung kräftiger ein, die Farbe kehrte in die Wangen und Lippen zurück, und schließlich schlug sie die Augen auf und sah den Doktor verwirrt an, als müsse sie sich erinnern, wer er sei und wie sie in diesen Raum gekommen war.

»Sie machen ja schöne Sachen«, rief er erleichtert.

»Entschuldigen Sie, Herr Doktor . . .«

»Nichts zu entschuldigen, so etwas kann vorkommen . . .«, er reichte ihr das noch halbgefüllte Glas, und sie trank es leer.

»Haben Sie etwas mit dem Herzen?« fragte er in einem Ton, der nicht frei von Selbstvorwürfen war, sich nicht vor der Behandlung nach ihrem Gesundheitszustand erkundigt zu haben.

Sie schüttelte den Kopf: »Nein, damit hat es nichts zu tun. Möglich, daß ich in den letzten Nächten zu wenig geschlafen habe, in den beiden letzten wegen des Zahnes und früher, weil ich eben nur in der Nacht zum Schreiben komme . . .«

»Was tun Sie denn tagsüber?«

»Ich habe einen ziemlich großen Haushalt zu führen . . .«

»Wie bitte?« fragte er verblüfft.

»Ich will es Ihnen erklären. Meine Eltern kamen vor fünf Jahren bei einem Autounfall ums Leben. Ich war neunzehn und hatte gerade das Abitur hinter mir. Ich wäre gern Ärztin geworden. Aber unter diesen Umständen war es mit solchen Plänen natürlich vorbei . . .«

»Oh«, murmelte er bedauernd und nahm das nasse Handtuch, um es ins Waschbecken zu werfen, »das ist natürlich eine schlimme Geschichte . . .« Er senkte den Operationsstuhl und drückte die Lehne empor, so daß sie bequem sitzen und noch ein wenig ruhen konnte.

»Mein Vater war Graphiker. Ein sehr gesuchter und vielbeschäftigter Mann. Wir lebten gut . . .« Sie hob den Blick und sah dem Doktor frei in die Augen. »Ich will nicht den Eindruck erwecken, als erhöbe ich gegen meinen Vater irgendeinen Vorwurf, daß er nicht daran dachte uns zu versorgen. Er war nun einmal so, wie er war. Er nahm eine Menge Geld ein und gab es ebenso leicht wieder aus. Er hatte unter anderem eine Schwäche für schnelle Autos. Um die Zukunft machte er sich kaum Gedanken. Er hatte es auch gar nicht nötig, sich Sorgen zu machen. Aber als dann das Unglück geschah — er hatte einen Auftrag im Rheinland angenommen und fuhr mit seinem Wagen hinter Köln auf der Autobahn in einen Lastzug hinein —, da blieben wir fast mittellos zurück.«

»Sie sagten ›wir‹ . . .«

»Ich habe noch eine jüngere Schwester. Sie ist neunzehn Jahre alt und hat im vergangenen Jahr ihre Gesellenprüfung als Schneiderin gemacht. Zuerst war mir das gar nicht recht, daß sie darauf bestand, einen praktischen Beruf zu erlernen. Heute bin ich darüber sehr froh, denn sie verdient gut und macht mir keine Sorgen mehr . . .«

»Aber wovon leben Sie, Fräulein Faber?«

»Wir hatten eine sehr große und ziemlich teure Wohnung. Das war zuerst meine schlimmste Belastung. Ich hätte sie von dem, was uns schließlich blieb, kein halbes Jahr halten können. Aber dann rückten wir zusammen, Marion bekam eine winzige Kammer, und ich richtete mich in der Küche ein. Und dann vermietete ich die übrigen Zimmer. Es sind fünf . . .«

»Und davon leben Sie?«

»Nicht einmal schlecht. Es dürfen nur keine unvorhergesehenen Ausgaben kommen. In diesem Monat mußte ich leider zwei Zimmer tapezieren lassen und für zwei Betten neue Matratzen kaufen. Das riß ein mächtiges Loch in die Kasse!«

»Das will ich Ihnen gern glauben«, nickte er. »Haben Sie wenigstens ordentliche Mieter?«

»Damit habe ich richtig Glück gehabt. Es sind zwei Damen, die in einer Bank arbeiten, und drei Herren, von denen zwei Reisende sind. Die beiden sind die ganze Woche unterwegs und machen mir kaum Arbeit. Und der dritte ist Justizbeamter. Ein alter Junggeselle, der für sein Hobby lebt. Er sammelt Unterschriften berühmter Leute.«

Sie warf einen erschrockenen Blick auf die Uhr über dem Waschbecken, die auf sieben ging.

»Ich bitte um Entschuldigung, Herr Doktor, ich schwatze und stehle Ihnen die Zeit und müßte schon längst daheim sein . . .«

»Ich habe Zeit . . .«

»Aber ich muß schleunigst gehen. Meine Schwester hat eine Verabredung. Das Essen soll um sieben auf dem Tisch stehen.« Sie sprang vom Operationsstuhl herab, und der Doktor öffnete die Tür zum Warteraum.

»Wann können Sie übrigens wiederkommen? Paßt es Ihnen am Freitag?« Er überlegte sekundenlang und ging an den Schreibtisch, auf dem sein Terminkalender lag. Er hielt ihn so, daß sie die gähnend leeren Seiten nicht sehen konnte. Freitag . . .? Sollte sie im leeren Wartezimmer sitzen? Er hatte sie doch in der Rolle als schwerbeschäftigter Mann empfangen . . .

»Ich richte mich ganz nach Ihnen, Herr Doktor.«

»Ach, wissen Sie«, sagte er und klappte den Terminkalender zu, »kommen Sie lieber am Samstag nachmittag um vier, da brauchen Sie nicht zu warten, weil ich am Samstag keine Sprechstunde halte. Mal muß der Mensch sich ja auch ein wenig Ruhe gönnen, nicht wahr? Das heißt, die richtige Ruhe ist es auch nicht, weil ich an Samstagen den Schreibkram erledige . . .«, er seufzte auf, als wäre ihm das Ausschreiben von Honorarnoten und die Abrechnung mit den Kassen so widerwärtig, daß er es geradezu als angenehme Abwechslung betrachtete, zwischendurch ein wenig ordentliche Zahnarztarbeit leisten zu können.

»Dann komme ich also Samstag sechzehn Uhr. Auf Wiedersehen, Herr Doktor — und besten Dank!« Sie schlüpfte in den Mantel und nickte ihm einen Gruß zu. Er verbeugte sich stumm.

»Nun ja«, knurrte er grimmig, als er die Flurtür hörte, »wenn es auch nichts einbringt, so übt es doch das Handgelenk!« und er begann, den weißen Kittel zum zweitenmal aufzuknöpfen. Diesmal gab es keine Unterbrechung. Er räumte die Instrumente in den Schrank, hängte das nasse Handtuch über das Waschbecken und schloß die Tür hinter sich ab. Da der Lift gerade abwärts schnurrte, nahm er die Treppen und blieb, vor der Haustür angekommen, vor dem matt schimmernden Messingschild stehen, das er vor einem knappen Vierteljahr unter dem Kanzleischild von Rechtsanwalt Seehuber hatte anbringen lassen:

Dr. med. dent. Werner Golling
Sprechstunden: Montag bis Freitag
9 — 12 und 15 — 18 Uhr

Es war ein wunderhübsches und teures Schild, schwarze Buchstaben auf mattem Goldgrund, aber vielleicht war es ein wenig zu vornehm, zu wenig auffällig in diesem Bürohaus, wo es zwischen Schildern von Grundstücksmaklern, Rechtsanwälten, Filmverleihbüros und Versicherungsgesellschaften ziemlich verloren wirkte. Auch die Anzeige in beiden großen Zeitungen, daß er nach langjähriger Assistententätigkeit bei Professor Dr. Schrötter eine eigene Praxis eröffne, hatte wenig Erfolg gehabt. Ob er es mit einer Wiederholung der Anzeige versuchen sollte? Es kostete wieder einen Haufen Geld, aber vielleicht lohnte sich die Ausgabe dennoch. Zwar war der erste Wechsel erst nach drei Monaten fällig, und schließlich stand Onkel Paul für ihn gerade. Aber wenn er daran dachte, wie rasch die Tage und Wochen seit der Eröffnung der Praxis verflogen waren, ohne daß er bisher auch nur die Butter zum Brot verdient hatte, dann fühlte er, wie seine Handflächen feucht wurden.

2

Die Schwester seiner Mutter, Tante Hedwig, hatte den Getreide- und Futtermittelgroßhändler Paul Berwanger geheiratet und damit das gemacht, was man früher »eine gute Partie« nannte. Die Firma Berwanger, die seit vier Generationen bestand, hatte immer einen guten Namen gehabt und als solide gegolten, aber richtig groß wurde sie erst, als Paul Berwanger vor rund dreißig Jahren in das Braugerstegeschäft eingestiegen war. Der Vater von Werner Golling war jung gestorben. Er war Lehrer und ertrank bei dem Versuch, ein Kind zu retten, im Hochwasser des Mains. Und als Werner im Alter von zwölf Jahren auch noch die Mutter verlor — sie starb nach einer Blinddarmoperation an einer Embolie —, war es für die Berwangers eine Selbstverständlichkeit, den verwaisten Jungen zu sich zu nehmen. Ihre eigene Ehe war kinderlos geblieben. So war die Berwangersche Villa für Werner Golling zum Elternhaus geworden, und er hatte hier wahrscheinlich einen üppigeren Lebensstil kennengelernt als jenen, den ihm seine Eltern hätten bieten können.

Werner Golling wohnte im gleichen Zimmer, das Tante Hedi für ihn eingerichtet hatte, als er zu ihnen gekommen war. Nur die Möbel hatten sich inzwischen verändert. Aus dem Bubenzimmer war eine gemütliche Junggesellenbude geworden mit einer Schlafcouch, bequemen Sesseln und Bücherborden an drei Wänden des Zimmers, denn er war so etwas wie ein Büchernarr und konnte in den Antiquariaten stundenlang herumstöbern.

Es war einige Wochen her und ein Tag wie jeder andere, als Werner Golling nach Praxisschluß die Haustür um halb sieben aufsperrte, nachdem er dreimal kurz geläutet hatte. Damit gab er Elfriede das Signal, das Abendessen aufzutragen. Als ihm der erste Flaum sproß, hatte Tante Hedi das weibliche Personal bis auf Fräulein Olga, die Köchin — deren Söhne inzwischen erwachsen waren und eigene Familien gegründet hatten—, radikal ausgewechselt und durch Mädchen reiferen Alters ersetzt. Eines davon war Elfriede, die den Haushalt versorgte und demnächst ihren fünfzigsten Geburtstag feierte. Die andere, zu deren Obliegenheiten die groben Hausarbeiten gehörten, hieß Emma und trat kaum in Erscheinung. Man konnte mit ihr, wie Tante Hedi meinte, keinen Staat machen, sie war brummig und hörte schwer, aber sie war enorm fleißig und hatte eines Nachts einen Einsteigdieb mit ihren Riesenpratzen so verbläut, daß er ins Krankenhaus eingeliefert werden mußte.

Im Speisezimmer saßen Tante Hedi und Onkel Paul schon am Tisch, als Werner seinen gewohnten Platz einnahm. Onkel Paul schob die Brille auf die Stirn und musterte ihn mit einem kurzen Blick. »Na, du hast auch schon fröhlicher ausgesehen . . .«

Werner Golling zuckte mit den Schultern. »Zwei Patienten«, murmelte er bedrückt, »und beide AOK . . .!«

Es gab ein kaltes Abendessen, eine Platte mit Aufschnitt und Käse, appetitlich mit Grünzeug und Radieschen garniert. Die Herren tranken jeder eine Flasche Märzen. Für Onkel Paul stand ein Bierwärmer auf dem Tisch, denn er hatte es ein wenig mit Magen und Leber.

»Ich habe heute im Büro nachgefragt«, sagte er; »da hat man nun ein Dutzend Angestellte, das sind rund vierhundert Zähne, aber alle gesund . . .«

Werner Golling brach in ein kleines Gelächter aus und prostete Herrn Berwanger zu, der einen kurzen Kampf zwischen seinem Appetit auf Emmentaler und der Warnung des Hausarztes ausfocht, sich den Magen am Abend nicht zu überladen. Wie gewöhnlich verlor Dr. Hitzler das Gefecht.

»Ich habe schon mit deiner Tante Hedi darüber gesprochen«, sagte Onkel Paul und fischte sich noch einige Radieschen von der Platte, tunkte sie ins Salzfaß und zerknackte sie zwischen seiner dritten Zahngarnitur, die er sich leider schon eine Weile vor Werner Gollings Praxiseröffnung zugelegt hatte.

»Ich bitte dich, Paul«, fuhr Tante Hedi dazwischen, »mußt du gerade jetzt davon anfangen?«

»Wovon anfangen?«

»Du wirst jetzt einunddreißig Jahre alt, mein Junge«, sagte Onkel Paul und zog seine Zigarrentasche hervor, um nach längerer Wahl einer Brasil die Spitze abzuschneiden.

»Na und, Onkel Paul?«

»Du solltest heiraten, Werner! Das ist auch Tante Hedis Meinung. Wir haben in letzter Zeit öfter darüber gesprochen.«

»Ach du liebe Güte! Soll ich mir zu den Sorgen, die ich auf dem Hals habe, noch eine neue dazu laden?«

»Unsinn!« rief Onkel Paul. »Wer redet von Sorgen? Ich rede vom Heiraten! Und wenn ich heiraten sage, dann denke ich dabei an ein Mädchen mit viel Charakter!« und rieb den Daumen gegen den Zeigefinger . . .

»Das Herz muß natürlich auch mitsprechen!« warf Tante Hedi sanft ein. Sie bezog solche Sprüche aus Romanheften, die sie bei Elfriede in der Küche fand und sich auslieh, um »einen Blick« hineinzuwerfen.

»Meinetwegen«, brummte Onkel Paul, »das Mädchen muß ja nicht gerade einen Klumpfuß haben. Hat sie auch nicht! Denn so was würde ich Werner gar nicht offerieren. Im Gegenteil! Es ist ein richtig leckeres Ding, und wenn ich dreißig Jahre jünger wäre . . .«

»Von wem redest du eigentlich, Onkel Paul?« fragte Werner Golling halb belustigt und halb verärgert, denn es paßte ihm wenig, daß die beiden sich in Angelegenheiten mischten, die nur ihn allein etwas angingen.

Herr Berwanger schien angenehm überrascht zu sein, keiner schärferen Abwehr zu begegnen. »Also paß mal auf, Werner«, begann er herzlich, »du weißt ja, daß ich viel auf dem Land herumkomme. Man muß sich bei den Leuten, mit denen man Geschäfte macht, von Zeit zu Zeit sehen lassen . . .«

»Ich weiß«, murmelte Werner blinzelnd. Das zwingende Bedürfnis, mit seinen Kunden persönliche Kontakte zu pflegen, war bei Onkel Paul voll zum Durchbruch gekommen, seit Dr. Hitzler ihn trockengelegt hatte. Seitdem besucht er die Brauereien, denen er seine Gerste lieferte, um von Tante Hedi unbeobachtet die Qualität der Braugerste im hellen oder dunklen Endprodukt zu prüfen.

»Man sagt so — Landbrauereien, grad, als ob das Pamperlbetriebe wären . . . Laß dir von einem Kenner der Dinge sagen, mein Junge, daß es da mittelgroße Brauereien gibt, in denen Gold gemacht wird — pures Gold! Da ist zum Beispiel in Harpfing das *Schwanenbräu*. Ein kleines Nest von knapp dreitausend Einwohnern. Aber das Weizenbier vom Danner Schorsch, einem alten Spezi von mir, findest du im Umkreis von hundert Kilometern in jeder Kneipe und in jedem besseren Restaurant. Und vor dem hellen Bock, das der Danner braut, kann man auch den Hut ziehen. Was sagst du dazu?«

»Vermutlich hat der eine Tochter . . .«

»Erraten!« rief Herr Berwanger, von dieser raschen Auffassungsgabe seines Neffen sichtlich erfreut. »Er hat nicht nur eine, sondern zwei. Die ältere heiratet demnächst den Braumeister. Der Betrieb muß ja weiterlaufen, wenn der Danner eines Tages die Augen zumacht. So alt ist er übrigens noch gar nicht, aber er hat zeitlebens ein wenig allzu naß gefuttert und davon seinen Leberschaden weg . . .«, er drückte dabei vorsichtig gegen den rechten Rippenbogen des stattlichen Bauches und verzog das Gesicht, als spüre er bei dem leichten Druck selbst einen Stich in der Lebergegend.

»Leberschaden . . .«, seufzte Tante Hedi, »das hat so ein Mann nun davon. Mir wäre lieber, Paul, auch du hättest mit dem Braugerstegeschäft nie angefangen und wärest beim Getreidehandel geblieben.«

»Ich bin schließlich kein Brauer.«

»Gott sei Dank!«

»Jedenfalls heißt die zweite Tochter Hannelore, und sie ist ein bildsauberes Ding. Zweiundzwanzig Jahre alt, blond, mit einer tadellosen Figur« — Onkel Paul deutete mit beiden Händen am eigenen Körper üppige Kurven an, »und was die Hauptsache ist, sie bringt gut und gern achtzig Mille in die Ehe mit. Und wenn du geschickt bist, mein Junge, dann kannst du aus dem *Schwanenbräu* noch mehr herauskitzeln. Seine Alte hat es nun mal auf einen Akademiker abgesehen.«

»Und du meinst nun, Onkel Paul, daß diese goldene Gans ausgerechnet auf mich wartet?«

»Auf wen sonst? Denn wen lernt solch ein Mädel in Harpfing schon kennen? Da sitzen zwei Ärzte im Ort, die selbst schon Enkelkinder haben, und da sitzen ferner zwei Rechtsanwälte, von denen der eine verheiratet und der andere ein alter, versoffener Junggeselle ist, und dann sitzt da noch ein Zahnarzt, und der hat einen Kropf wie 'nen Fußball am Hals . . .«

»Du hast dich aber genau informiert!« grinste Werner Golling.

»Habe ich«, antwortete Herr Berwanger schlicht und zerdrückte den Rest seiner Brasil im Aschenbecher, »und weil ich am Sonntag ohnehin nach Harpfing fahre, um mit dem Danner über Geschäfte zu sprechen, nehme ich dich mit.«

»Was sagst du zu dieser Vergewaltigung?« fragte Werner und warf seiner Tante einen hilfesuchenden Blick zu. Sie hatte die ganze Zeit stumm dabeigesessen, was sonst durchaus nicht in ihrer Art lag.

»Ich meine, du solltest dir das Mädchen ruhig einmal ansehen«, sagte sie, ohne auch nur eine Sekunde zu zögern, so daß Werner Golling das unangenehme Gefühl beschlich, die Absicht, ihn zu verkuppeln, sei gar nicht so sehr von Onkel Paul als vielmehr von seiner Tante Hedi ausgegangen.

»Was ihr beide auf einmal habt!« knurrte er verstimmt. »Vorläufig denke ich auch nicht einmal im Traum daran, zu heiraten. Und wenn ich die Absicht hätte, dann möchte ich mir meine Frau schon selbst aussuchen!«

»Das sollst du ja auch, Wernerchen«, sagte Tante Hedi sanft, »aber dazu mußt du dich schließlich unter den Töchtern des Landes umschauen.«

»So ist es!« bestätigte Onkel Paul. »Und wenn du es wissen willst — mit dem *Schwanenbräu* bin ich längst einig.«

»Da schau her! Und was sagt Fräulein Danner dazu, wenn man fragen darf?«

»Das Mädel . . . Da kennst du meinen Freund Danner

schlecht. In seinem Haus herrscht noch die alte Ordnung. Wer die Füße unter seinen Tisch streckt, hat sich nach ihm zu richten.«

»Das scheint dir mächtig zu imponieren, wie?«

»Ein Mann, der ein gutes Bier braut und sein Hauswesen in Ordnung hält, imponiert mir immer!« antwortete Onkel Paul schlicht.

Werner Golling erhob sich, streckte sich und atmete tief durch: »Irgend etwas ist mir auf den Magen geschlagen, entweder das Essen oder das Gespräch. Ich will noch ein wenig schmökern. Gute Nacht allerseits!« Er nickte den Berwangers zu und verschwand in seinem Zimmer im oberen Stockwerk. Zunächst empfand er ein Gefühl der Empörung. Aber je länger er über den Vorschlag seines Onkels nachdachte, um so weniger vermochte er sich darüber aufzuregen. Daß er eines Tages heiraten würde, darüber bestand nicht der geringste Zweifel. Und ob nun eine Zufallsbekanntschaft zur Ehe führte oder ob der gelenkte Zufall durch Freunde oder Verwandte dahinterstand, kam schließlich aufs gleiche hinaus. Garantie für die Zukunft gab es weder so noch so. Und sollte er sich etwa darüber erregen, daß Onkel Paul — Kaufmann, der er nun einmal war — dabei auch ans Geld dachte? Ganz gewiß tat er es nicht deshalb, weil er damit seine Bürgschaftsverpflichtungen loswerden wollte. Die Summe, für die er geradestand, falls es mit der Praxis schiefgehen sollte, war für ihn ein ganz kleiner Fisch. Weshalb also sollte man sich dagegen sträuben, nach Harpfing hinauszufahren und sich die von Onkel Paul so warm empfohlene Kandidatin einmal anzuschauen?

So kam der Sonntag — und so brachen die beiden Herren zu der verabredeten Landpartie auf. Ohne aufs Tempo zu drücken, denn Onkel Paul wurde nervös, wenn der Tacho über achtzig kletterte, erreichte man Harpfing in einer guten Stunde. Es war ein Marktflecken. Von den Steilufern der Ache ringsum eingeschlossen, bot das Gelände keine Ausdehnungsmöglichkeiten, so daß Harpfing im Gegensatz zu anderen Städten, die durch den Zustrom der Heimatvertriebenen ums Doppelte und Dreifache angewachsen waren, mit Ausnahme einer Strickwarenfabrik, die sich nach dem Krieg hier angesiedelt hatte, noch genau so aussah, wie es vor hundert Jahren ausgesehen haben mochte. Zwischen den beiden alten Stadttoren lag der langgestreckte Marktplatz mit einem Brunnen, der an einen Besuch König Ludwigs I. erinnerte. Auf der einen Seite des Marktes drängten sich schmalbrüstige Häuser mit Stufengiebeln eng an das Steilufer, das höher als der Turm der frühgotischen Michaelskirche anstieg, und auf der anderen, dem Fluß zugewandten Seite lagen breiter und behäbiger als die Häuser auf der Hangseite das Rathaus, das Kaufhaus Strohmeier, der Gasthof *Zur deutschen Eiche* und — das *Schwanenbräu*. Es war ein stattlicher Bau, der sich bescheiden Gasthof nannte und seine Tradition bis auf das Jahr 1585 zurückführte. Die Gasträume lagen ebenerdig unter mächtigen Gewölben, die für die Ewigkeit gebaut zu sein schienen. Es war kurz nach zwölf, als Werner Golling den Wagen dem *Schwanenbräu* gegenüber parkte. Onkel Paul führte ihn in das sogenannte Jagdzimmer, wo sie an einem runden Tisch Platz nahmen, über dem eine uralte Donnerbüchse hing. Die Wände des gemütlichen Raums schmückten ein paar Trophäen und einige alte Jagdstiche.

»Hübsch, nicht wahr, Werner?«

Werner Golling nickte stumm. Ein wenig beklommen war ihm zumute. Die Bedienung brachte die Speisekarte und begrüßte Onkel Paul wie einen alten Bekannten: »Ich sag's gleich dem Chef, daß Sie hier sind, Herr Berwanger . . .«

»Laß dir Zeit, Burgl, und sag mir lieber, was du uns empfehlen kannst.«

»Bachforellen oder, wenn sie Fisch nicht mögen, den Kalbsnierenbraten . . .«

»Ich bin für Forelle, Onkel Paul.«

»Gut, dann bring uns zweimal Forelle blau und . . .«

»Ich weiß schon, Herr Berwanger, zwei Weizen.«

»Erraten, Burgl, und sag' dem Chef erst nach dem Essen, daß ich hier bin!«

Die Forellen waren hervorragend und das Weizenbier frisch und prickelnd wie Champagner. Als Onkel Paul sich die Zigarre anzündete und als Werner zur Zigarette griff, erschien, eine Virginia in der Linken und ein halbgefülltes Deckelglas in der Rechten, der Wirt vom *Schwanenbräu* am Tisch, setzte das Glas ab und streckte Onkel Paul die Hand entgegen. »Gut, daß du da bist, Paul, seit Tagen wollte ich dich anrufen . . .«, er tat, als ob das Erscheinen von Herrn Berwanger der reine Zufall sei.

»Setzt dich, Schorsch, und laß dir meinen Neffen vorstellen: Dr. Werner Golling, seines Zeichens Zahnarzt.«

»Angenehm, angenehm, Herr Doktor«, sagte Danner und begrüßte Werner Golling mit Handschlag, »wo haben Sie denn Ihre Praxis?«

»In München, Herr Danner . . .«

»Da schau her, in München«, er tat wahrhaftig so, als höre er den Namen Golling zum erstenmal. Er mochte im Alter von Onkel Berwanger stehen, aber der Kopf, der den Kragen, und der Bauch, der den Trachtenjanker zu sprengen drohte, ließen ihn um etliche Jahre älter erscheinen. Daß er ein ausgemachtes Schlitzohr war, stand in jeder Falte seines Gesichts geschrieben.

»Haben die Forellen geschmeckt?«

»Ganz ausgezeichnet . . .«, murmelte Werner Golling.

»Eigenes Wasser, im Österreichischen drüben«, sagte Danner. »Wie ist's, Herr Golling, sind Sie Fischer?«

»Nein . . .«

»Schade, ich hätte Sie sonst mal zum Fischen eingeladen.«

Er stieß Paul Berwanger an: »Übrigens, Paul, meine Mathilde hat mir angedroht, mir den Zapfhahn zuzudrehen, wenn sie dir nicht 'ne Tasse Kaffee vorsetzen kann. Sie hörte in der Küche, daß du gekommen bist . . .«

»Ich sage nicht nein . . .«

»Natürlich gilt die Einladung auch für Sie, Doktor!« sagte Danner. »Und damit Sie sich bei uns Alten nicht langweilen, die wir doch nur über Geschäfte reden, sollen Sie angenehmere Gesellschaft haben . . .« Er wandte sich an seinen Freund Berwanger: »Weißt du übrigens, Paul, daß unsere Hannelore wieder daheim ist?«

»Was du nicht sagst! Hat sie nicht einen Kochkurs mitgemacht? Wo doch gleich? Mein Gedächtnis läßt letzte Zeit schwer nach.«

»Sie hat die Hotelfachschule in Garmisch besucht. Hat 'nen Haufen Geld gekostet und war völlig umsonst. Sie interessiert sich für alles, nur nicht fürs Hotelfach. Seien Sie froh, daß Sie Junggeselle sind, Doktor — Sie sind's doch, wie?«

»Ja, ich bin es noch . . .«

»Dann gebe ich Ihnen einen guten Rat: bleiben Sie es! Mit Kindern kriegen Sie nichts als Ärger!« Ein glänzender Schauspieler! Jammerschade, daß ihn keine Bauernbühne entdeckt hatte . . . Er wuchtete sich aus seinem Stuhl hoch. »Also, meine Herren, dann wollen wir mal! Meine Frau wird schon oben sein.«

Werner Golling folgte ihm und seinem Onkel ins obere Stockwerk. Frau Danner gesellte sich auf der Treppe zu ihnen. Sie war weiß beschürzt, wie sie aus der Küche kam, eine große, stattliche Frau, ringsum üppig gepolstert und immer noch gut anzuschauen. Sie begrüßte Onkel und Neffen herzlich.

Die Privatwohnung lag im zweiten Stockwerk des Hauses, das hier gründlich renoviert worden war. Nach Süden, zur Ache hin, hatte man breite Fenster durch die Mauern gebrochen und Zwischenwände versetzt, so daß helle und geräumige Zimmer entstanden waren. Mit Möbelstücken ausgestattet, die seit Generationen im Familienbesitz waren, wirkten die Räume ausgesprochen nobel.

»Respekt, Frau Danner«, murmelte Werner Golling und ließ den Blick über einen Barockschrank und eine bauchige, kunstvoll intarsierte Kommode wandern, »das sind ja wahre Prachtstücke!«

»Ach, Herr Doktor«, sagte sie mit einem kleinen, schuldbewußten Kichern, »wenn die Kinder das alles einmal erben, dann haben sie es meinem Schorsch zu verdanken. Denn ich dumme Gans war vor ein paar Jahren drauf und dran, das ganze alte Gelump — wofür ich es hielt — einem Händler zu verkaufen.«

Sie bat die Herren, Platz zu nehmen. Der Tisch war für fünf Personen gedeckt. Werner Golling hatte nicht den Eindruck, als ob das in der kurzen Zeitspanne geschehen sein könne, seit Frau Danner der Besuch der Herren in der Küche gemeldet worden war . . .

»Sie müssen schon entschuldigen, wenn ich so bleibe, wie ich bin«, sagte Frau Danner und strich über ihre weiße Wikkelschürze, »aber ich kann jeden Augenblick in der Küche verlangt werden. Aufs Personal kann man sich ja nicht verlassen. Für eine Tasse Kaffee will ich Ihnen aber gern Gesellschaft leisten. Wo nur Hannelore bleibt? Sieh doch mal nach, Schorsch, wo sie steckt!«

»Ich bin ja schon da, Mama . . .«

3

Nein, Paul Berwanger hatte nicht zuviel versprochen! Sie war wirklich ein bildsauberes Geschöpf, dieses Fräulein Danner. Das Sommerdirndl stand ihr reizend zu Gesicht und Figur, einer Figur übrigens, an der — um die Worte von Onkel Paul zu gebrauchen — »alles dran war«. Werner Golling atmete tief durch. Plötzlich erschien ihm diese Landpartie gar nicht mehr so obskur und peinlich, und wenn der Zweck des Sonntagsausfluges auch in weiter Ferne liegen oder überhaupt nicht erreichbar sein mochte, so war allein die Bekanntschaft mit solch einem hübschen Mädchen die Reise nach Harpfing auf jeden Fall wert.

Während Frau Danner ihrer Tochter die Kaffeekanne abnahm, trat Onkel Paul auf Hannelore zu und zog sie väterlich an die Brust. »Schau an, Hannelore, du hast dich ja in Garmisch zu einer richtigen jungen Dame gemausert! Wie lange habe ich dich nicht gesehen? Zwei Jahre? Kaum zu glauben, wie du dich in der kurzen Zeit verändert hast!« Er hielt ihre Hand fest, als er sich zu Werner Golling umdrehte. »Das ist mein Neffe Werner Golling, Zahnarzt in München. Ich habe ihn mitgenommen, weil er gerade nichts Besseres vorhatte, und wenn du nichts Besseres zu tun hast, dann kannst du ihm für zwei oder drei Stunden die Gegend zeigen, derweil ich mit deinem Vater über Geschäfte rede. Ist es dir recht?«

Fräulein Danner trat auf Werner Golling zu und reichte ihm die Hand: »Grüß Gott, Herr Golling, wenn Sie Zeit und Lust haben, dann will ich Ihnen unser Harpfing gern zeigen. Viel gibt es da allerdings nicht für Sie zu sehen . . .«

»Macht doch einen kleinen Ausflug, Kinder«, sagte Onkel Paul und tätschelte Hannelores Hand, »ich habe da eine kleine Wirtschaft bei Anzing hoch über der Salzach in Erinnerung, die meiner Frau immer so gut gefallen hat, daß ich dort jedesmal halten mußte, sooft wir vorbeikamen . . .«

»Ach du lieber Gott, die *Blaue Grotte!*«

»Was, was?« fragte Onkel Paul.

»Vor drei oder vier Jahren hat ein Italiener die Wirtschaft übernommen«, erklärte Fräulein Danner, »und hat daraus einen richtigen Beatschuppen gemacht.«

»Hm«, machte Onkel Paul, »na, ich überlasse es euch jungen Leuten, ins Blaue zu fahren, meinethalben auch in die *Blaue Grotte.*«

»Und ich überlasse es Ihnen, Fräulein Danner, was Sie mir von Harpfing oder von Harpfings Umgebung zeigen wollen«, sagte Werner Golling, nachdem er eine Tasse Kaffee getrunken und ein Stück von dem Streuselkuchen gekostet hatte, von dem Frau Danner behauptete, daß Hannelore ihn am Vormittag gebacken habe. Er sah mit Vergnügen, daß Fräulein Danner trocken schluckte, aber er hütete sich, sich anmerken zu lassen, daß er ihre Verlegenheit bemerkte.

»Wir haben sogar ein Heimatmuseum«, sagte sie, als sie das Haus verließen, »aber es ist nur am ersten Sonntag im Monat geöffnet, und außerdem wäre ich ein schlechter Führer, denn ich war noch nie drin.«

»Warum sollen wir nicht zur *Blauen Grotte* fahren, wenn

die Aussicht hübsch ist? Am frühen Nachmittag wird es dort wohl noch nicht allzu heiß hergehen . . .«

»Da mögen Sie recht haben«, meinte sie.

Der Marktplatz war um diese Stunde fast menschenleer. Auch die Parkplätze waren kaum besetzt. Aber es herrschte ein lebhafter Durchgangsverkehr in beiden Richtungen. Vor den Toren stauten sich die Wagen in langen Reihen, und Werner Golling mußte lange warten, ehe er den Wagen zurückstoßen und sich in den Verkehr einfädeln konnte. Als er sich dem Salzburger Tor näherte, schaltete die Ampel auf Rot.

»Drei Minuten Pause«, sagte Fräulein Danner. »Werktags wird der Verkehr durch Polizei geregelt, dann geht es rascher. Trotzdem bumsen hier jeden Tag mindestens drei Autos aufeinander. Die Tore stehen unter Denkmalschutz, sonst wären sie längst abgebrochen worden.«

»Das wäre aber wirklich jammerschade!«

»Finden Sie die alten Tortürme so hübsch?«

»Sehr hübsch — und wenn ich nicht in München leben müßte, dann würde ich mich im Chiemgau oder im Innviertel niederlassen.«

»Das ist doch nicht Ihr Ernst!«

»Mein voller Ernst! Oder stellen Sie sich das Leben in München besonders lustig und aufregend vor?«

»Aufregender als in Harpfing auf jeden Fall!«

»Was man so unter aufregend versteht . . .«, murmelte er, »das ist zu einem großen Teil auch eine Frage des Geldes. Würden Sie gern in München leben?«

»Was für eine komische Frage! Da gibt es doch nichts zu überlegen. Haben Sie schon einmal in solch einem Nest gelebt?«

»Ich habe meine Kindheit bis zum zwölften Lebensjahr in Ochsenfurt verbracht. Mein Vater war dort Lehrer. Er ertrank im Main, als er einen Buben retten wollte, der beim Holzfischen ins Wasser gefallen war. Ich war gerade vier Jahre alt, als das Unglück geschah. Und als ich zwölf war, starb auch meine Mutter. Tante Hedwig, die Frau meines Onkels Pauls Berwanger, ist eine Schwester meiner Mutter. So kam ich zu Berwangers nach München. Aber Ochsenfurt mit seinen Mauern und Türmen und Obstgärten rings um die Stadt und den Altwassern vom Main, in denen wir Buben badeten und fischten und Schlittschuh liefen, das alles verliere ich nie aus dem Gedächtnis, und dem trauere ich heute noch ein wenig nach.«

»Waren Sie inzwischen oft dort?«

Er schüttelte den Kopf: »Nein, nie mehr . . .«

»Dann sollten Sie aber schleunigst hinfahren und ein paar Wochen in Ochsenfurt verbringen. Vielleicht wären Ihre Erinnerungen dann etwas weniger sonnig.«

»Meinen Sie?« fragte er und grinste sie belustigt an.

»Ja, das meine ich!« nickte sie.

Sie hatten Harpfing längst verlassen und fuhren auf einer kurvenreichen Straße durch eine hügelige Landschaft mit kleinen Bauernwäldern, Kornäckern und Viehweiden der Grenze entgegen. Im Süden standen die Berge zartgetuscht vor dem Horizont, Lattengebirge, Predigtstuhl und Untersberg, und darüber weiß mit dem hellen Himmel verschmelzend und mehr geahnt als gesehen, Watzmann und Hochkalter. Auch ohne die Gegenwart von Onkel Paul ließ Werner Golling den Wagen in gemächlichem Tempo laufen. Er hatte das Schiebedach mit Fräulein Danners Einwilligung und Hilfe geöffnet, die Sonne wärmte angenehm, und er genoß die Fahrt an der Seite eines jungen Mädchens, das er sehr sympathisch fand. Sie hatte die blonden Haare zu einem Knoten aufgesteckt, aus dem der Fahrtwind eine kleine Strähne herauszerrte. Es war durchaus möglich, daß sie in ferner Zukunft die üppigen Formen ihrer Mutter bekam, aber wenn sie nicht gerade ins Hotelfach hineinheiratete und dadurch gezwungen wurde, allzu häufig Suppen und Soßen abzuschmecken, war anzunehmen, daß ihre Eitelkeit sie davor bewahren würde, der tüchtigen Mutter in jeder Beziehung nachzustreben.

»Worüber denken Sie nach, Herr Doktor?« fragte sie plötzlich, und er, auf solch weit in die Zukunft reichenden Gedanken ertappt, fühlte sich verlegen, daß ihm das Blut ins Gesicht stieg.

»Ach, lassen Sie doch den Doktor, Fräulein Danner, der ist fürs Praxisschild nützlich, aber sonst lege ich wenig Wert darauf . . .«

Sie blinzelte ihn von der Seite an. »Also schön, Herr Golling, ich fragte, worüber Sie so angestrengt nachdachten?«

»Ich habe nicht nachgedacht. Ich habe nur so geschaut . . .«, er stotterte ein wenig, »um ehrlich zu sein — ich habe Ihr Haar bewundert, besonders den Knoten —, er steht Ihnen fabelhaft zu Gesicht . . .«

»Ich muß Sie leider enttäuschen, Herr Golling, aber der Dutt hing vor einer Stunde noch neben dem Spiegel.«

»Ich bin nicht im mindesten enttäuscht«, sagte er mit einem kleinen Lachen, »ich bin höchstens überrascht — über Ihre umwerfende Ehrlichkeit.«

»Unangenehm überrascht?«

»Im Gegenteil!«

Sie sah ihn von der Seite an, als traue sie ihm nicht recht: »Fürs Hotelgewerbe eignet sich meine Art von Ehrlichkeit jedenfalls nicht!« stellte sie fest. »Es geht mir einfach gegen den Strich, mich von alten Weibern sekkieren zu lassen und dazu zu schnurren. Übrigens können alte Kerle genauso ekelhaft sein — oder sogar noch ekelhafter . . .«

»Ich verstehe . . .«, murmelte er.

Sie näherten sich einem Wald, durch den die Straße hindurchlief und der ziemlich ausgedehnt zu sein schien. Er zog sich über einen langgestreckten Hügel hin.

»Hinter der Kurve steht rechter Hand eine Hütte. Ich kenne mich hier aus. Der Wald gehört zu Vaters Jagdrevier, und als Kinder haben wir hier Schwammerln gesucht, meine Schwester und ich. Und meiner Mutter fiel das Bücken noch nicht so schwer wie heute!«

»Wollen wir ein wenig halten?«

»Ja, ich möchte mir ganz gern die Beine vertreten.«

Die Kurve wurde flacher, der Wald wich ein wenig von der Straße zurück. Werner Golling trat leicht auf die Bremse, sah die Hütte, die Fräulein Danner erwähnt hatte, durch die Stämme schimmern und hielt auf einem Platz, auf dem das Straßenbauamt im Winter Sand und Schotter lagerte.

Sie gingen ein Stück in den Hochwald hinein, bis sie auf einen Weg stießen, der leicht bergan stieg und durch eine Fichtenschonung zu einer sonnigen Lichtung führte, die erst kürzlich geschlagen zu sein schien. Die Schnittflächen der Fichtenstumpen waren noch weiß und das allenthalben verstreute Reisig hielt noch die Nadeln. Fräulein Danner ließ sich auf einem älteren Baumstumpf, der sein Harz längst ausgeschwitzt hatte, zum Sitzen nieder.

»Er ist groß genug für uns beide«, sagte sie mit einer einladenden Handbewegung, und Werner Golling setzte sich, wenn auch nicht allzu bequem, zu ihr. Er war ein wenig nervös. Der Wunsch von Hannelore Danner, mit ihm einen Waldspaziergang zu unternehmen, hatte ihn überrascht und hielt ihn noch in einiger Verwirrung. Was sollte das. Was erwartete sie von ihm?

»Wie still es hier ist . . .«, sagte sie nach einer Weile.

»Ja, sehr still«, murmelte er und kam sich ziemlich tölpelhaft vor. Erwartete sie in dieser Stille eine Annäherung? Sollte er den Arm um ihre Schultern legen, sie an sich ziehen und sie womöglich küssen?

»Und wir machen dieses blöde Komplott mit!« sagte sie plötzlich laut und deutlich.

»Was sagten Sie da?« stammelte er.

»Nun tun Sie doch nicht so, als ob Sie mich nicht genau verstanden hätten, Herr Dr. Golling!« rief sie ungeduldig. »Oder wollen Sie etwa behaupten, daß Sie Ihren Onkel ganz zufällig nach Harpfing begleitet haben und daß die Bemerkung meiner Mutter, was ich da für einen prima Streuselkuchen zustande gekriegt hätte, von ungefähr kam? Ich wäre am liebsten im Boden versunken!«

Er schloß die Augen und suchte nach seinem Taschentuch, um sich den Schweiß von der Stirn zu wischen, der ihm auch sonst aus allen Poren brach.

»Ach, Fräulein Danner!« seufzte er. »Wenn Sie wüßten, wie mir diese verdammte Kuppelfahrt gegen den Strich gegangen ist! Tagelang habe ich mich mit Händen und Füßen dagegen gesträubt. Aber sie ließen einfach nicht locker. Du bist ein Einzelgänger, Werner, und wenn du dich nicht dranhältst, dann wirst du ein alter, ekelhafter Junggeselle, der für die Ehe nicht mehr zurechtzubiegen ist. Und wie willst du ein Mädchen kennenlernen, wenn du dich in deiner Bude vergräbst? Nun ja, so haben sie mich langsam weichgekocht und drangekriegt, bis ich schließlich selbst soweit war, daß ich dachte, also schön, fahr mit, Werner, ansehen kostet ja schließlich nichts . . .«

»Nun, ehrlich sind Sie, Herr Golling, das muß man Ihnen lassen . . .«

»Und das Schlimmste wissen Sie noch gar nicht, Fräulein Danner«, sagte er niedergeschlagen, »meine Praxis, die ich vor einem Vierteljahr in einer sündhaft teuren Gegend mit einem Haufen gepumptem Geld aufgemacht habe, geht überhaupt nicht. Ich verdiene nicht einmal die Butter zum Brot — und ob es zum Brot reicht, möchte ich auch nicht mit reinem Gewissen behaupten . . .«

»Ich verstehe! Und da sagte Onkel Paul, Wernerchen, in Harpfing sitzt der Danner Schorsch auf dem Gasthof und der Brauerei zum *Schwanenbräu*, und der hat eine Tochter, und deren Mutter ist auf einen Doktor scharf, und diesen Goldfisch mußt du dir angeln. War es so?«

»Genau so war es!« nickte er.

»Wie hoch soll denn meine Mitgift sein, Herr Golling?« fragte sie neugierig.

»Das müssen Sie selbst doch am besten wissen.«

»Ich habe keine Ahnung!« behauptete sie kopfschüttelnd.

»Aber ich möchte zu gern erfahren, was ich dem *Schwanenbräu* wert bin.«

»Mein Onkel sprach von sechzig bis achtzig Mille«, antwortete er ziemlich vernichtet, denn daß er in ihren Augen keine besonders gute Figur abgab, war wohl sicher.

»Dieser Geizkragen!« rief sie entrüstet. »Der hat die Rechnung aber ohne mich gemacht! Nein, so billig wird mich der nicht los.«

»Mir ist das alles furchtbar peinlich, Fräulein Danner. Und ich wünschte nichts mehr, als alles ungeschehen machen zu können. Aber damit ist es leider vorbei . . .«

»Na, na, so schlimm, wie Sie tun, finde ich die Geschichte nun auch wieder nicht«, sagte sie und lächelte ihn an. »Weshalb sollten Sie eigentlich nicht nach Harpfing fahren? Ihr Onkel hat schon recht, ansehen kostet wirklich nichts.«

»Nun ja«, gab er bedrückt zu, »das mag schon stimmen. Und heute abend wäre alles vorbei und vergessen gewesen, wenn . . .«

»Nun rücken Sie es schon heraus!«

» . . . wenn Sie eine Schreckschraube gewesen wären!« sagte er und ließ die Hände auf die Knie fallen.

»Und das bin ich Ihrer Meinung nach nicht?«

»Ach was!« rief er. »Das ist es ja eben! Jetzt werde ich immer an Sie denken müssen und die verpatzte Gelegenheit verfluchen, die Bekanntschaft mit solch einem netten und hübschen Mädel nicht fortsetzen zu dürfen.«

»Was reden Sie da?« fuhr sie ihn an. »Oder sind Sie vielleicht der Meinung, ich wäre besser dran als Sie? Meine Eltern, vor allem meine Mutter, haben mich wochenlang beschwatzt, das Spiel mitzumachen. Mit den gleichen Argumenten, die Sie zu hören bekamen. Und schließlich habe auch ich mir gedacht: Laß ihn kommen, ansehen kann man sich den Herrn ja einmal. Und wenn er eine Glatze und O-Beine hat, dann ist der Fall ohnehin ausgestanden. Aber dann kamen Sie . . .«

Er schluckte schwer und machte ein Gesicht, als traue er seinen Ohren nicht recht.

» . . . ein Mann, der mir schon gefallen könnte. Und vielleicht werde ich manchmal an Sie zurückdenken, wenn es schiefgeht . . .«

»Wenn was schiefgeht?« fragte er und griff nach ihrer Hand, die sie ihm überließ.

»Sie wissen natürlich nicht, weshalb ich vor zwei Jahren nach Garmisch geschickt wurde?«

»Ich denke, Sie sollten dort eine Hotelfachschule besuchen. Haben Sie das nicht getan?«

»Ja, schon, aber das war für meine Eltern doch nur ein Vorwand, um mich für eine geraume Zeit abzuschieben.«

»Ich verstehe kein Wort . . .«

»Deshalb will ich es Ihnen ja erklären, auch wenn es Ihnen nicht angenehm ins Ohr gehen wird. — Nach dem Krieg hat sich in Harpfing ein Sudetendeutscher niedergelassen und eine Strickwaren- und Handschuhfabrik gegründet, ein Unternehmen, das drüben schon seit mehr als hundert Jahren bestand. Der Mann heißt Sichler. Und dieser Andreas Sichler hat einen Sohn, der Manfred heißt. Er ist achtundzwanzig Jahre alt und soll den Betrieb seines Vaters einmal übernehmen. Er ist hier aufgewachsen und spricht — was man von seinem Vater allerdings nicht behaupten kann — unser Bayrisch so gut wie Sie und ich. Und wenn meine Eltern es nach außen hin nie zugeben werden, aber für sie sind und bleiben die Sichlers nun einmal Zugereiste . . .«

» . . . und solch einen ›Zugroasten‹ heiratet eine Harpfingerin und Schwanenbräutochter dazu nie!« ergänzte Werner Golling streng.

»Genauso ist es! Ich habe mich mit dem Sichler Manfred zwei Jahre lang heimlich getroffen. Aber eines Tages flog alles auf, und daheim gab es einen Riesenkrach. Und überhaupt bist du zum Heiraten viel zu jung! Und wer ist er schon, der junge Sichler? Der Ausfahrer und Polandi von seinem Vater! Und was ist das schon, so eine Handschuhfabrik? Die geht eines Tages pleite und dann? Dann stehst du da! Wirtschaft und Brauerei sind deiner Schwester versprochen. Du bekommst ein anständiges Vermögen mit, aber nicht, um das Geld in eine Pamperlfabrik zu stecken! — Ja, so war es, und so ging es hin und her. Ich wurde Hals über Kopf nach Garmisch in die Hotelfachschule abgeschoben, und damit meinten sie, das Problem aus der Welt geschafft zu haben!«

»Hatten sie aber nicht, wie?«

»Natürlich nicht! In Garmisch haben wir uns alle vier Wochen mindestens einmal getroffen. Die Sichlers beliefern dort einige Geschäfte mit Strickwaren, Trachtenjankern und ähnlichem Zeug. Aber seit ich hier bin, ist es einfach zum Verzweifeln. Dieses Harpfing! Da haben die Pflastersteine Augen und Ohren!«

»Das tut mir für Sie leid, Fräulein Danner«, sagte er ein wenig abgekühlt, aber sie schien seine kühlere Temperatur nicht zu bemerken.

»Tut es Ihnen wirklich leid«, fragte sie, »oder ist das nur so eine Redensart von Ihnen?«

Was sollte er ihr antworten. Zunächst einmal putzte er sich die Nase. »Es tut mir wirklich leid für Sie«, sagte er schließlich fester und bestimmter, als er es in Wirklichkeit meinte. Denn was gingen ihn anderer Leute Liebesgeschichten an!

»Wenn Sie ein Herz hätten . . .«, seufzte sie.

»Na hören Sie!« knurrte er.

»Mit Herz meine ich — nun — Verständnis für meine Lage . . .«

»Liebes Fräulein Danner, natürlich kann ich mich in Ihre Lage versetzen. Und Sie haben mir mit Ihrem Geständnis nicht die geringste Enttäuschung bereitet. Ich habe doch nie erwartet, daß Sie sich ausgerechnet für mich aufgespart hätten — und als ich Sie dann sah, wurde mir erst recht klar, wie gering meine Chancen waren, daß Sie noch frei sein könnten. Wenn Sie es also noch einmal hören wollen: ich habe für Ihre Lage volles Verständnis, aber ich frage mich, was Ihnen mein Verständnis nützen soll.«

»Alles könnte gut enden«, sagte sie nachdenklich, »wenn Sie nur mitmachen würden . . .«

»Mitmachen? Gern — aber was mitmachen?«

Sie erhob sich und klopfte ein paar Fichtennadeln aus ihrem Rock. Er blieb auf dem Baumstumpf sitzen und schaute zu ihr auf. Die Frage, die er gestellt hatte, schwebte im Raum. Die Zunge von Fräulein Danner fuhr geschwind über ihre Lippen.

»Verloben Sie sich mit mir!« sagte sie.

»Was soll ich?« rief er und fuhr empor. Er überragte sie um einen Kopf und starrte in ihre Augen, als schaue er von einem Aussichtsturm auf sie herab.

»Nun sehen Sie mich bloß nicht an, als ob ich nicht alle Tassen im Schrank hätte«, sagte sie und stampfte ungeduldig mit dem Fuß auf. »Die Sache ist doch ganz einfach, vorausgesetzt natürlich, daß Sie mitmachen. Wir beide verloben uns in aller Form, und zwar so bald wie möglich. Das gibt mir eine bequeme Ausrede, wegen der Aussteuer häufig nach München zu fahren . . .«

»Wo Sie sich dann mit Ihrem Otto ungestört treffen können . . .«

»Auch das — und im übrigen heißt mein Otto Manfred!«

»Schön, von mir aus auch Manfred. Aber so ganz komme ich da nicht mit. Ich bin nämlich ein wenig schwerfällig von Verstand. Wie soll die Geschichte denn eigentlich weitergehen?«

»Ganz einfach: wir beide halten die Verlobung ein paar Wochen oder Monate durch. Inzwischen überlassen Sie es Ihrem Onkel Paul, den ich für einen ganz harten und ausgekochten Geschäftsmann halte, meine Mitgift auszuhandeln. Seien Sie nur nicht bescheiden. Verlangen Sie mindestens hundert Mille, das *Schwanenbräu* kann es verkraften . . .«

»Teufel ja«, murmelte er kopfschüttelnd, »ich habe wirklich nicht geahnt, daß Sie solch ein Biest sind . . .«

»Ich glaube, das liegt daran, daß Sie mit Frauen nicht allzu viele Erfahrungen gemacht haben, Herr Doktor . . .«

»Hm . . .«, machte er und ließ es offen, ob sie mit ihrer Vermutung recht habe, »aber sprechen Sie ruhig weiter, ich höre gern zu und bin richtig neugierig, was sich da in Ihrem superklugen Köpfchen zusammengebraut hat. Aus Malz und Hopfen allein scheint das Gebräu nicht zu bestehen . . .«

»Werden Sie bloß nicht anzüglich«, sagte sie mit einem gurrenden Kichern, das tief aus der Kehle kam, »aber da gibt es nicht mehr viel zu erzählen. Nach einiger Zeit lassen wir die Verlobung platzen — natürlich durch meine Schuld! —, und meine Eltern werden heilfroh sein, wenn sie mich nach solch einem Malheur noch unter die Haube bringen können. Und vielleicht wird Herr Danner noch einiges drauflegen müssen, damit die Sichler-Sippe mich gnädig in ihrer Familie aufnimmt.«

Er blieb eine volle Minute lang stumm wie ein Fisch und machte versuchsweise ein paar Ansätze zum Antworten.

»Nun tun Sie doch nicht, als ob ich Sie verführen wollte, einer alten Frau die Handtasche zu stehlen!« sagte sie mit spürbarer Ungeduld.

»Sakra, sakra . . .«, murmelte er schließlich und mußte sich die Kehle freiräuspern, »das ist ja ein tolles Strickmuster. Haben Sie das alles mit Ihrem Sichler-Knaben zusammen ausgebrütet?«

»Was fällt Ihnen denn ein?« rief sie fast empört. »Ich werde einige Mühe haben, ihm die Geschichte beizubringen. Er hat keine Ahnung davon! Das ist mir alles erst in den letzten zehn Minuten eingefallen. Aber was sagen Sie nun dazu?«

»Komm, Hannelore«, sagte er und nahm sie bei der Hand, »ich erwähnte schon, daß ich ein bißchen schwer von Begriff bin. Wenn ich kein allzu langes Haar in der Suppe finde, mache ich mit. Aber ich meine, wir sollten uns die Sache bei einer Zigarette und bei irgend etwas Feuchtem für die Kehle doch noch einmal gründlich durch den Kopf gehen lassen.«

»Dann also auf zur *Blauen Grotte!* Um diese Zeit können wir dort ganz gewiß ungestört reden.«

Sie hängte sich bei ihm ein, und sie gingen, glückliches Brautpaar übend, zum Wagen zurück. Die Sonne war inzwischen weitergewandert und brannte auf das Wagendach nieder. Man hätte darauf Spiegeleier braten können. Innen war es heiß wie in einer Backstube, und sie mußten lange lüften, ehe sie die Fahrt fortsetzen konnten.

Die Verlobungsfeier fand vierzehn Tage später in Harpfing statt. Im Harpfinger *Tagblatt* kündigte Dr. med. dent. Werner Golling das Ereignis durch eine Anzeige an. Blumengrüße trafen in solcher Menge ein, daß der *Gasthof zum Schwanenbräu* eine Woche lang mit Hamburgs »Planten und Bloomen« hätte konkurrieren können. Dazu kamen Geschenke aus Glas und Porzellan, bei deren Anblick Werner Golling der Hals ein wenig eng wurde.

4

Am Donnerstag waren es vier Patienten, an denen er seine Kunst ausüben durfte, zwei Extraktionen, eine Füllung und die Vorbereitung für eine Goldkrone. Der Doktor rieb sich die Hände. Der Laden begann ja geradezu flott zu laufen. Und am Freitag kam der Rekord der bisherigen Praxis, er hatte fünf Fälle zu behandeln, davon drei neue, und zu diesen neuen gehörte eine schikanöse Kieferoperation, die man schon fast in die höhere Chirurgie einreihen konnte. Für den Patienten keine Annehmlichkeit, für den Doktor aber eine wahre Wonne und Wohltat. Als er am Abend die Tür der Praxis hinter sich abschloß, fühlte er sich geradezu erfrischt und aufgemöbelt.

Rechtsanwalt Dr. Alois Seehuber, ein Mann seines Alters und nicht viel länger selbständig als er selbst, begegnete ihm im Vorraum. Der arme Kerl hatte heute seinen achten Prozeß verloren und schielte den Doktor, der munter vor sich hinpfiff, böse an. »Bei Ihnen hat's heute fünfmal geläutet . . .« knurrte er.

Werner Golling grinste vergnügt. Bis dahin hatte er reichlich Gelegenheit gehabt, zu zählen, wie oft drüben die Glocke anschlug. »Stimmt haargenau!« sagte er.

»Bei mir will seit Wochen einfach nichts mehr klappen«,

seufzte der junge Anwalt. »Soeben habe ich Kassensturz gemacht . . .«

»Wem erzählen Sie das, Mann?« knurrte Werner Golling. »Diesen Saldo mortale übe ich täglich.«

»Wenn Sie es genau wissen wollen — ich habe zehn Mark und fünfundsechzig im Portemonnaie. Das langt gerade, um sich einen anzududeln. Machen Sie mit, Golling?«

Warum sollte er nicht mitmachen? Morgen hatte er keine Sprechstunde, bis auf die eine Patientin — wie hieß sie doch gleich? —, die er dummerweise auf den Nachmittag bestellt hatte. Schade, daß sie nicht heute gekommen war, sie hätte im Wartezimmer Leidensgenossen gefunden.

»Ich bin dabei«, sagte er kurzentschlossen, »aber lassen Sie mich noch kurz daheim Bescheid sagen.«

»Wohnen Sie bei Ihren alten Herrschaften?«

»Meine Eltern sind tot. Ich lebe bei Verwandten.«

»Ich wohne im Haus meines Schwagers. Am Nymphenburger Kanal. Er ist Architekt und ein ganz verträglicher Bursche. Nur für meinen Geschmack allzu kinderlieb. Meine Schwester erwartet gerade das vierte. In der Freizeit spiele ich hauptsächlich Onkel. — Mein Alter Herr ist übrigens Zahnklempner wie Sie. Prima Praxis in Rosenheim. Die reine Goldgrube. Und ich Rindvieh mußte Jus studieren. Na ja, wie man sich bettet, so schallt es heraus.«

Er war ein netter Bursche, mit Redensarten aus dritter Hand, und Witzen, die eine Menge Moos angesetzt hatten, aber Werner Golling war nicht anspruchsvoll. Sie landeten in einem Bierkeller an der Theresienwiese, Werner Golling lud Herrn Seehuber zu einer Kalbshaxe ein, und nach der zweiten Maß redeten sie sich mit »Herr Hauptmieter« und »Herr Aftermieter« an. Nach der vierten tranken sie Duzfreundschaft.

»Mein Alter Herr war neulich hier und hat sich meinen Laden angesehen«, vertraute Alois Seehuber seinem neuen Freund an. »Zum Glück meldete er sich einen Tag vorher telefonisch an, so daß ich drei Bundesbrüder herbeitrommeln konnte, die im Wartezimmer Klienten spielten. Juristen — sie machten ihre Sache wirklich prima. Trotzdem zog der alte Seehuber die Nase beträchtlich kraus . . .«

»Hast du ihm das Hauptbuch vorlegen müssen?«

»Das nicht, aber jedenfalls legte er mir, als er sich verabschiedete, die Hand auf die Schulter und sah mir mit umflortem Blick ins Auge . . .«

»Den Blick kenne ich. Mein Onkel Paul Berwanger — Getreide, Futtermittel und Braugerste — hat bei mir Bürgschaft für die Praxiseinrichtung übernommen. Er kann es sich leisten. Aber mir ist nicht sehr wohl . . .«

»Und weißt du, was mein Erzeuger zum Schluß sagte?«

»Laß mich raten«, schlug Werner Golling vor.

»Zwecklos, du kommst nie im Leben darauf!«

»Such dir eine Dame mit Pinkepinke — stimmt's?«

Alois Seehuber setzte den Keferloher so hart ab, daß das süffige Märzen auf den Tisch schwappte.

»Wie kommst du darauf?« fragte er verblüfft.

»Siehst du den Ring an meinem Finger?«

»Noch sehe ich ihn deutlich . . .«

»Nun, vor längerer Zeit machte mir mein guter Onkel Paul — eben jener, der dran glauben muß, wenn die Papierchen platzen, die ich quergeschrieben habe — genau den gleichen Vorschlag. Aber nicht nur so platonisch wie dein Alter Herr, sondern mit ganz konkreten Vorstellungen. Brauerstochter mit vierzig bis fünfzig Mille auf jedem Bäckchen . . .«

Alois Seehuber ließ einen respektvollen Pfiff hören: »Donnerwetter, zweihundert Mille?«

»Ich meine nur die Bäckchen im Gesicht!«

»Na immerhin! Und du hast den Goldfisch tatsächlich an den Haken bekommen?«

»Ich habe, wie du siehst. Aber, Freund, das ist eine lange und verzwickte Geschichte. Denn recht eigentlich hat die Dame mich an den Haken genommen, um den Knaben zu angeln, den sie wirklich kriegen möchte . . .«

»Moment mal«, sagte Alois Seehuber und untersuchte den Bierfilz, auf dem er die genossenen Krüge abgezeichnet hatte, »wir sind doch erst bei der dritten Maß, und du redest, als ob du mindestens sechs intus hättest.«

»Ich erkläre es dir später . . .«

»Da bin ich wirklich gespannt! Aber wer sagt dir denn, daß mir mein Alter nur mit platonischen Absichten kam? Er offerierte mir die Tochter eines Heizölgrossisten. Einziges Kind auf einem Haufen Kies. Von ihrem Gebiß war er geradezu begeistert. Nur ein einziger Weisheitszahn macht ihr Kummer, das Biest liegt quer . . .«

»Na, denn mal ran an den Speck! Weshalb sollst du es besser haben als ich?«

»Ich bin Romantiker, das ist mein Unglück. — Eine andere Sache: Wie sieht's bei dir im Geldbeutel aus?«

»Was soll die romantische Frage?«

»Ich schlage einen Tapetenwechsel vor. Kannst du mir bis

zum Ersten zwanzig Emmchen pumpen? Du kannst sie von der nächsten Monatsmiete abziehen . . .«

»Du bist wirklich ein Romantiker, aber du sollst die zwanzig Piepen haben.«

Als Elfriede ihn am nächsten Tag gegen Mittag aus dem Bett trommelte, hatte Werner bis zum dritten Tapetenwechsel noch alles deutlich in Erinnerung. Der Rest lag hinter Milchglas. Aber er fühlte sich pudelwohl und bemerkte mit Vergnügen, daß Tante Hedi, die die Zügel bei Onkel Paul doch so straff hielt, für seinen Bummel fast Worte der Anerkennung fand und so tat, als wäre er ihr ein wenig unheimlich geworden, wenn er nicht endlich einmal über die Stränge geschlagen hätte. Seinetwegen wurde sogar das übliche Samstagessen, gesottenes Rindfleisch mit Meerrettich, abgesetzt, und Elfriede brachte pikante Sardellenschnitzel auf den Tisch.

»Um mich hast du niemals solches Trara gemacht«, maulte Onkel Paul.

»Bei dir hätte ich jeden Tag Trara machen müssen«, antwortete Tante Hedi kühl und schob Werner die Schale mit den scharfen Gewürzgurken zu.

»Falls du morgen nach Harpfing fahren willst, kannst du meinen Wagen nehmen«, sagte Onkel Paul. Er schien darauf zu warten, daß Werner ihm den Vorschlag machen würde, mitzukommen. »Dein VW sieht wirklich aus, als ob ihn nur noch der Lack zusammenhält . . .«

»Schönen Dank für das Angebot, Onkel Paul, aber ich fahre nicht. Hannelore hat sich für morgen nachmittag angemeldet. Das übliche Programm: endloser Schaufensterbummel, Kino, und zum Schluß irgendein Spezialitätenrestaurant.«

»Übrigens bin ich davon überzeugt, daß der Danner Schorsch hundert Mille ausspucken wird«, sagte Onkel Paul. »Deine Hannelore scheint ihm schwer auf der Brust zu knien. Und seit er sich deine Praxis angesehen hat, muß er wohl zu der Ansicht gekommen sein, daß das Geld gut investiert ist.«

Ja, der Danner hatte seinen zukünftigen Schwiegersohn besucht, nicht als Patient, er war nur »zufällig« vorbeigekommen, weil die Zentrale der Raiffeisenbank in der Nähe der Praxis lag und weil er mal ein wenig hineinspritzen und Werner grüß Gott sagen wollte. Die beiden Patienten im Wartezimmer hatten ihn nicht besonders beeindruckt, um so mehr aber die zentrale Lage der Praxis und ihre aufwendige Einrichtung.

Auch sein Fräulein Braut war einige Male bei ihm vorbeigekommen, allerdings nur, um ihn zu bitten, daheim zu bestätigen, daß sie bei ihm gewesen sei und sich mit ihm für den Abend verabredet hatte, falls ein Anruf von daheim käme. Auch die Verabredung für den morgigen Sonntag nachmittag war ein Alibi, damit sie sich mit ihrem Freund in München treffen konnte. Das Spiel wurde Werner Golling allmählich lästig, besonders an Sonntagen, wo er die Zeit, die er angeblich mit ihr verbrachte, außerhalb des Hauses totschlagen mußte. Zum Glück gab es in München eine Menge Museen, zu deren eifrigsten Besuchern er bald gehörte. Im *Deutschen Museum* begrüßten ihn die Aufseher bereits mit Handschlag. Sein Wunsch, daß die Verlobung endlich platzen möge, wurde von Woche zu Woche stärker, aber Hannelore Danner beschwor ihn inständig, das Spiel noch eine Zeitlang fortzusetzen. Und ebenso dringend bat sie ihn, den Verlobungsring ständig zu tragen. Sie befürchtete — und hatte zu dieser Befürchtung wohl auch Gründe —, daß Harpfings Augen und Ohren bis nach München reichten. Tatsächlich waren, etwa vier Wochen nach seiner Verlobung, zwei Damen — Mutter und Tochter — in seiner Praxis erschienen. Sie sagten nicht, daß sie aus Harpfing kämen, sie erwähnten nur, daß sie zu Einkäufen in die Stadt gefahren seien, daß sie in einem Café etwas zu sich genommen hätten, wobei die Mutter beim Genuß einer Nußtorte auf ein Stückchen Schale gebissen habe, was einen so fürchterlichen Schmerz verursacht habe, daß sie fürchten müsse, der Zahn sei gesplittert. Der Doktor konnte keinerlei Beschädigungen am Zahn feststellen und entließ die Patientin, ohne ein Honorar für seine Bemühungen zu fordern. Aber ihm waren die flinken Augen der Dame aufgefallen, und als er Hannelore gegenüber diesen Besuch erwähnte, schwor sie, nachdem sie sich Mutter und Tochter genau hatte beschreiben lassen, daß es sich bei den beiden nur um die alte Empfenzederin und ihre Tochter Bärbl handeln könne, denen das Schuhgeschäft am oberen Markt in der Nähe des Salzburger Tores gehörte.

»Und die Bärbl, dieses Miststück, hat sich, obwohl sie meine Schulfreundin ist, während ich in Garmisch war, meinen Fredi zu kapern versucht. Natürlich hat er sie abblitzen lassen. Aber jetzt, wo sie weiß, daß ich mit dir verlobt bin, versucht sie wieder mit ihm anzubändeln und kann es, wo er doch schon aus Enttäuschung über meine Untreue mit fliegenden Fahnen zu ihr überlaufen müßte, einfach nicht fassen, daß sie bei ihm noch immer nicht landen kann!«

Sie zog dabei ein gerahmtes Foto aus ihrer Handtasche. Der Fotograf Hofmeier in Harpfing hatte sie auf eine Seifenreklame-Schönheit zurechtretuschiert und das Foto in einen roten Lederrahmen gesteckt — und den stellte sie auf seinen Schreibtisch. »Du läßt es doch stehen . . .?«

»Wenn es durchaus sein muß . . .«

Er bekam für seine Bereitschaft einen Kuß, der ihn angenehm durchrieselte. Es war überhaupt seltsam, wie oft sie ihn mit solchen spontanen Zärtlichkeiten überraschte.

»Erzählst du das eigentlich deinem Fredi-Bubi?« fragte er sie einmal bei solch einer Gelegenheit.

»Natürlich nicht!«

»Und warum tust du es dann überhaupt?«

»Ehrlich, ich finde dich wahnsinnig sympathisch . . . Vielleicht bin ich in dich sogar ein bißchen verliebt. Natürlich nicht so wie in meinen Manfred. — Ist das schlimm?«

»Für mich nicht . . .«, grinste er.

»Wir sind doch moderne Menschen!«

Er sah sie nachdenklich an. Der lange Aufenthalt in Garmisch schien die alllzu enge Harpfinger Haut gesprengt zu haben. Die Frage war nur, ob dies auf die Dauer auch Herrn Sichler gefallen würde . . .

Er hatte Fräulein Irene Faber für vier Uhr bestellt und konnte es sich leisten, sich nach dem Mittagessen noch für eine Stunde hinzulegen. Um drei Uhr brach er von zu Hause auf. Selbst im gemächlichen Bummeltempo brauchte er für den Weg zur Praxis zu Fuß kaum mehr als eine halbe Stunde. Die Folgen der vergangenen Nacht spürte er nur an seinem Durst. Er hätte liebend gern unterwegs ein kleines Helles gezischt, aber er beherrschte sich, dem Grundsatz getreu, daß die Finger eines Zahnarztes frei von Nikotinflecken und sein Atem rein sein mußten, als lebe er von Milch und Honig. Kurz nach halb vier schnurrte er im Lift zu seiner Praxis empor und machte sich gerade daran, die Fälligkeitstermine der nächsten Wechsel in seinen Kalender einzutragen, als das Telefon läutete. Eine Absagc von Fräulein Faber? Nein, es war eine Männerstimme.

»Dr. Golling?«

»Hier Steinrück, Direktion des *Grandhotels* . . .«

Dem Doktor lief es siedendheiß über den Rücken. Aus dem Nebel der Erinnerung an den verflossenen Abend tauchte eine Hotelbar auf, an der er mit Alois Seehuber zur Erfrischung der stumpf gewordenen Lebensgeister die allerletzte White Lady hinter die Binde gegossen hatte. Was mochte dort passiert sein? Hatte er sich übel aufgeführt? War er die Rechnung schuldig geblieben? Oder hatte er einen Hut mitgenommen, der ihm nicht gehörte? Der Mann am anderen Ende der Leitung schien erregt zu sein. Aber, zum Teufel, eine unbezahlte Rechnung oder ein vertauschter Hut konnten doch einen abgebrühten Hotelmanager nicht so nervös machen . . .

»Ein Glück, daß ich Sie in der Praxis antreffe, Herr Doktor!« sagte Herr Steinrück. »Sie sind der fünfte Arzt, den ich zu erreichen versuche!«

»Es ist Samstag, verehrter Herr! Ich bin auch nur zufällig in der Praxis. Aber darf ich fragen, wo es brennt?«

»Wir haben einen illustren Gast im Hotel . . .«

»Was haben Sie?« fragte der Doktor verblüfft. »Bitte, sprechen Sie ein wenig langsamer, Sie scheinen erregt zu sein, ich habe Sie nicht recht verstanden . . .«

»Sie haben sicherlich in den Zeitungen gelesen, daß der Emir von Khoranshar in unserem Hotel eine Etage gemietet hat . . .«

»Ein ganzes Stockwerk?« fragte der Doktor mit unverkennbarem Respekt. Er entsann sich tatsächlich eines Fotos in einer der letzten Ausgaben der *Abendpost*, auf dem sich ein dicker Mann in wallenden Gewändern inmitten einer Schar wildblickender, bis an die Zähne bewaffneter Wüstensöhne den Reportern stellte. »Ja, ich erinnere mich . . .«, sagte er, »aber warum erzählen Sie mir das?«

»Kommen Sie sofort ins Hotel, Herr Doktor, ich flehe Sie an! Seine Hoheit, der Emir von Khoranshar, leidet an heftigen Zahnschmerzen und ist in denkbar ungnädiger Laune. Kommen Sie auf schnellstem Weg! Seine Hoheit hat einen Spiegel zerschmettert und dem Zimmerkellner eine Flasche Arrak ins Kreuz geworfen. Unser Personal getraut sich nicht mehr in seine Nähe.«

»Ein Mann von Temperament«, grinste der Doktor, »lassen Sie alle Flaschen aus seiner Nähe räumen und montieren Sie auch die Spiegel ab.«

»Mir ist durchaus nicht scherzhaft zumute!«

»Mir auch nicht! Und wie stellen Sie sich überhaupt vor, wie ich Ihnen helfen soll? Zur Behandlung müßte der Scheich sich schon in meine Praxis bemühen, denn den Operationsstuhl kann ich nicht auf dem Buckel ins Hotel tragen. Er wiegt rund fünf Zentner!«

»Wenn Sie sich seine Hoheit wenigstens einmal anschauen und ihm ein Beruhigungsmittel geben würden.«

Der Doktor überlegte eine Sekunde lang. »Gut, ich komme«, sagte er schließlich, »aber ich muß mir die Entscheidung vorbehalten, wo ich den hohen Herrn behandle.«

»Bitte, Herr Doktor, beeilen Sie sich!«

»Ich fliege!« knurrte der Doktor und legte auf. Zum Glück fand er seine Aktentasche in der Praxis, so daß er die wenigen Instrumente, die er benötigte, nicht in einer Pappschachtel zu verstauen brauchte. Daß er Fräulein Faber zu sich bestellt hatte, fiel ihm erst ein, als er ihr in der Haustür begegnete.

»Lieber Himmel«, rief er, »jetzt habe ich Sie wahrhaftig vergessen! Ich habe einen dringenden ambulanten Fall. Irgendein hohes Tier. Emir von Khorassan oder so ähnlich. Es stand etwas über ihn in den Zeitungen. Haben Sie es gelesen?«

»Nein, ich kann mich nicht daran erinnern. Aber schön, dann komme ich eben ein anderes Mal wieder.«

Er zögerte, doch plötzlich schoß ihm ein Gedanke durch den Kopf. »Hören Sie, Fräulein Faber«, sagte er etwas überstürzt, »es ist nicht ausgeschlossen, daß ich den Emir in der Praxis behandeln muß. Würden Sie mir dabei helfen? Vorausgesetzt natürlich, daß Sie Zeit haben . . .«

»Zeit habe ich genug, ich weiß nur nicht, wie ich Ihnen helfen könnte . . .«

»Ganz einfach. In dem Schrank neben dem Waschbecken im Ordinationsraum hängen vier oder fünf weiße Mäntel. Einer davon wurde in der Wäscherei vertauscht und ist mir drei Nummern zu klein. Würden Sie ihn anziehen und — falls ich mit dem ollen Araberscheich zurückkomme — meine Sprechstundenhilfe mimen? Sie verstehen, es macht sich besser, wenn die Praxis auch personell ein wenig aufwendiger wirkt . . .«

»Ich verstehe . . .«, murmelte sie und zog die Nase kraus.

»Sie brauchen natürlich nichts zu tun!« sagte er rasch, um jeden Einwand zu überbrücken. »Was Sie übernehmen, ist nichts weiter als eine Repräsentationsrolle.«

»Also schön, Herr Doktor, ich spiele mit. Soll ich vor dem Haus auf Sie warten?«

Er fischte einen Ring mit drei Schlüsseln aus der Hosentasche und drückte ihn ihr in die Hand: »Sie werden die richtigen schon finden, Fräulein Faber, der größte sperrt die Wohnungstür, der kleinere die Praxis und der dritte das Labor. Ich muß jetzt gehen. In einer halben Stunde bin ich sicherlich wieder zurück.«

Er stürzte davon und lief über die Straße zu einem Taxistand, der in unmittelbarer Nähe des Hauses lag. Fräulein Faber, die in der Eile der Begegnung kaum zum Denken gekommen war, schaute ihm bewundernd nach. So jung — und schon solch eine Praxis! Ein arabischer Fürst! Respekt, da würde es wieder einmal in der Kasse klingeln! Sie spielte mit dem Schlüsselbund, den der Doktor ihr anvertraut hatte, und betrachtete ihn nachdenklich, als käme ihr erst jetzt zu Bewußtsein, daß sie sich da auf eine reichlich verrückte Geschichte eingelassen hatte. Aber schließlich war sie von dem netten Doktor so liebenswürdig behandelt worden, daß sie ihm den kleinen Dienst, den er von ihr verlangte, fast schuldig war. Trotzdem blieb ein Gefühl des Unbehagens in ihr zurück, als sie mit dem Lift ins fünfte Stockwerk fuhr.

Dr. Werner Golling hatte sich inzwischen in die Polster des Taxis geworfen und fuhr mit dem Gefühl, in ein Abenteuer geraten zu sein, dem Ziel entgegen. Der Gedanke, daß die Behandlung eines Mannes, der sich mit Hoheit titulieren ließ, unter Umständen recht lukrativ sein könnte, kam ihm erst unterwegs. Was konnte man einem Emir abknöpfen? Und mit wem war er zu vergleichen, wenn man europäische Verhältnisse zum Maßstab nahm? Emir, das war doch wohl so etwas wie ein regierender Fürst, nicht gerade der Schah von Persien, aber sicherlich soviel wie etwa der Rainier von Monaco. Und solche Fälle standen ganz gewiß außerhalb der üblichen Behandlungstarife . . .

Der Portier, der grün uniformiert und goldbetreßt wie ein exotischer Admiral den Doktor vor dem Hotel erwartete, rief dem Chauffeur zu, er möge sich die Fahrkosten von der Kasse in der Rezeption abholen, und lief dem Doktor mit einer Eile, als könne das Hotel in der nächsten Sekunde einstürzen, in die Halle voran. Und dort wartete in Cut und silbergrauer Weste Herr Steinrück, der Hoteldirektor, wischte sich mit einem blütenzarten Tuch, das er aus der Manschette des linken Ärmels zog, die Stirn und schien vor einem nervösen Zusammenbruch zu stehen.

»Sie ahnen nicht, wie dankbar ich Ihnen bin, daß Sie meinem Notruf so schnell gefolgt sind, Herr Doktor!«

»Was ist denn eigentlich los? Setzten die Schmerzen plötzlich ein, oder leidet der Emir schon länger?«

Herr Steinrück blickte um sich, als handle es sich um ein Staatsgeheimnis: »Eine Tragödie, Herr Doktor, eine Tragödie für das Hotel. Seine Hoheit biß beim Verzehren eines mit Kirschen gefüllten Omeletts auf einen Kirschkern und brach sich einen Zahn aus!«

»Das kann doch passieren.«

»So etwas darf nicht passieren! Jedenfalls nicht in diesem Hotel!«

»Na schön, ich werde mir den Schaden einmal ansehen.

Aber was dann, wenn ich die Behandlung nicht ambulant durchführen kann, was ich bei der Sachlage befürchte?«

»Das weiß ich auch nicht«, seufzte Herr Steinrück ratlos und führte den Doktor über die breite, rot ausgelegte Treppe zum ersten Stockwerk empor. Auf dem Mittelabsatz zupfte der Doktor den Hotelier am Cut: »Noch eine Frage, Herr Steinrück — wie steht's bei dem hohen Herrn hier?« Er rieb den Daumen gegen den Zeigefinger.

Herr Steinrück schlug die Augen gen Himmel: »Lesen Sie denn keine Zeitungen, Herr Doktor? Der Emir von Khoranshar gehört zu den reichsten Männern der Welt. Die Wüste am Persischen Golf, in der er in einem Palast aus rosa Marmor residiert und einen Harem von dreihundert Frauen hält, von denen er Gott sei Dank nur zwanzig mitgebracht hat, schwimmt auf Öl. Wenn man mit dem Finger in den Sand bohrt, sprudelt eine Ölquelle empor!«

»Hm . . .«, machte der Doktor und leckte sich die Lippen. Er erinnerte sich, in der letzten Nacht von schwellenden Moospolstern geträumt zu haben, auf denen er sich wohlig wälzte, und Moos bedeutete nach Elfriedes *Ägyptischem Traumbuch* allemal Geld.

»Versteht der Emir deutsch, Herr Steinrück?«

»Kein Wort, und sein Englisch ist leider auch miserabel . . .«

»Dann geht es dem hohen Herrn genau wie mir! Wie soll ich mich mit ihm verständigen?«

»Der Emir hat einen Dolmetscher. Er heißt Hassan. Unter uns gesagt, ich halte ihn für einen Gauner und möchte Sie vor ihm warnen. — Und noch eins, Doktor, erschrecken Sie nicht, wenn Sie der Leibwache des Emirs begegnen, die Leute machen einen nicht sehr zivilisierten Eindruck. Übrigens ist auch der Emir zum erstenmal in Europa. Sein Reichtum ist ziemlich jungen Datums, hm, und das merkt man leider . . .«

»Da bin ich aber wirklich gespannt!«

Das letzte Wort wäre ihm fast in der Kehle steckengeblieben, und er riß die Augen auf, als könne das, was er erblickte, nicht wahr sein. In dem breiten Korridor sah er ein Dutzend Türen, vor deren jeder ein riesiger, finster blickender und bis an die Zähne bewaffneter Wächter stand. In den dunklen Gesichtern leuchteten schneeweiße Raubtierzähne, und die braunen Hände lagen griffbereit am Kolben einer Pistole.

Herr Steinrück schob den Doktor voran, bis sie zu einer Flügeltür gelangten, die gleich von zwei Wüstensöhnen bewacht wurde. Sie blitzten den Doktor drohend an und musterten mißtrauisch die Ledermappe, die er in der Hand trug.

»Öffnen Sie die Tasche und zeigen Sie den Burschen Ihre Instrumente«, bat Herr Steinrück; »erst vorgestern haben die Kerle einen Reporter, der zu Seiner Hoheit vorzudringen versuchte, die Treppe hinuntergeworfen. Der arme Mensch brach sich dabei zwei Rippen.« Er tippte dem Doktor auf die Brust und rief den Leibwächtern zu: *»El hakim! El hakim!«*

Und der Doktor erinnerte sich Kara Ben Nemsis und Hadschi Halef Omars und stotterte: *»Salam aleikum! Allah in Allah, Mohammed rassul Allah . . .«*

Das brachte Leben in die Bude. Einer der Wächter verschwand hinter der Tür und riß sie Sekunden später weit auf, um den Doktor hereinzuwinken. Es war ein Prunksalon, in den er trat, aber er hatte keine Zeit, die kostbare Möblierung und die prachtvollen Teppiche zu bewundern. Was er zunächst wahrnahm, war ein kräftiger Rumgeruch, der ihm entgegenwehte. Dann erblickte er ein halbes Dutzend orientalisch gewandeter Gestalten, die im Halbkreis demütig, ehrfurchtsvoll und ängstlich um einen riesigen Sessel herumstanden, in dem ein ungeheuer dicker Mann mit Rum gurgelte und Rumfontänen auf den Teppich und auf die weißen Gewänder seines Hofstaates spie.

Ein junger Mann in europäischer Kleidung löste sich von der Seite seines Gebieters und kam dem Doktor entgegen. Mit einem harten Deutsch, dessen Rachenlaute er aus der Schweiz bezogen zu haben schien, stellte er sich dem Doktor als Hassan, der Dolmetscher, vor; er sei Untertan des Emirs von Khoranshar, studierte auf Kosten seines Herrn seit einem Jahr an der Technischen Hochschule und sei zum Dienst befohlen worden.

»Der Emir ist in einer furchtbaren Stimmung, Herr Doktor«, berichtete er, und es war ihm anzusehen, daß er es ernst meinte, »wir alle zittern um unser Leben.«

»Machen Sie dem Emir klar, daß ich ihn untersuchen will«, sagte der Doktor und verbeugte sich etwas tiefer, als er sich sonst zu verbeugen pflegte, vor dem Emir, der den Oberkörper wie ein Tanzbär hin und her schwang. Der Dolmetscher schlängelte sich an seinen Herrn heran und erstattete flüsternd Bericht. Die Herren des Gefolges traten zur Seite und sahen den Doktor aus bleichen Gesichtern mit hoffnungsvollen Blikken an. Herr Steinrück, der sich bisher im Hintergrund gehalten hatte, trat vor, kreuzte die Arme über der Brust und verneigte sich tief. »Ich habe zur Behandlung Eurer Hoheit den berühmtesten Arzt herbeigerufen, den ich finden konnte.« Hassan, der Dolmetscher, übersetzte die Rede wortgetreu.«

»Hoheit können sich Herrn Dr. Golling unbesorgt anvertrauen, er ist es gewohnt, hohe und höchste Herrschaften zu behandeln, und wird seine Ehre daran setzen, Eure Hoheit von den Schmerzen zu befreien.«

»Halten Sie um Himmels willen die Luft an!« zischte der Doktor Herrn Steinrück zu.

»Ich kann dem Emir doch nicht sagen, daß ich eine volle Stunde an der Strippe hing, bis ich endlich einen Zahnarzt erwischte!«

Der Emir von Khoranshar sprudelte eine neue Rumfontäne auf den kostbaren Teppich, öffnete den Mund, stieß ein paar unartikulierte Laute aus und winkte den Doktor zu sich heran. Er war der dickste Mann, dem der Doktor je in seinem Leben begegnet war, ein Dreizentnerkoloß, der zu einer Mahlzeit spielend mit einem fetten Hammel fertig wurde. Der Doktor beugte sich über seinen Patienten und ließ den Strahl seiner kleinen Stablampe über dessen Zahnreihen wandern.

»Was Sie da im Mund haben, hoher Herr«, murmelte er nach der flüchtigen Untersuchung, »ist einfach eine Katastrophe. Das läßt sich nicht einmal mehr mit Steinbruch bezeichnen. Drei Zähne müssen sofort raus — und über den Rest reden wir später.« Er wandte sich an den Dolmetscher: »Sagen Sie dem Emir, daß ich ihn hier nicht behandeln kann. Aber ich kann ihn von seinen Schmerzen befreien und damit die Behandlung hier wenigstens vorbereiten.«

Er ließ dem jungen Mann Zeit, seinen Gebieter zu unterrichten, und bereitete sich derweil darauf vor, eine Ampulle zu köpfen. Der Emir schien wirklich scheußliche Schmerzen zu haben, er rollte mit den Augen und stieß röchelnde Laute aus. Was der Dolmetscher nach einem kurzen Wortwechsel mit seinem Herrn vorbrachte, lautete dem Sinn nach: es sei dem Emir von Khoranshar völlig wurscht, wie und wo er von seinen Leiden befreit würde, aber er werde den Doktor zur Hölle schicken lassen, wenn es nicht bald geschehe.

Daraufhin köpfte der Doktor die Ampulle, zog ihren Inhalt in eine Spritze und befahl dem Dolmetscher, zu veranlassen, daß der Emir Vorbereitungen treffen möge, unverzüglich von hier aufzubrechen und ihm in seine Praxis zu folgen.

»Und jetzt machen Sie den Mund einmal recht weit auf, Exzellenz«, sagte er liebenswürdig, »es piekt nur ein bißchen, aber nach drei Minuten werden Sie mich für einen Zauberer halten.«

Von seinen Bemühungen um den hohen Patienten in Anspruch genommen, bemerkte er nicht, daß das Gefolge des Emirs in Unruhe und Bewegung geriet. Es gab ein hastiges Hin und Her, auch Herr Steinrück wirbelte davon, nur Hassan, der Dolmetscher, wich nicht von der Seite seines Herrn, und auch ein anderer, burnusumwallter Scheich, den der Doktor nach der Ähnlichkeit der Gesichtszüge und der Leibesfülle für einen Bruder des Emirs hielt, blieb auf seinem Platz und beobachtete jeden Handgriff des Doktors.

5

Irene Faber hatte den Wandschrank neben dem Waschbekken geöffnet und den Kittel gefunden, der dem Doktor um ein paar Nummern zu klein war. Mit dem Gefühl, sich für ein Faschingsfest zu kostümieren, schlüpfte sie hinein und zog den Gürtel stramm um die Taille, denn wenn er ihr auch in der Länge einigermaßen paßte, so war er in der Weite für einen Herrn von erheblichem Leibesumfang zugeschnitten worden. Sie drehte sich vor dem Spiegel und bedauerte, nicht Medizinerin oder wenigstens Arzthilfe geworden zu sein, denn sie fand, daß der weiße Mantel sie ausgezeichnet kleide. Aus Langeweile wusch sie sich mit der braunen, antiseptischen Seife des Doktors gründlich die Hände und sah sich, nachdem das geschehen war, näher im Ordinationsraum um. Alles darin blitzte vor Sauberkeit. In den Instrumentenschränken herrschte eine pedantische Ordnung. Nur auf dem kleinen Schreibtisch lagen einige Zettel und ein Terminkalender herum, wie der Doktor sie liegengelassen hatte, als er zu seinem hohen Patienten abberufen worden war. Er würde es ihr danken, wenn sie auch dort die Ordnung herstellte, die sonst in diesem Raum herrschte.

Es war beileibe keine Neugier, die sie veranlaßte, einen flüchtigen Blick auf die Zettel und Notizen zu werfen. Sie waren mit Zahlenkolonnen bedeckt, deren Addition eine imponierende Summe ergab. O ja, der Doktor schien eine blendende Praxis zu besitzen. Sie schichtete die Zettel zusammen, legte sie in die geöffnete Schublade, in die sie fraglos hineingehörten, und wollte den Terminkalender gerade zuklappen und zu den Zetteln legen, als ihr Blick auf ihren Namen und auf eine lapidare Notiz fiel, die hinter ihrem Namen stand. Sie lautete schlicht: *Auch das noch!!!*, mit genau drei Ausrufezeichen dahinter. Fräulein Faber erstarrte und spürte, wie ihr eine brennende Röte ins Gesicht stieg.

Sie hatte einen Zehnmarkschein dabei und war drauf und dran, ihn auf den Terminkalender zu legen und auf Nimmerwiedersehen zu verschwinden. Aber dann glitt ihr Blick über die Eintragungen der anderen Tage, und was sie dort las, veranlaßte sie, die glatte Stirn zu runzeln und flacher als sonst zu atmen. Der Doktor nämlich führte seinen Terminkalender zugleich als Tagebuch, und da er ein Mann war, der aus seinem Herzen keine Mördergrube machte, kehrte hinter vielen Daten als Ausdruck seiner Stimmung ein Wort wieder, das keinen Zweifel daran ließ, daß er mit sich und der Welt alles andere als zufrieden war. Es war ein Wort der deutschen Sprache, das durch die Häufigkeit seines Gebrauchs in neuerer Zeit nicht nur druckreif, sondern sogar fernsehfähig geworden ist. Der Doktor hatte es je nach Stimmung sogar zu modulieren verstanden, indem er es je nach Gelegenheit mit weichem oder mit scharfem S schrieb, wobei die Zahl der verwendeten Buchstaben die Stärke seiner Empfindung von der einfachen Enttäuschung bis zum lauten Jammer ausdrückte.

Fräulein Faber blätterte in dem Kalender zurück und stellte fest, daß der Doktor seine Praxis am 15. März eröffnet hatte.

15. 3. Laden aufgemacht! Stolz, aber ein wenig nervös. Nur keine Angst, Werner, es wird schon schiefgehen.
16. 3. Kein Patient. Zweite Anzeige aufgegeben. (DM 160!)
17. 3. Still ruht der See . . .
18. 3. Erster Patient! Fehlanzeige, Staubsaugervertreter!
19. 3. Endlich der erste! Extraktion. Aber der einzige . . .
20. 3. Wieder umsonst gewartet. Wenn das so weitergeht . . .!
22. 3. Scheiße, sprach der Erzherzog!
23. 3. Wurzelbehandlung! Eine Füllung! Hoho!
24. 3. Armer Onkel Paul, du wirst dran glauben müssen.
25. 3. Klammern einer Prothese zurechtgebogen. Himmel hilf!
26. 3. Frau mit brüllendem Schratzen. Muß man sich in den Bauch treten lassen? Und alles für die AOK!

So ging es endlos weiter, über Wochen und Monate. Es kamen auch Tage, an denen der arme Doktor zwei oder sogar drei gute Meldungen buchen konnte, aber sie waren selten. Dafür häuften sich in den Notizen dunkle Befürchtungen, die die Zukunft und die Tatsache betrafen, daß er seinen guten Namen auf einige Papierchen geschrieben hatte, deren Fälligkeitstermin in bedrohliche Nähe rückte, und Fräulein Faber wußte plötzlich, daß die hohen Zahlen, die sie auf den Zetteln entdeckt hatte, nicht etwa Außenstände, sondern Schulden bedeuteten — und eine Welle des Mitleids durchflutete ihr Herz. Der arme Mensch! Jetzt verstand sie auch die Ironie der kurzen Notiz hinter ihrem eigenen Namen, und plötzlich konnte sie sich auch das grimmige Lächeln deuten, mit dem er ihre hingestotterte Erklärung aufgenommen hatte, daß sie leider momentan total abgebrannt sei. Er hätte sie ohne weiteres abwimmeln können. Um so anständiger von ihm, daß er sie nicht nur angenommen, sondern sogar besonders höflich und liebenswürdig behandelt hatte!

Flüchtig weiterblätternd entdeckte sie zwei Notizen, die sie veranlaßten, die Augen zusammenzukneifen. Da stand unter dem Datum des 11. Mai, eines Sonntags:

Harpfing! Hannelore D.! Ansehen kostet nichts, haha. Geschieht dir recht, Onkel Paul! Es war dein Einfall!

Und vierzehn Tage später, ebenfalls an einem Sonntag, dem 25. Mai, stand ein Eintrag, der ebenfalls reichlich rätselhaft anmutete:

Verlobt! — Verlobt??? Na, ihr werdet Augen machen!

Fräulein Faber klappte den Terminkalender achselzuckend zu und legte ihn in die Schublade. Das Foto im roten Lederrahmen, das nun einsam auf der leergefegten grünen Schreibtischplatte stand, stellte also des Doktors Verlobte dar. Sie fand den roten Lederrahmen ziemlich scheußlich. Und das Foto? Eine hübsche Person, wenn auch ein wenig derb und allzu üppig, besonders für den Pullover, aber auf solche Kurven flogen ja die meisten Männer — und was ging sie schließlich des Doktors Geschmack an!

Ein Blick auf die Wanduhr zeigte ihr, daß sie bereits länger als eine halbe Stunde wartete. Sie trat zum Fenster und öffnete einen Flügel, um auf die Straße hinunterzuschauen. Die Höhe war ein wenig beängstigend. Aber der weite Blick gefiel ihr. Sie glaubte in der Ferne den Pasinger Kirchturm zu erkennen. Der Verkehr auf der Straße war um diese Tageszeit gering. Wer ein Auto besaß — und wer besaß schon keins? —, war bei dem herrlichen Sommerwetter an den Seen oder in den Bergen. Sie selbst wäre ins Isartal hinausgeradelt, wenn der Doktor sie nicht gerade für Samstag nachmittag zu sich bestellt hätte . . .

Drei schwarze, ungewöhnlich große und überreichlich mit Chrom überladene Limousinen kamen in ziemlich rascher Fahrt heran. Drei Luxusautos, wie man ihnen selbst in einer

Stadt wie München nicht alltäglich begegnete. Kein Wunder, daß die Leute auf der Straße stehenblieben und den Traumautos nachblickten. Und dann bremste der erste Straßenkreuzer genau unterhalb des Fensters vor dem Hauseingang, und dahinter stoppten auch die beiden anderen Wagen. Die Türen flogen auf, weiße Gestalten quollen heraus, und inmitten der Beduinen oder was sie sonst sein mochten, entdeckte Fräulein Faber den dunkelblonden Schopf des Doktors. Plötzlich strömten, wie von einem Magneten herangezogen, von allen Seiten Leute herbei, die sich das Schauspiel eines verspäteten oder verfrühten Faschingsaufzuges nicht entgehen lassen wollten. Ein halbes Dutzend Männer in weißen Burnussen, die Köpfe von Tüchern verhüllt, die durch schwarze Stirnreifen gehalten wurden, bildete um den Doktor und um einen unwahrscheinlich dicken Orientalen, der aus dem ersten Wagen halb herausgezogen und halb herausgehoben wurde, einen Ring und scheuchte die Neugierigen mit drohenden Gebärden zurück. Dann verschwand der Dicke und der Doktor mit dem Gefolge im Haus, und an jedem Auto blieb ein bewaffneter Araber als Wache zurück. Es war wirklich traumhaft.

Fräulein Faber schloß das Fenster und spürte eine kleine Schwäche in den Beinen, wenn sie an die Rolle dachte, die sie alsbald spielen sollte. Trotzdem eilte sie zur Tür und hörte, in den Treppenschacht horchend, das surrende Geräusch des heraufkommenden Fahrstuhls. Dann rastete der Lift ein, die Tür ging auf, und der Doktor zwängte sich als erster heraus. Er sah Fräulein Faber im weißen Kittel vor der Praxis stehen und stutzte sekundenlang. Anscheinend hatte er sie wieder einmal völlig vergessen.

»Ach du liebe Güte, Fräulein Faber!« rief er, schlug sich vor die Stirn und grinste sie an. »Der Dicke hinter mir ist der Emir von Khoranshar. Wissen Sie zufällig, wo das liegt? Ich war in Geographie immer schwach. Und die beiden anderen Scheiche sind seine Wesire oder so was Ähnliches . . .« Er sah ihr verstörtes Gesicht und fügte hinzu: »Keine Sorge, die Brüder verstehen kein Wort deutsch!« Er gab dem Emir den Weg frei und deutete mit einer schwungvollen Geste auf Fräulein Faber: *»My assistent, Highness . . .«*

Fräulein Faber überlegte einen Augenblick, ob sie den Emir mit der Andeutung eines Hofknickses begrüßen müsse. Es war fraglos etwas Majestätisches an seiner Erscheinung, was den hochzeremoniellen Gruß gerechtfertigt hätte, aber dann begnügte sie sich doch lieber mit einem Neigen des Kopfes, lächelte den dicken Emir freundlich an und sagte: *»Good afternoon . . .«*

»So«, rief der Doktor munter, »und jetzt seien Sie so nett, Fräulein Faber, und führen Sie die drei Könige aus dem Morgenland in die Praxis. Ich hole derweil die anderen Herren des Gefolges herauf.« Und er stieg wieder in den Lift und entschwand ihren Blicken.

Der Emir sah Irene Faber an, als prüfe er, ob sie sich für seinen Harem eigne. Er sagte etwas, was wie *»krrch gruckchch rrrahrum«* klang und von den Herren seiner Begleitung mit ähnlich gutturalen Lauten beantwortet wurde. Vielleicht hieß es, die Dame sei für Haremszwecke wegen ihrer Magerkeit gänzlich ungeeignet: Fräulein Faber spürte jedenfalls, daß sich die Bemerkungen auf sie bezogen, und fühlte sich ein wenig unbehaglich, aber sie bedeutete die Herren mit Handzeichen, ihr zu folgen. In diesem Augenblick stürmten drei Männer von des Emirs Leibwache, die im Lift keinen Platz mehr gefunden hatten, keuchend die Treppe empor. Während einer von ihnen den Schutz des Emirs und seiner Wesire übernahm, drangen die beiden anderen in die Praxis ein, rissen sämtliche Türen auf und durchkämmten Wartezimmer, Ordination und Labor, als befürchteten sie, irgendwo könne sich ein Attentäter verborgen halten. Erst als sie niemand entdeckten, der ihrem Herrn gefährlich werden konnte, gaben sie ihm den Weg frei.

Irene Faber ging voran, und der Emir folgte ihr in den Behandlungsraum. Ihm folgten seine Würdenträger, und diesen wiederum die drei Männer der Leibwache. Irene Faber bot dem Emir den Stuhl an, den die Patienten des Doktors einzunehmen pflegten, wenn er ihre Personalien aufnahm, aber abgesehen davon, daß der Emir auf dem Stühlchen nur mit der Hälfte einer Gesäßhälfte Platz gefunden hätte, schüttelte er den Kopf und sah sich in der Praxis um. Er war ein technisch interessierter Monarch, und sein Deutschland-Besuch galt der technischen Erschließung seines Landes. Auf dem Weg ins Ruhrgebiet, wo er Maschinen und Rohre für eine Pipeline erwerben wollte, war er in München hängengeblieben und hatte den Aufenthalt über die dafür vorgesehene Zeit ausgedehnt, denn der Koran verbot ihm zwar den Genuß von Wein, vom guten, süffigen Münchner Bier aber stand kein Wort in den Gesetzen des Propheten. Er näherte sich der funkelnden, nagelneuen Bohrmaschine, nahm den Griff in die Hand, spielte mit Scherenzug und Gelenkkopf, sah Irene Faber an und fragte:

»*Grrrrrrrrr?*«

Irene Faber nickte und antwortete: »*Yes, Sir!*«

»*No good!*« brummte der Emir von Khoranshar und wandte sich von der Bohrmaschine ab, um den Instrumentenschrank zu inspizieren, in dem hinter Glas die nickelblitzenden und chromfunkelnden Marterinstrumente aufgereiht lagen. Säuberlich der Größe nach geordnete Bohrsätze, Pinzetten, Spachtel, Klammern, Schaber, Meißel und Zangen. Der Emir von Khoranshar öffnete den Schrank, griff hinein und holte die dickste Kronenzange heraus, die der Doktor vorrätig hatte. Er zog die Schenkel der Zange so weit auseinander, daß das Maul die Spitze seines dicken Zeigefingers umschloß, und drückte die Zangenschenkel vorsichtig zusammen. Irene Faber hatte den Eindruck, daß die beiden Herren des engeren Gefolges sichtlich erblaßten und daß sogar die harten Männer der Leibwache nervös zu blinzeln begannen. Der Emir spielte noch immer mit seinem Zeigefinger, drehte ihn mit Hilfe der Zange spielerisch nach rechts und nach links und blickte Fräulein Faber zum zweitenmal fragend an. »*Krrrrrrrch?*« Es klang wie das Krachen eines allzu rösch gebratenen Hühnerbeinchens.

Irene Faber deutete mit dem Finger auf die Zange, öffnete ihren Mund, deutete auf einen Backenzahn, machte mit der Hand eine Hebelbewegung und sagte bestätigend:

»*Krrrrch!*«

»*Very good!*« knurrte der Emir von Khoranshar und winkte mit dem Zeigefinger, den er soeben noch mit der Kronenzange bearbeitet hatte, den kräftigsten Mann seiner Leibwache heran. Es war sonnenklar, daß er nichts anderes vorhatte, als dem Mann zum Spaß einen oder mehrere Zähne zu ziehen, bevor er selbst an die Reihe kam. Und der bullige Riesenkerl kniete auch schon vor ihm nieder, riß, ohne mit der Wimper zu zucken, den Mund weit auf, jederzeit bereit, seinem Landesvater ein paar Zähne zu opfern. Wenn es dem nur Vergnügen bereitete.

In diesem Augenblick hörte Irene Faber die Stimme des Doktors und lief ihm entgegen. »Um Himmels willen, kommen Sie schnell! Der Emir ist gerade dabei, einem seiner Leute die Zähne zu reißen!«

Hinter dem Doktor tauchte zwischen drei weiteren Orientalen ein junger, exotisch aussehender Mann auf, der jedoch einen normalen Straßenanzug trug. Es war Hassan, der Dolmetscher, der auf Kosten seines Landesvaters an der Technischen Hochschule studierte.

»Was stört Sie daran, Fräulein?« fragte er achselzuckend, »der Emir von Khoranshar darf alles. Wenn es ihm Spaß macht, einem Dieb die Hände abzuhacken, hackt er sie ab, und wenn es ihm mehr Spaß macht, den Mann zu köpfen, dann köpft er ihn eben. Zähne ziehen ist doch ein völlig harmloses Vergnügen. Lassen Sie es ihm . . .«

Irene Faber sah den jungen Mann entgeistert an. Die drei burnusumwallten Neuankömmlinge rauschten mitsamt Hassan an ihr vorbei in den Ordinationsraum hinein, wo der Doktor gerade dabei war, dem Emir von Khoranshar sein Spielzeug freundlich aus der Hand zu winden. Passiert war inzwischen nichts, der kniende Leibwächter hatte noch seine zweiunddreißig schneeweißen Zähne vollständig im Mund — nur einer von ihnen wackelte ein wenig.

»Tja, Euer Gnaden«, sagte der Doktor, »soo einfach geht das nicht, sonst könnte sich ja jeder Depp als Zahnarzt niederlassen.« Er wandte sich an Hassan und ließ ihn den Emir fragen, ob er noch Schmerzen habe und ob er bereit sei, sich behandeln zu lassen.

Der Emir ließ dem Doktor seinerseits sagen, er habe das Gefühl, auf seinem Zahnfleisch wüchse ein dichter Pelz, er verspüre nicht den geringsten Schmerz und erwarte vom Doktor, daß er ihn von seinen Leiden endgültig und für alle Zukunft befreie.

Der Doktor wandte sich wieder an Hassan: »Dann sagen Sie Ihrem Chef, er möge die Güte haben, in dem Operationsstuhl Platz zu nehmen.«

Und der Emir hatte die Güte. Das heißt, er mühte sich ab, die Güte zu haben, aber der Stuhl war für Männer seines rückwärtigen Formats nicht berechnet. Er versuchte sich von rechts, und er versuchte sich von links hineinzuzwängen, aber wie er es auch anstellen mochte, die Armstützen waren den gewaltigen Ausmaßen seines Hinterteils im Weg. Der Doktor unterstützte den hohen Herrn in seinen redlichen Bemühungen, zu Stuhl zu kommen, aber es war völlig vergeblich, und er blickte nervös auf die Uhr. Seit der Verabfolgung der Injektion waren gut und gern zwanzig Minuten vergangen, und wenn er die Behandlung nicht bald beginnen durfte, war die Wirkung der Spritze vorbei. Auch Irene Faber, die sich von dem Schrecken über die rauhen Landessitten in Khoranshar inzwischen erholt hatte, bemühte sich um den Patienten, aber ebenso fruchtlos wie der Doktor.

Wer die Leibwächter des Emirs betrachtete, kam unweigerlich zu dem Eindruck, daß ihre Muskelkräfte bedeutend höher zu bewerten waren als ihre Intelligenz in technischen Dingen. In diesem speziellen Fall aber schienen sie doch zu begreifen, was ihrem Gebieter zum bequemen Niedersitzen im Weg stand. Zwei Mann drängten den Doktor und Fräulein Faber zur Seite, packten rechts und links die Armlehnen des Operationsstuhles und bogen die verchromten Stahlrohre auseinander, als wären sie aus Blei gegossen. Dem Doktor war bei dem Anblick zumute, als würden ihm selbst die Arme ausgerenkt. Die übrigen Herren des Gefolges standen derweil um ihren Chef herum, rauchten schwarze Zigaretten, streuten Asche auf den vor wenigen Minuten noch spiegelblanken Linoleumboden und spuckten ungeniert in der Gegend herum. »Hassan«, schrie der Doktor, »sagen Sie den Kerlen, daß sie endlich aufhören sollen, mir den Stuhl zu ruinieren!«

»Wieviel kostet solch ein Stuhl?« fragte Hassan kaltblütig.

»Über fünftausend Mark!« röchelte der Doktor.

»Dann setzen Sie den Stuhl dem Emir einfach auf Rechnung, Doktor! Fünftausend Mark — das ist für den Emir von Khoranshar soviel wie einmal ausspucken, *pffffft.*«

»*What's the matter?*« knurrte der Emir, während ihm der Doktor einige Tampons in den Mund stopfte.

»Ihre Garde zertrümmert mir die Einrichtung, Hoheit!«

Irene Faber übersetzte den Text rasch ins Englische.

»*Buy an new furniture*«, knurrte der Emir, und der Doktor bedurfte keiner Sprachhilfe, um zu verstehen, daß er sich eine neue Einrichtung kaufen möge. Was er nicht erfahren hatte, war leider, auf wessen Kosten die neue Einrichtung zu beschaffen sei.

Der arme Doktor ging an den Instrumentenschrank. Er wäre am liebsten in Tränen ausgebrochen, als er die Verwüstung erblickte, die der Emir dort angerichtet hatte. Aber schließlich fand er in dem Durcheinander die passenden Gerätschaften und machte sich an die Arbeit. Die Leibwächter drängten sich um den Stuhl und beobachteten jeden seiner Handgriffe mit mißtrauischen Augen. Ihre Hände lagen griffbereit an den Dolchen, und der Doktor hatte das peinliche Gefühl, daß er von drei Seiten gleichzeitig durchbohrt würde, wenn der Emir auch nur den geringsten Schmerzenslaut hören ließ.

»Hassan!« schrie er den Dolmetscher an.

»Sie wünschen, Doktor?«

»Sagen Sie dem Emir, daß er seine Leibtrabanten wegschikken soll! Ich kann nicht arbeiten, wenn ich keine Ellbogenfreiheit habe.«

Der Emir scheuchte seine Leute mit einer wedelnden Handbewegung bis ins Wartezimmer hinein. Nur die hohen Würdenträger blieben in seiner Nähe.

»Und ich habe es nicht gern, wenn mir ein Weib in den Rachen sieht!« gurgelte der Emir böse, und Hassan übersetzte es wortgetreu.

»Damit sind Sie gemeint, Fräulein Faber«, stellte der Doktor fest. »Treten Sie hinter den Emir und drücken Sie seinen Kopf ins Nackenpolster. Es geht gleich los . . .«

»Ich kann kein Blut sehen, Herr Doktor . . .«

»Da können Sie ganz ruhig sein, es kommt keins. Diesen parodontotischen Steinbruch könnte man mit zwei Fingern ausräumen. Und ich bin ein Idiot, daß ich das nicht im Hotel besorgt habe.«

»Und warum taten Sie es nicht?«

»Weil ich erstens nicht ahnen konnte, daß diese Banditen mir die Praxis verwüsten würden, und weil ich zweitens dem Scheich für sein teures Geld auch etwas bieten wollte.«

»Lassen Sie ihn zahlen, daß ihm die Augen tropfen!«

»Ich will es versuchen«, murmelte der Doktor und setzte die Zange an. Irene Faber drückte den Kopf des Emirs, den ein dreifacher Stirnreif krönte, fest ins Nackenpolster. Dabei sah sie, daß der Dolmetscher Hassan jedes Wort ihres Dialogs mit dem Doktor verstanden hatte, denn er grinste belustigt, und sie errötete bis unter die Haarwurzeln.

»Von mir aus können Sie über den Dicken reden, was Sie wollen«, sagte Hassan. »Er bezahlt mein Studium, aber er irrt sich, wenn er meint, daß ich nach Khoranshar zurückkehre. Ich bin doch nicht blöd. Und außerdem habe ich hier eine feste Freundin . . .«

»Interessant«, meinte der Doktor, »aber erzählen Sie es später.« Er hatte den ersten Zahn schon in der Zange und öffnete mit dem Fuß durch einen Hebeldruck den Abfalleimer, um den gezogenen Zahn hineinzuwerfen.

»Vorsicht, Doktor!« warnte Hassan. »Gehen Sie mit den Zähnen des Emirs respektvoller um, wenn Ihnen Ihr Leben lieb ist. Der Emir stammt vom Propheten ab, und seine Zähne werden in Khoranshar als Reliquien verehrt. Legen sie die Zähne auf die Glasplatte und überlassen Sie sie mir. Den Verdienst teilen wir später.«

»In Ordnung«, nickte der Doktor und zog dem Emir den zweiten Zahn.

»*How do you do, Sir?*« fragte er seinen Patienten und hatte wieder einmal Ursache, mit seiner humanistischen Bildung unzufrieden zu sein, denn damit war sein Englisch auch so ziemlich erschöpft, und er mußte Irene Faber bitten, den Emir zu fragen, ob die Spritze noch wirke und ob er schmerzfrei sei.

Der Emir nickte huldvoll, und der Doktor machte sich an den dritten Zahn, der extrahiert werden mußte. Leider hatte Hassan nicht mit der Habgier und Aufmerksamkeit der Würdenträger gerechnet, denn kaum lag dieser dritte Zahn des Emirs auf dem Tablett, da fuhren auch schon drei braune Hände blitzschnell aus der Umwallung der weiten Gewänder und heimsten die kostbaren Zähne ein. Die Herren schienen sich längst darüber verständigt zu haben, welchen Zahn wer begehrte, denn sie schnappten sich die Reliquien mit einer Sicherheit und Vehemenz, als hätten sie die Sache stundenlang vorher geübt.

»Diese verdammten Gauner!« knurrte Hassan erbittert.

»Allright, Sir«, sagte der Doktor mit einer Verbeugung und salutierte mit der Zange, *»my work ist done*, aber vergessen Sie um Himmels willen nicht, das Ihrige zu tun!«

Der Emir griff nach dem Wasserglas, spülte sich den Mund und übersah beim Ausspucken großzügig das dafür bestimmte Becken.

»Ich werde ihn an seine Schuldigkeit erinnern«, sagte der Dolmetscher. »Wieviel Prozente geben Sie mir?«

»Wir sind hier nicht im Orient!« knurrte der Doktor.

»Ich schlage zwanzig vor . . .«

»Zehn! Und kein Wort weiter!«

»Fünfzehn, Doktor. Sie werden es nicht bereuen. Schließlich sitze ich näher am Geldbeutel des Emirs als Sie.«

»Also schön, fünfzehn.«

»Was wollen Sie dem Dicken abknöpfen?«

»Drei Extraktionen . . .«, murmelte der Doktor unsicher, »was kann man da schon verlangen? Fünfzig pro Zahn . . .?«

Hassan, der Dragoman des Emirs, sog die Luft mit einem zischenden Geräusch durch die Zähne und zog den Hals ein.

»Was haben Sie denn gedacht?« fragte der Doktor.

»Höchstens fünf!« zischelte Hassan; »gewiß, der Dicke hat Geld wie Heu, aber übers Ohr hauen läßt er sich auch nicht!«

»Mann«, sagte der Doktor böse, »da zahlt ja die Ortskrankenkasse besser!«

»Ich denke, wir reden aneinander vorbei«, grinste Hassan, »ich habe selbstverständlich fünftausend gemeint!«

»Pro Zahn?« fragte der Doktor mit der letzten Luft.

»Ja, natürlich!«

»Sie haben einen kleinen Mann im Ohr!« flüsterte der Doktor leicht betäubt und füllte das Wasserglas zum zweitenmal, um es dem Emir zu reichen.

»Lassen Sie mich nur machen«, meinte Hassan. »Es bleibt natürlich bei fünfzehn Prozent?«

»Zwanzig, wenn Sie es fertig kriegen . . .«

»Und wie hoch sind die Schäden, die die Bullen angerichtet haben?«

Der Doktor warf einen Blick auf die verbogenen Armlehnen. Sonst hatte der Stuhl keinen weiteren Schaden genommen. »Zwei- bis dreihundert Mark«, sagte er nach kurzem Besinnen und sprach die Zahl und Mark sehr deutlich aus, um keine weiteren Mißverständnisse aufkommen zu lassen.

»Vorher sagten Sie aber fünftausend, und ich meine, dabei sollten wir auch bleiben. Der Emir selbst hat Ihnen empfohlen, sich neu einzurichten.«

»Machen Sie, was Sie wollen!« röchelte der Doktor und beugte sich über den Emir, um ihm die Reste der Tampone aus dem Mund zu entfernen.

»I am hungry!« sagte der Emir. »Wann kann ich wieder eine Mahlzeit zu mir nehmen?«

Der Doktor gab ihm den Weg zum Hammelpilaw mit einer weiten Handbewegung frei: »Nach drei Stunden können Sie essen, worauf Sie Appetit haben — aber *no smoke, understand you?«* Er kurbelte den Operationsstuhl mit dem Fuß herunter, und Irene Faber war ihm behilflich, den Dicken aus dem Sitz zu zerren. Zwei Herren des Hofstaates eilten herbei und stützten ihren Herrscher unter den Armen. Der Emir spuckte noch ein paar Wattereste auf ihre Gewänder und nahm eine majestätische Haltung an. Die Leibwache umringte ihn, aber bevor er sich zum Abzug bereit machte, winkte sein wurststarker Zeigefinger den Dolmetscher Hassan herbei.

»Chremmmm Grchum Groogchum«, begann der Emir. Es schien sich um eine hochoffizielle Ansprache zu handeln, denn die Wachen lauschten ehrfurchtsvoll, und Hassan benutzte die kurzen Pausen, die der Emir einlegte, um die Rede ins Deutsche zu übersetzen.

»Gelobt sei Allah und gelobt sei der Prophet! Allah hat den Menschen viele Gaben verliehen. Mir, dem Emir von Khoranshar, schenkte er das Schwert der Gerechtigkeit, mit dem ich jenen Schurken die Köpfe abschlagen werde, die mir bisher Zähne gezogen haben. Dir, o Hakim, schenkte er die schmerzlose Zange, und dafür sei sein Name gepriesen!«

Jedesmal wenn der Name Allahs von des Emirs Lippen ertönte, warfen sich seine Begleiter zu Boden und berührten mit der Stirn den durch Zigarettenasche und Blut besudelten Linoleumbelag. Der Doktor, dem eine öffentliche Ehrung noch nie zuteil geworden war, blickte einigermaßen verlegen drein, und auch Irene Faber sah ein wenig betreten aus, wenn sich die Männer der Leibwache gerade ihr zu Füßen warfen.

»Ich, der Emir von Khoranshar, Herr über zwölftausend Krieger und fünfzigtausend Kamele, Herrscher über das Land zwischen den Oasen Tufregg, Onar, Chalirum und Usarabene, danke dir, o Vater der Zange, dafür, daß du mich von meinen Leiden befreit hast, und versichere dich meines Wohlwollens. Ich werde dich rufen lassen, wenn ich deiner bedarf, denn ich habe zu dir und deiner Kunst Vertrauen gefaßt. Nichts gibt es auf der Welt, was einen Mann mehr entwürdigt als ein schmerzender Zahn, der läßt das tapferste Herz erzittern. Die Belohnung für deine Dienste wird dir zu gegebener Zeit mein Schatzmeister überreichen.«

»Ich meine, Sie sollten etwas erwidern«, flüsterte Irene Faber dem Doktor zu, als der Emir seine Rede beendet hatte.

Der Doktor kreuzte die Arme feierlich über der Brust und verneigte sich vor dem Herrn der Krieger und Kamele: »Emir von Khoranshar, Herrscher der Gläubigen, es war mir eine hohe Ehre, dir zu dienen und dich von deinen Schmerzen zu befreien. Wenn du es wünschest, setze ich dir anstelle der verlorenen Zähne neue ein, Zähne, deren Glanz strahlender denn Perlmutter ist, auf daß dein Atem lieblich werde und dein Lächeln dereinst die Houris des Paradieses bezaubere!«

»Go on!« rief der Emir und wollte auf den Stuhl zurück.

»So schnell geht das leider nicht, o Emir«, sagte der Doktor bedauernd, »zuerst nämlich müssen sich die Wunden in deinem Mund schließen.«

»Gut, Vater der schmerzlosen Zange, dann suche mich in meinem Hotel auf und sage mir, wann es so weit ist, daß du die fehlenden Zähne durch neue ersetzen kannst.« Er gab seinem Gefolge einen Wink, und der Zug formierte sich. Ein Leibtrabant übernahm die Spitze, zwei Würdenträger schlossen den Emir in ihre Mitte, der dritte schritt hintendrein, und zwei Bewaffnete folgten als Rückendeckung. Der Doktor begleitete seinen hohen Patienten zum Lift und beförderte ihn persönlich ins Erdgeschoß. Dort wartete der Emir, bis sein ganzes Gefolge zu ihm gestoßen war. Jetzt brauchte er seine Leibwache wirklich, denn vor dem Haus hatte sich eine große Menschenmenge angesammelt, die beim Anblick der majestätischen Erscheinung des orientalischen Potentaten nicht nur keine Spur von Ehrfurcht und Respekt zeigte, sondern in sehr münchnerische und höchst despektierliche Bemerkungen über die Leibesfülle des Emirs ausbrach. Zum Glück hatte sich auch ein Polizeibeamter eingefunden, mit dessen Hilfe es den Leibwächtern gelang, dem Emir den Weg zu seinem Wagen zu bahnen und ihn zu verfrachten.

Und natürlich befand sich auch ein Zeitungsreporter unter der Menge, der einen ganzen Film verschoß und sich zum Doktor durchkämpfte, als der letzte Wagen davonrollte. »Gestatten, Wurlitz von der *Nachtpost* . . . Wer war denn dieser wamperte Scheich eigentlich?«

»Der Emir von Khoranshar . . .«

»Teufel, Teufel, da habe ich ja wieder mal Massel gehabt! Und was hatten Sie mit dem Dicken zu tun?«

Der Polizeibeamte ersuchte die Menge, sich zu zerstreuen, und die Leute folgten dem Ersuchen, da es ohnehin nichts mehr zu sehen gab. Der Doktor wollte ins Haus zurück, aber Herr Wurlitz von der Nachtpost verstellte ihm den Weg. Seine flinken Augen hatten unter dem Dutzend Firmenschilder das einzige Arztschild entdeckt . . . »Dr. Golling, nicht wahr?«

»Woher . . .«

»Neese!« sagte Herr Wurlitz schlicht und hob mit dem Zeigefinger seine Nasenspitze an. »Also, Sie haben den Emir in der Mache gehabt, stimmt's?«

»Warum fragen Sie, wenn Sie es wissen?«

»Warum so unwirsch, Verehrtester? Ist doch eine Pfundsreklame für Sie, wenn ich das Ding groß rausbringe.«

Herr Wurlitz führte damit einen Gesichtspunkt an, unter dem der Doktor den Besuch des Emirs noch nicht betrachtet hatte, und für einen Augenblick geriet er in Versuchung, die günstige Gelegenheit, sich eine dritte Anzeige in den beiden großen Blättern zu ersparen, auszunutzen. Aber nur für einen Augenblick. »Von ärztlicher Schweigepflicht scheinen Sie noch nie etwas gehört zu haben, wie?«

»Daß auch Schnauzenschlosser darunter fallen, ist mir tatsächlich neu«, gestand Herr Wurlitz ein.

»Dann sind Sie jetzt um eine Erfahrung reicher«, sagte der Doktor und schlug Herrn Wurlitz die Haustür vor der Nase zu. Der Lift stand noch offen, aber der Doktor benutzte ihn nicht, sondern stieg die hundert Stufen zu seiner Praxis empor. Er brauchte Zeit, um sich darauf vorzubereiten, den Rest des Tages Putzfrau zu spielen. Es war das eine Rolle, die ihm überhaupt nicht lag. Aber als er seine Ordination betrat, sah er, daß Irene Faber den Besenschrank entdeckt und darin alles gefunden hatte, was man zum Säubern des Bodens brauchte. Den weißen Kittel hatte sie inzwischen abgelegt und sich dafür Frau Lechners blaukarierte Schürze umgebunden, der Raumpflegerin, die seine Praxis und Dr. Seehubers Kanzlei besorgte.

»Aber Fräulein Faber!« sagte er schwach. »Sie können doch nicht . . .«

»Natürlich kann ich!« erwiderte sie resolut und kippte die Zigarettenstummel aus der Kehrichtschaufel in den Abfalleimer. »Bringen Sie Ihren Instrumentenschrank in Ordnung, ich wische hier noch feucht auf, und beim Bohnern können Sie mir dann helfen. In zehn Minuten haben wir alles wieder auf Hochglanz gebracht.«

»Diese Banditen!« stöhnte er und versuchte, die Armlehnen des Operationsstuhls wieder emporzubiegen.

»Das würde ich an Ihrer Stelle lassen, Herr Doktor«, meinte Irene Faber, »denn wenn der Dicke wiederkommt, brechen seine Leute die Lehnen womöglich vollends ab.«

»Ein funkelnagelneuer Stuhl«, seufzte er erschüttert, »und noch kein Pfennig dafür bezahlt . . .«

»Darum brauchen Sie sich doch keine Sorgen mehr zu machen, das zahlt der Dicke doch aus dem Handgelenk.« Sie stützte sich für einen Moment auf den Schrubberstiel und stieß einen leisen Seufzer aus.

»Weshalb seufzen Sie, Fräulein Faber?«

»Ich habe mir vorgestellt, wie es sein würde, wenn man soviel Geld besäße wie dieser wamperte Ölfürst!«

»Das übersteigt meine Vorstellungskraft.«

»Meine auch«, nickte sie und wand den feuchten Putzlappen um den Schrubber, um die letzten Spuren der exotischen Gäste zu beseitigen.

Wirklich nett von dem Mädchen, wie sie ohne langes Überlegen auf den Schwindel mit der Sprechstundenhilfe eingegangen war und wie sie ihm jetzt die Burg in Ordnung brachte. Als ob sie seit Jahren gute Freunde wären. Ob er es riskieren durfte, sich für ihre kameradschaftliche Hilfe zu revanchieren und sie zum Essen einzuladen? Aber in diesem Augenblick fiel ihm siedendheiß ein, daß sie ja nicht als Sprechstundenhilfe und Putzfrau, sondern als Patientin zu ihm gekommen war. »Um Himmels willen, Fräulein Faber«, rief er bestürzt, »was macht denn unser Zahn? Entschuldigen Sie tausendmal, aber den hätte ich in dem Trubel fast vergessen.«

»Es geht ihm ausgezeichnet, ich habe ihn überhaupt nicht mehr gespürt.« Sie hatte den Eimer indessen in den Schrank zurückgestellt und machte sich daran, den Boden mit der Bohnerbürste zu bearbeiten.

»Lassen Sie das, Fräulein Faber!« sagte er energisch. »Dieses Geschäft soll am Montag Frau Lechner besorgen, ich kann Sie dabei nämlich nicht ablösen, sonst zittern mir hinterher die Finger, und der Bohrer geht daneben. Und überhaupt sind Sie für solch eine schwere Arbeit zu zart!«

»Brechen Sie sich nur nichts ab, Herr Doktor, auf Bohnern bin ich trainiert. Daheim habe ich fünf Zimmer mit Parkett und einen endlosen Korridor, der mit Linoleum ausgelegt ist.« Ihre Wangen waren von der Anstrengung leicht gerötet, und der Doktor fand, daß sie sehr, sehr hübsch aussah.

»Trainiert oder nicht, jetzt sind Sie Patientin, und nun klettern Sie schon auf das Stühlchen! Ich wasche mir nur noch die Hände.«

Er ging zum Waschbecken und bearbeitete seine Finger mit der Bürste. »Wenn man es recht bedenkt, dann habe ich diesen Ölscheich nur Ihnen zu verdanken, Fräulein Faber . . .«

»Wieso mir?«

»Nun, hätte ich Sie nicht zufällig auf Samstag in die Praxis bestellt, dann hätte mich der Anruf aus dem Hotel nie erreicht, und der Emir wäre mir durch die Lappen gegangen.«

»Und wenn Hassan hält, was er versprochen hat, dann sind Sie in den nächsten Tagen ein reicher Mann.«

Er sog die Luft zischend durch die Zähne und wiegte den Kopf hin und her: »Mir ist der Gedanke äußerst peinlich, mit diesem Gauner Kippe zu machen. Und überhaupt, fünf Mille pro Extraktion! Wie stellen Sie sich das vor?«

»Wundervoll!« antwortete sie munter. »Und ich an Ihrer Stelle hätte dem Dicken noch ein paar Zähne mehr gezogen.«

»Ich bin soweit, Fräulein Faber«, sagte der Doktor und trat an den Stuhl heran, »und ich fürchte, daß Ihnen für die nächsten zehn Minuten solche Scherze auf fremder Leute Kosten und Zähne vergehen werden.«

Er entfernte die provisorische Füllung, griff zum Bohrer und sah bald, daß er die Behandlung noch heute beenden konnte. Schon im Begriff, die Porzellanfüllung anzurühren, die er zur endgültigen Füllung benötigte, stellte er die kleine Glasplatte wieder weg. Statt dessen griff er zu dem Fläschchen mit der antiseptischen Lösung und bereitete eine neue Einlage vor.

»Werden Sie den Zahn retten können, Herr Doktor?« fragte Fräulein Faber ein wenig ängstlich.

»Ich bin fest davon überzeugt«, antwortete er zuversichtlich, »aber zur Vorsicht will ich doch noch eine zweite Einlage machen.« Er drückte das Antiseptikum mit einer winzigen Spachtel in die Bohrstelle hinein und verschloß sie wieder mit Zement. »Haben Sie am Mittwoch Zeit, Fräulein Faber?«

»Ich habe immer Zeit . . .«

»Gut, dann sehen wir uns also am Mittwoch nachmittag gegen drei Uhr wieder . . .«, er zögerte und hüstelte nervös, »es sei denn, Sie würden mir erlauben, Sie in der Zwischenzeit wiederzusehen und für das, was Sie mir heute Gutes getan haben, zum Essen auszuführen . . .«

Irene Faber richtete sich auf. Da der Operationsstuhl auf Arbeitshöhe eingestellt war, wuchs sie über den Doktor empor. »Gern, Herr Doktor, wenn Sie dazu auch Ihre Verlobte einladen!«

»Meine Verlobte . . .«, stotterte er, »ach du liebe Güte, das ist nicht meine Verlobte, sondern ich bin ihr Verlobter, aber das ist eine äußerst komplizierte Geschichte . . .«

»Das Gefühl habe ich allerdings auch!« sagte Irene Faber und sprang, da er keine Anstalten machte, den Stuhl zu senken, kurzerhand von ihm herab. Der Doktor hatte plötzlich das Gefühl, im Raum herrschte die Temperatur eines auf hohe Minusgrade eingestellten Kühlschrankes.

»Ich habe übrigens vorgestern eine Kurzgeschichte verkauft . . .«

»Meinen Glückwunsch!«

»Für siebzig Mark . . .«

»Ich weiß genau, daß Sie als Schriftstellerin eines Tages Geld scheffeln werden wie Agatha Christie mit ihren Krimis!«

Der Blick, den sie ihm zuwarf, war schräg und kühl. Sie öffnete ihr Handtäschchen und kramte darin herum: »Ich weiß nicht, was die Behandlung kosten wird, Herr Doktor, auf alle Fälle möchte ich eine Vorauszahlung von zwanzig Mark leisten.«

»Stecken Sie sofort das Geld ein, Fräulein Faber«, sagte der Doktor und lief rot an, »oder ich mache Ihnen eine Gegenrechnung auf, was ich Ihnen dafür schulde, daß Sie mir den Nachmittag geopfert haben. Das ergibt in Naturalien mindestens eine Wurzelresektion und eine Jackettkrone! Ja, ich stehe tief in Ihrer Kreide!«

»Können Sie sich diese Großzügigkeit auch leisten, Herr Doktor?« fragte sie und errötete plötzlich verlegen — und er wußte im gleichen Augenblick, daß sie sein Spiel von der gutgehenden Praxis durchschaut hatte und ihn für einen armen Hund hielt, genauso arm wie sie selbst es war.

»Sie müssen wissen«, stammelte er, »daß ich den Laden erst vor einem Vierteljahr aufgemacht habe und daß er noch miserabler geht, als ich es mir in den schlimmsten Angstträumen ausgemalt habe.«

»Das ist doch nicht Ihr Ernst!« unterbrach sie ihn. »Ich finde, daß Ihre Praxis ganz flott zu laufen beginnt. Sie hatten gestern fünf Patienten und vorgestern drei . . .«

»Woher wissen Sie das?« fragte er verblüfft.

»Ihr Terminkalender lag offen auf dem Schreibtisch . . .«

»Haben Sie darin noch mehr entdeckt?« fragte er verkniffen.

»Ich lese keine fremden Terminkalender«, antwortete sie ziemlich kühl, »und vor allem dann nicht, wenn diese Kalender als eine Art von Tagebuch geführt werden!«

»Entschuldigen Sie«, bat er verlegen und erleichtert zugleich, daß sie den Eintrag, der sie selbst betraf, nicht entdeckt zu haben schien.

»Jedenfalls haben Sie nicht den geringsten Grund, sich zu beklagen!«

»Nun ja, ab und zu fällt ein Spritzer vom warmen Regen auch auf mich . . .«

»Und der Emir von Khoranshar? Nennen Sie das etwa auch einen Spritzer?«

»Ich werde Ihnen genau sagen, was geschehen wird, Fräulein Faber. Einer von den Scheichen aus dem Morgenland wird sich erkundigen, was man hierzulande für die Extraktion von drei Zähnen zahlt, und ob Emir oder nicht, in den nächsten Tagen werde ich einen schäbigen Scheck über hundert oder zweihundert Mark kriegen. Kassieren sollte man nämlich, wenn die Leute die Zahnschmerzen haben, und nicht hinterher, wenn sie sie los sind.«

Sie hob die Schultern und ließ sie sinken, als fehle ihr für solch einen Pessimismus jedes Verständnis, und verabschiedete sich mit einem: »Alsdann, Herr Doktor, also am Mittwoch um drei . . .«

Er blieb eine Weile stehen, starrte auf die Wartezimmertür, die sie hinter sich geschlossen hatte, und stampfte schwer zu seinem Schreibtisch. Es sah aus, als hätte er Schneereifen unter die Sohlen geschnallt. Er nahm das Foto von Hannelore Danner in die Hand und betrachtete es mit finsterer Miene, warf es in die Schublade und schob sie mit einiger Vehemenz zu. Was hatte er sich da bloß eingebrockt!

6

Es ging über seine Kraft, den Abend in der Gesellschaft von Onkel Paul und Tante Hedi zu verbringen. Er rief daheim an und bat Elfriede, die sich am Apparat meldete, den Herrschaften auszurichten, daß er sich für den Abend mit einem Studienkollegen verabredet hatte. Wenn die beiden erst vor dem Fernseher saßen, hatte er inquisitorische Fragen nicht mehr zu befürchten. Das forschende Auge von Tante Hedi ruhte in letzter Zeit immer länger auf ihm, sie fand, daß er, frisch verlobt und mit solch einem reizenden Mädchen dazu, eigentlich glücklicher aussehen müsse.

Bevor er die Praxis verließ, erledigte er noch zwei Telefonate. Zunächst rief er Harpfing an, wo ihm Frau Danner bedauernd mitteilte, daß Hannelore im Augenblick nicht daheim wäre. Er bat sie, Hannelore zu bestellen, daß die morgige Verabredung leider ausfallen müsse, da er von seinem ehemaligen Chef zu einer Familienfeier eingeladen worden sei. Und der letzte Anruf galt dem *Grandhotel*, wo er sich bei Herrn Steinrück erkundigte, wie es dem hohen Patienten erginge. Er erfuhr, daß der Emir schmerzfrei und bei guter Laune sei und das Abendessen mit großer Ungeduld erwartet. Der Doktor warf einen Blick auf die Uhr. »Vor sieben keinen Bissen, Herr Steinrück! Ich mache Sie dafür verantwortlich. Und noch eins: sollte wider Erwarten etwas schiefgehen, so bin ich jederzeit privat zu erreichen«, und er gab Herrn Steinrück die Berwangersche Telefonnummer. »Ich bin spätestens um neun Uhr zu Hause und komme, wenn es sein muß, auch in der Nacht.«

»Ich bin Ihnen zu großem Dank verpflichtet, Doktor . . .«

»Wenn der Emir nicht vergißt, meine Arbeit zu honorieren, liegt der Dank auf meiner Seite!«

»Ich bitte Sie, Doktor, in dieser Hinsicht brauchen Sie sich nun wirklich keine Sorgen zu machen!«

»Ihr Wort in des Emirs Ohr! Aber da ist noch eine andere Sache, die mir Kummer macht: meine Praxis sieht nach dem Besuch des hohen Herrn aus, als ob eine Bombe darin krepiert wäre. Sein Hintern war für den Operationsstuhl zu gewaltig, und da haben seine Trabanten kurzerhand die Armlehnen abgebrochen . . .«

»Dann setzen Sie den Stuhl doch einfach auf Rechnung!«

»Das hat mir der Emir selbst empfohlen . . .«
»Na also! Warum zögern Sie dann?«
»Der Stuhl kostet rund fünf Mille!«
»Na und? Was meinen Sie, Doktor, was wir dem Herrn auf die Rechnung setzen werden! Was hier an Möbeln und Teppichen verwüstet worden ist, übersteigt Ihren Verlust um ein Zehnfaches oder noch mehr.«
»Sie träufeln Balsam auf meine Wunden.«
»Gern geschehen, Doktor, und weil Sie mir aus einer unangenehmen Lage herausgeholfen haben, werde ich mich, wenn Sie zustimmen, bei Ihnen revanchieren. Schicken Sie Ihr Honorar an die Geschäftsleitung des Hotels, und ich erledige die Angelegenheit für Sie. Dann brauchen Sie Ihrem Geld nicht persönlich nachzulaufen. Recht so?«
»Sie nehmen mir eine Last von der Seele . . .«
»Dann warte ich also auf Ihr Schreiben, Doktor, und nun leben Sie wohl.«
Er hatte den eleganten Herrn Steinrück für einen Fatzke gehalten und tat ihm nun innerlich Abbitte. Jetzt bereitete ihm nur noch die Höhe der Summe Kopfschmerzen, die er dem Emir abnehmen konnte. Er erinnerte sich sagenhafter Honorare, die berühmte Chirurgen gekrönten Häuptern abgeknöpft hatten, aber schließlich hieß er nicht Sauerbruch, und dann konnte man auch drei gezogene Zähne wohl nicht mit einer Magenresektion oder mit einer komplizierten Operation an der Gallenblase vergleichen. Vielleicht war Onkel Paul, der von Geld und Geschäften mehr verstand als er, für dieses Thema der richtige Gesprächspartner. Aber nicht mehr heute.
Die Uhr ging auf halb sieben, als er die Praxis endlich zusperren konnte. Wahrscheinlich war er der einzige Mensch, der sich um diese Zeit noch im Haus befand. Nach allen Aufregungen, die der Tag gebracht hatte, verspürte er einen rechtschaffenen Hunger und freute sich darauf, den Durst mit einem prickelnden Weizenbier zu löschen. Außerdem empfand er das dringende Bedürfnis, in aller Ruhe über gewisse Dinge nachzudenken, in die er hineingeschlittert war, ohne sie recht ernst zu nehmen. Tatsächlich aber zog diese blödsinnige Verlobung, zu der er sich hatte beschwatzen lassen, Folgen nach sich, welche über die Belästigungen hinausgingen, die er bisher in Kauf genommen hatte, um Hannelore Danner zu ihrem Glück zu verhelfen. Mochte sie das Spiel von sich aus noch eine Zeitlang weitertreiben, er zog den Ring vom Finger und ließ ihn in der Hosentasche verschwinden, fest entschlossen, der jungen Dame bei der nächsten Gelegenheit zu eröff-

nen, daß sie das Stück ohne seine Mithilfe zu Ende bringen müsse. Allein dieser Entschluß belebte seine Stimmung so sehr, daß er diesen Abend — an dem ihn übrigens kein Notruf aus dem *Grandhotel* erreichte — und den folgenden Sonntag mit dem Gefühl verbrachte, eine Haut abgestreift zu haben, die ihn allzulange beengt und in seiner Bewegungsfreiheit gehemmt hatte. Er fuhr am Sonntag in aller Herrgottsfrühe über Wasserburg und Obing an den Chiemsee, badete in der Hirschauer Bucht, ließ sich in Hagenau beim Stephan gebackene Renken schmecken und kehrte erst spät in der Nacht nach München zurück.

Vor Tatendrang berstend, schloß er seine Praxis am Montag vormittag um neun Uhr auf. Um zehn schellte es zweimal. Es war der Bote mit dem Lesezirkel. Um halb elf zog er einem brüllenden kleinen Mädchen einen Milchzahn, den die Mama daheim mit der altbewährten Hausmannsmethode »Bindfaden und Türklinke« nur zur Hälfte herausgebracht hatte. Um elf erschien eine alte Dame, um sich die Klemmen ihrer Prothese etwas fester biegen zu lassen, und nachdem sie gegangen war, läutete das Telefon, und die klagende Stimme, die an sein Ohr drang, gehörte Tante Hedi . . .

»Und das muß man aus der Zeitung erfahren, Werner!«

»Was denn Tante Hedi? Ich verstehe kein Wort . . .«

»Also höre einmal! Du und der Emir von Chorassan auf der ersten Seite der *Nachtpost . . .!*«

»Khoranshar, Tante Hedi, nicht Chorassan! Khoranshar produziert Öl und aus Chorassan kommen, soviel ich weiß, nur Teppiche . . .«

»Das ist doch egal! Aber daß du uns den Emir einfach unterschlagen hast . . .!«

»Ohne jede Absicht! Am Samstag kam ich zu spät heim, um es euch noch erzählen zu können, und gestern war ich den ganzen Tag am Chiemsee.«

» . . . einen der reichsten Männer der Welt!«

»Wer behauptet das?«

»Die Zeitung, wer sonst? Und diese Zeitungsleute können sich so etwas ja nicht aus den Pfoten saugen.«

Er hörte, daß die Tür des Wartezimmers geöffnet wurde. »Entschuldige, Tante Hedi, ich habe gerade einen Patienten auf dem Stuhl. Zum Mittagessen bin ich daheim. Dann sollst du alles hören.« Er legte auf und drehte sich um. In der Tür stand der Rechtsanwalt Dr. Alois Seehuber und schwenkte eine Zeitung wie eine Fahne.

»Mann, Werner, Freund!« schrie er. »Weshalb knallen hier

nicht die Korken gegen die Decke? Und wo steht das kalte Büffet?«

»Halt die Klappe und gib das Blatt schon her?«

»Du wirst mir doch nicht weismachen sollen, daß du es noch nicht gelesen hast!«

»Ich habe keine Ahnung!«

»Ein Ölscheich als Patient! Mann, das ist doch so gut wie sechs Richtige im Lotto!«

»Sieh dir die Schweinerei an«, sagte Werner Golling und wies mit dem Daumen in Richtung des Behandlungsstuhles, »weil der Emir mit seinem dicken Hintern nicht in den Stuhl hineinkam, haben seine Banditen von Leibwächtern ruckzuck die Lehnen abgebrochen.«

Er nahm Alois Seehuber die letzte Ausgabe der *Nachtpost* ab und sah unter der Schlagzeile *»Ölmilliardär bei Münchner Zahnarzt«* drei Fotos aus jenem Film, den Herrn Wurlitz am Samstag nachmittag vor dem Haus geschossen hatte. Eines zeigte nur die wild blickenden Männer der Leibwache, aber auf den beiden anderen stand er dünn und schlank wie ein Filigranmännchen neben der Kolossalfigur des Emirs und Herrschers aus dem Morgenland. Der Text unter den Bildern aber lautete:

»Wie zu Anfang der Woche gemeldet, hat der Emir von Khoranshar mit Gefolge und Harem im *Grandhotel* eine Etage bezogen. Das Emirat von Khoranshar, nur einige hundert Quadratkilometer groß und in der Nähe des Persischen Golfs gelegen, besitzt Ölvorkommen von unschätzbarem Wert. Das Milliardenvermögen des Emirs vermehrt sich in jeder Stunde des Vierundzwanzigstundentages um rund zwanzigtausend Dollar. Es ist anzunehmen, daß die Vermögensverhältnisse des jungen Münchner Zahnarztes Dr. Werner Golling, der seine Praxis vor einigen Monaten eröffnet hat, bedeutend bescheidener sind. Um so mehr wird es der junge Doktor der Zahnheilkunde zu schätzen wissen, daß er nunmehr einen der reichsten Männer der Welt zu seinen Patienten zählen darf. Der Witz dabei ist, daß dieser Fall eine Illustration zum Sprichwort ›Ohne Fleiß kein Preis‹ darstellt, denn wie wir von der Hotelleitung erfuhren, war Dr. Golling der einzige Zahnarzt, den der schmerzgeplagte hohe Hotelgast am Samstag nachmittag erreichen konnte.«

»Hofzahnarzt Seiner Hoheit des Emirs von Khoranshar!« sagte Alois Seehuber halb spöttisch und halb respektvoll. »Ich habe nämlich nachgeschlagen. Emir ist tatsächlich so was wie ein Stück Fürst, mit dem Unterschied, daß er nicht nur mehr

Pinkepinke besitzt, sondern bei sich daheim auch mehr zu sagen hat als der Rainier von Monaco oder der Großherzog von Luxemburg.«

»Hat er«, bestätigte Werner Golling, »denn er hat geschworen, den Kerlen die Köpfe abschlagen zu lassen, die ihm bisher seine Zähne gezogen haben.«

»Da ist man denn wieder richtig froh, in einer Demokratie zu leben«, meinte Dr. Seehuber. »Was wirst du dem Emir für die Behandlung abknöpfen?«

»Einiges . . .«, murmelte Werner Golling, ohne sich auf nähere Zahlenangaben festzulegen.

»Beneidenswerter Glückspilz«, seufzte Herr Seehuber, »ich werde von dem Prozeß, an dem ich mich gesundstoßen kann, wohl bis an mein Lebensende träumen.«

»Schwing dich, alter Freund, und träum in deiner Kanzlei weiter. Ich schreibe einstweilen die Honorare und bringe sie hernach persönlich ins Hotel. Außerdem macht es sich gut, wenn ich mich um den hohen Herrn ein wenig kümmere.«

»Das ist der Unterschied zwischen Barmer Ersatzkasse und Privat . . .«

»Genau!« grinste der Doktor und schob Alois Seehuber zur Tür hinaus. Die naheliegende Idee, dem Emir einen Höflichkeitsbesuch abzustatten, war ihm tatsächlich erst im Gespräch mit seinem Freund Seehuber gekommen. Er beeilte sich, die Rechnung aufzusetzen, und machte sich auf den Weg zum *Grandhotel.*

Herr Steinrück hielt sich gerade in der Rezeption auf und eilte dem Doktor fast so stürmisch wie am Samstag nachmittag entgegen, als es galt, den tobenden Emir von seinen Schmerzen zu befreien und die Hoteleinrichtung zu retten.

»Seit einer Viertelstunde versuche ich Sie zu erreichen!«

»Seit einer Viertelstunde bin ich zu Ihnen unterwegs. Was gibt's, wo brennt's?«

»Der Emir . . .«

»Schmerzen?«

»Keineswegs, es geht ihm ausgezeichnet. Aber er behauptet, Sie hätten ihm neue Zähne versprochen . . .«

»Das stimmt, aber ich habe ihm auch ausdrücklich klargemacht, daß der Kiefer völlig verheilt sein muß, ehe ich daran denken kann, ihm neue Beißerchen zu verpassen.«

»Dann scheinen Sie sich nicht klar genug ausgedrückt zu haben, Doktor. Vor einer halben Stunde ließ der hohe Herr mich rufen und befahl mir, ein Zimmer räumen zu lassen und darin eine komplette Zahnstation einzurichten, genau die gleiche, die er in Ihrer Praxis gesehen hat.«

»Der Spaß kostet ihn ohne Röntgenkugel dreißig bis vierzig Mille!«

»Herr Doktor«, rief Herr Steinrück und rang verzweifelt die Hände, »wenn Sie keinen anderen Einwand als die Kostenfrage vorzubringen haben, dann läßt der Emir einen Flügel des Hotels als Zahnklinik einrichten!«

»Wie soll ich ihn daran hindern, sich komplett zu installieren?« grinste der Doktor.

»Sie müssen ihm klarmachen, daß solch eine Installation Monate in Anspruch nimmt und daß es am Ort überhaupt keine Firma gibt, die so etwas erledigen könnte!«

»Dann nehmen Sie mal das Branchenverzeichnis zur Hand . . .«

»Ich werde mich hüten, dem Emir zu verraten, daß es so etwas gibt!«

»Hoffentlich kommt unser Freund Hassan nicht auf die Idee, dieses Geschäft in die Wege zu leiten.«

»Mir zittern die Knie, Doktor!«

»Ich werde mein möglichstes tun, Herr Steinrück. Übrigens habe ich meine Rechnung dabei . . .«

»Dann legen Sie sie dem Emir vor, er wird seinem Finanzwesir befehlen, Ihnen einen Scheck auszustellen. Kommen Sie, ich führe Sie zu ihm.«

Dieses Mal wurde der Doktor von den auf dem Korridor postierten Wachen mit tiefen Salaams empfangen, dem Emir gemeldet und unverzüglich vorgelassen. Der Emir von Khoranshar saß auf einem resedagrünen Sofa, dessen Sitzfläche er mit seiner gewaltigen Körperfülle fast völlig beanspruchte. Auf einem kostbar eingelegten niedrigen Taburett summte eine silberne Kaffeemaschine. Drei Herren des Hofstaates hockten auf bunten Ledersitzkissen vor ihm um das Taburett herum, schlürften aus winzigen Täßchen tintenschwarzen Kaffee und delektierten sich an Marzipankonfekt und Petit fours, die auf suppentellergroßen Silberschüsseln aufgehäuft lagen. Der Doktor verspürte beim Anblick des Zuckerzeugs ein Ziehen in den Zähnen.

Hassan stand in ehrerbietiger Haltung hinter seinem Herrn und tat, als verdolmetsche er die Worte, die dieser an den Doktor richtete. Wenn der Emir geahnt hätte, was sich sein Untertan an Frechheit herausnahm, das Schwert der Gerechtigkeit wäre an Ort und Stelle in Aktion getreten und hätte den respektlosen jungen Mann für ewig stumm gemacht.

»Willkommen, Doktor«, sagte Hassan in feierlichem Ton, »der Dicke ist von Ihnen hellauf begeistert und träumt seit gestern von nichts anderem, als sich hier eine Kopie Ihrer Praxis einzurichten. Sie müssen ihm das unter allen Umständen ausreden. Mir blutet das Herz, denn mir entgeht das Geschäft meines Lebens, aber meine Zähne sind mir lieber. Zwei von den Scheichen, die hier sitzen, sind Brüder des Emirs. Er hat sie mitgenommen, weil er ihnen nicht über den Weg traut. Auch sie zittern um Zähne und Leben. Also kurz und gut, reden Sie dem Emir den Blödsinn aus dem Kopf. Die Brüder des Emirs werden sich erkenntlich zeigen.«

Der Emir verneigte sich tief: »Hören Sie, Freundchen«, sagte er mit heiterer Miene, »wie Sie Ihren Chef übers Ohr hauen und was Sie mit den Brüdern des Emirs verabredet haben, ist mir völlig wurscht. Aber wenn Sie nicht jedes Wort, das ich zu sagen habe, dem Emir haargenau übersetzen, dann besorge ich mir im Verlauf von zwei Stunden einen privaten Dolmetscher und lasse Sie in die Luft gehen.«

»Warum so ungemütlich?«

»Weil Sie es ein bißchen zu weit treiben, mein Freund! Sagen Sie dem Emir, daß ich mir ansehen möchte, was sein Mund macht. Davon hängt es nämlich ab, wann ich die Behandlung fortsetzen kann.« Er trat an den Emir heran und bat ihn mit einer ermunternden Geste, sich für die Untersuchung bereit zu machen.

»Bringen Sie dem Emir ein Glas Wasser und sagen Sie ihm, er möge geruhen, sich den Mund zu spülen. Ich arbeite nicht gern in Marzipan und Schokolade.«

Hassan tat, was der Doktor ihm auftrug, und auch der Emir fügte sich des Doktors Wünschen. Das Wasser spie er kurzerhand hinter sich. Der Doktor schob die Oberlippe des Emirs mit zwei Fingern empor und betrachtete eingehend sein Werk. Die Wunden hatten sich recht ordentlich geschlossen, was beruhigend war, denn bei der Fettleibigkeit des Patienten war ein beginnender oder sogar fortgeschrittener Diabetes nicht auszuschließen.

»Sehr schön, Hoheit, der Heilungsprozeß macht gute Fortschritte. Wie lange gedenken sich Eure Hoheit in München aufzuhalten?«

Der Emir schob sich ein mit rosigem Zuckerguß überzogenes Petit four in den Mund, nahm einen Schluck Kaffee und kaute genüßlich: »Was soll die Frage?«

»Ich kann die Behandlung erst dann fortsetzen, wenn die Kieferschwellung völlig zurückgegangen ist.«

Der Emir stampfte mit dem Fuß auf: »Ich will aber meine neuen Zähne sofort haben, Doktor!«

»Unmöglich, Hoheit . . .«

»Nichts ist unmöglich! Ich zahle jeden Preis.«

»Seien Sie doch nicht ungeschickt, Doktor«, ließ sich Hassan vernehmen. »Warum verderben Sie sich das Geschäft und warum tun Sie nicht, was der Emir haben will?«

»Weil er Ihnen das neue Gebiß ins Gesicht schmeißen würde!« knurrte der Doktor.

»Na, und wenn schon!« meinte der junge Mann gleichmütig. »Der hat schon mit ganz anderen Sachen nach mir geworfen. Und er kriegt es glatt fertig, Ihnen die Kaffeemaschine samt Inhalt an den Kopf zu knallen, wenn Sie sich seinem Willen widersetzen.«

»Was gibt's da zu reden?« fragte der Emir ungnädig.

»Machen Sie rasch, Doktor«, sagte Hassan, und es war ihm anzusehen, daß er es mit der Angst zu tun bekam, »gleich fliegen harte Gegenstände durch die Luft. Wann also kann der Emir seine neuen Zähne bekommen?«

»Ich werde mich nach drei Tagen wieder einfinden und versuchen, einen Abdruck abzunehmen. Aber sagen Sie dem Emir ausdrücklich, daß ich jede Verantwortung ablehne, wenn ihm die Prothese unerträgliche Schmerzen bereiten wird.«

Der Emir hörte sich das an, was Hassan ihm im Auftrag des Doktors wortgetreu ausrichtete, mit finsterer Miene an, aber die Erwähnung bevorstehender Schmerzen schien ihn doch zu beeindrucken. Die Erinnerung an die Qualen, die er vor zwei Tagen durchgemacht hatte, war in ihm noch wach, und so stimmte er der Frist von drei Tagen schließlich gnädig zu. Ein Abdruck fünf Tage nach der Extraktion war natürlich unverantwortlich, aber vorerst einmal hatte der Doktor Zeit gewonnen, und wenn der Emir drei Tage später auf seinem Willen bestand, nun, so sollte er ihn haben. Vorsorglich schrieb der Doktor ein Rezept für eine Tinktur aus, mit der der Patient sein Zahnfleisch stündlich pinseln sollte, um den Heilungsprozeß zu beschleunigen und die Druckempfindlichkeit zu mildern. Während er das Rezept ausschrieb, hielt der Emir eine kurze Rede, die Hassan auf seine Art übersetzte.

»Jetzt kommt's, Doktor — der Emir wünscht, daß Sie eine Firma beauftragen sollen, hier unverzüglich die gleiche Einrichtung zu installieren, die er in Ihrer Praxis gesehen hat. Einen Scheck über zehntausend Dollar bekommen Sie in die Hand gedrückt, wenn Sie gehen. Was machen Sie jetzt?«

Der Doktor verneigte sich tief und ersuchte Hassan, bei der Übersetzung seiner Worte sehr genau zu sein: »Der Wunsch Eurer Hoheit ist mir Befehl, und es wird mir eine Ehre sein, den Auftrag noch heute weiterzugeben. Die Werkstätten, welche die Operationsstühle anfertigen, befinden sich in Düsseldorf, und die anderen, in denen die Spezialinstrumente in Handarbeit geschmiedet werden, liegen in Solingen. Ich persönlich habe auf die Einrichtung meiner Praxis ein halbes Jahr warten müssen, aber ich bin davon überzeugt, der ruhmreiche Name des Emirs von Khoranshar wird das Wunder bewirken, daß die gewünschten Dinge in höchster Eile produziert und sicherlich bereits nach zwei oder drei Monaten geliefert werden können.«

Der Emir knurrte wie ein Löwe, dem eine saftige Antilopenlende aus den Tatzen gezogen wird. Auch die Herren seiner Umgebung seufzten bedauernd auf, daß ihrem Gebieter der Traum von einem so herrlichen Spielzeug so grausam zerstört wurde, aber der Doktor hörte aus ihren Seufzern mehr die Befreiung von einem Alpdruck heraus.

»Two or three months«, brummte der Emir, *»that ist a long, long time . . .«*, aber, fügte er hinzu, er schiebe den Auftrag nur für ein paar Tage hinaus, die Einrichtung müsse dann allerdings nach Khoranshar geflogen werden.

»Eine ausgezeichnete Idee, Hoheit«, nickte der Doktor beifällig, holte ein Papier aus der Brusttasche und wandte sich an Hassan: »Überreichen Sie dem Emir diese Rechnung und bitten Sie ihn, daß er sie erledigen lassen möge. Es handelt sich um die Rechnung für meine ärztlichen Bemühungen und um den Stuhl, den seine Trabanten zerstört haben.«

Hassan nahte sich seinem Herrn mit einer tiefen Verbeugung und hielt ihm das Papier unter die Augen. Der Emir wedelte es mit einer verächtlichen Handbewegung zur Seite. *»How much?«* fragte er aus dem Mundwinkel.

»Six thousand five hundred«, antwortete der Doktor leicht beklommen.

»Pounds or Dollars?«

Der Doktor wollte »Natürlich Mark!« antworten, aber Hassan trat ihm energisch auf den Fuß: »Seien Sie doch nicht blöd!« sagte er liebenswürdig und fügte laut hinzu: »Dollar!«

Der Emir gab dem Herrn seines Gefolges, der ihm am nächsten saß, einen Wink — »Scheich Abdullah, des Emirs Bruder« — flüsterte Hassan dem Doktor ins Ohr —, und Scheich Abdullah griff in die Tiefen seines Gewandes, holte ein Scheckbuch und einen Füller hervor, kritzelte einige Zahlen und seine Unterschrift auf das Papier und überreichte es dem Doktor, dem ein flüchtiger Blick zu der Feststellung genügte, daß der Scheck tatsächlich über sechstausendfünfhundert Dollar ausgestellt und bei der Zentralbank für Internationalen Handel einzulösen war.

Sechstausendfünfhundert Dollar, großer Manitou, das waren rund dreiundzwanzigtausend Mark! Er schloß wie betäubt die Augen, und für einen Moment verschlug es ihm Sprache und Atem. Er konnte sich nur noch tief verbeugen. Der Emir winkte ihm huldvoll zu, und Hassan begleitete ihn zur Tür: »Zwischen uns bleibt es bei unserer Abmachung«, flüsterte er, »fünfzehn Prozent . . .«

Der Doktor nickte stumm. Ihm fehlten noch immer die Worte. Irgendwie kam er die Treppe hinunter und landete in der Hotelhalle. Dort wartete Herr Steinrück auf ihn.

»So reden Sie doch schon, Doktor! Haben Sie dem Emir seinen gräßlichen Plan, das Hotel in eine Zahnklinik zu verwandeln, ausreden können?«

»Alles in bester Ordnung, Herr Steinrück! Die Zahnstation wird per Luftfracht nach Khoranshar beordert.«

»Wie kann ich Ihnen danken, Doktor? Haben Sie einen Wunsch, den ich Ihnen erfüllen kann?«

»Geben Sie mir ein Bier, Herr Steinrück. Ich kann vor lauter Trockenheit im Hals nicht mehr schlucken. Schauen Sie sich das an!« und er zog den Scheck aus der Tasche und hielt ihn Herrn Steinrück vor die Augen.

»Donnerwetter«, murmelte Herr Steinrück, »da sind Sie aber an die Buletten rangegangen!«

»Halten Sie mich für einen Gauner?« seufzte der Doktor. »Der Emir fragte, nachdem ich ihm meine Rechnung überreicht hatte, ob es sich um Pfund oder um Dollar handle, und in dem Augenblick, in dem ich antworten wollte, daß die Rechnung selbstverständlich auf Mark ausgestellt sei, trat Hassan mir auf die Zehen und sagte schlicht, es gehe um Dollars. Und der Bruder des Emirs stellte den Scheck ohne mit der Wimper zu zucken auf Dollars aus. Dabei hatte ich das Gefühl, daß er der Meinung war, noch preiswert weggekommen zu sein . . .«

»Wissen Sie, Doktor, daß das Öl dem Emir jährlich mehr als eine halbe Milliarde Dollars einbringt? Hätten Sie auf englischen Pfunden bestanden . . .«

»Korrumpieren Sie mich nicht«, stöhnte der Doktor, »noch ein Wort, und ich fange wahrhaftig an, zu bereuen, daß ich so bescheiden war.«

»Merken Sie es sich für später. Auf jeden Fall ist dieser Scheck eine Feier wert. Kommen Sie, Doktor, ich lade Sie zum Essen ein. Das ist das Geringste, womit ich mich für das erkenntlich zeigen kann, was Sie für mich und für das Hotel getan haben.«

7

Es war ein bedeutsamer Augenblick, als Werner Golling daheim die Brieftasche zog und Onkel Paul den Scheck des Emirs überreichte.

»Was sagst du nun, Paul?« rief Tante Hedi, die seit Erscheinen des Zeitungsartikels, in dem ihr Neffe solch eine bedeutende Rolle spielte, wie auf Wolken schwebte. »Ist das nicht fabelhaft, was Werner in so kurzer Zeit geschafft hat?«

Onkel Paul sagte nichts. Die Höhe der Summe konnte ihn, der mit größeren Zahlen umzugehen gewohnt war, nicht sonderlich beeindrucken, wenn er auch dreiundzwanzig Mille für drei gezogene Zähne und einen ramponierten Stuhl für recht beachtlich hielt, besonders, nachdem er erfahren hatte, daß die Reparatur der verbogenen Lehnen von der Firma, die die Praxis installiert hatte, für einen runden Hunderter erledigt würde. Er hielt den Scheck prüfend gegen das Licht, ging ans Telefon und fragte bei der Zentralbank an, ob der Emir von Khoranshar dort ein Konto unterhalte und ob ein Scheck dieser Höhe durch dieses Konto gedeckt werde. Die Antwort, die er erhielt, schien auch ihm Respekt einzuflößen. »Ein Millionenkonto . . .«, murmelte er, nachdem er den Hörer aufgelegt hatte, »wahrhaftig ein Millionenkonto!«

»Hast du daran etwa gezweifelt?« fragte Tante Hedi empört. »Es steht doch in der Zeitung, daß der Emir zu den reichsten Männern der Welt gehört.«

»Wenn ich der Zeitung und nicht meiner Nase vertrauen würde, dann hätte ich Brauneis und Söhne vor vier Wochen dreißig Mille kreditiert. Vor genau acht Tagen haben sie Pleite gemacht.« Er reichte Werner den Scheck zurück: »Jetzt kann ich dir mit ruhigem Herzen zu diesem dicken Brocken gratulieren, mein Junge. Mach so weiter!«

»Ich werde mich bemühen, Onkel Paul«, sagte Werner, »aber den Scheck überlasse ich dir. Fünfzehn Mille davon ziehst du dir zur Tilgung meines Schuldenkontos ab. Den Rest kannst du gelegentlich auf mein Konto überweisen lassen. Ich glaube, jetzt kann ich meinen alten VW mit ruhigem Gewissen abstoßen und mir einen neuen Wagen leisten.«

»Kannst du nicht nur, sondern mußt du! Wer dich in der alten Karre sieht, denkt, du pfeifst auf dem letzten Loch.«

»Ach, Wernerchen, ich bin ja so froh«, seufzte Tante Hedi und tätschelte Werners Arm, »und was meinst du, wie stolz und glücklich deine Hannelore sein wird, wenn sie die guten Nachrichten erfährt. Hast du sie schon angerufen?«

Werner Golling warf einen Blick auf die Uhr: »Noch nicht — ich habe den Scheck ja erst vor zwei Stunden bekommen. Jetzt muß ich aber schleunigst in die Praxis, und von dort aus werde ich sie anrufen.«

Paul Berwanger steckte das kostbare Papier in seine Brieftasche: »Es hätte mir nicht geeilt, Werner, aber Schulden los zu sein ist auch ein schönes Gefühl. Und nun lauf schon und laß deinen Patienten nicht warten.«

Als Werner Golling eine halbe Stunde später den Vorraum betrat, in dem es rechts in die Kanzlei von Dr. Seehuber und links in seine Praxis ging, kam ihm Monika, Dr. Seehubers Bürolehrling, entgegengestürzt.

»Herr Doktor sind voll!« meldete sie eifrig.

»Was ist los?« fragte er verblüfft, denn diese Ausdrucksweise war für Monika gänzlich ungewöhnlich. Meinte sie ihn oder wollte sie etwa sagen, ihr Chef habe sich aus Verzweiflung über den miserablen Gang seiner Geschäfte bereits am hellen Tag vollaufen lassen . . .

»Die Praxis von Herrn Doktor ist so voll, daß ich aus unserer Kanzlei zwei Stühle zu Herrn Doktor habe hinüberschaffen müssen!«

»Und du hast nicht alle Tassen im Schrank, wie? Warum redest du so fürchterlich geschwollen daher, Monerl? Das ist doch sonst nicht deine Art . . .«

»Wo doch unser Herr Doktor selbst gesagt hat, daß Herr Doktor jetzt sozusagen Hofzahnarzt sind . . .«

»Nun komm schon auf den Teppich, Monerl«, sagte der Doktor und gab der Kleinen einen Klaps hinten drauf. »Und was die Besucher betrifft, so wird das wohl eine Art Gläubigerversammlung sein. Die Zeitungsnotiz hat die Brüder hellhörig gemacht . . .«

»Bestimmt nicht, Herr Doktor, es sind wirklich lauter Patienten!«

»Jetzt möchte ich es aber genau wissen!« sagte er ungläubig und steckte den Kopf ins Wartezimmer. Was er erblickte, konnte nur eine Halluzination sein. Die Eckbank, sämtliche

Stühle und zwei rotgepolsterte Kunststoffsessel aus Alois Seehubers Kanzlei waren von Leuten besetzt, deren Leidensmienen und geschwollenen Wangen keinen Zweifel daran erlaubten, daß es sich wahr und wahrhaftig um Patienten handelte. Zwei Anzeigen in den beiden großen Tageszeitungen hatten in drei Monaten nicht viel mehr Patienten in seine Praxis zu lokken vermocht als jetzt die simple Tatsache, daß er einem Ölscheich und Milliardär dazu drei Zähne gezogen hatte und daraufhin auf die Titelseite eines Boulevardblattes gerutscht war. Das also war, um ein schlichtes deutsches Wort zu gebrauchen, jene Publicity, für die andere Leute teuer bezahlte Agenten und Manager in Anspruch nahmen. — Die Frage war nur, wie lange sein billig erworbener Ruhm vorhalten würde. Die Emire auf dieser Welt waren allzu dünn gesät, und noch dünner, wenn sie dazu milliardenschwer waren. Und es war kaum anzunehmen, daß an einem der nächsten Samstagnachmittage Herr Steinrück von neuem in höchster Not anrufen würde, um ihn zu dem von Zahnschmerzen geplagten Präsidenten der Vereinigten Staaten oder zu Herrn Onassis zu rufen. Aber was kümmerte ihn die Zukunft? Nur der Not keinen Schwund lassen! Darauf kam es an. Heute drängten sich die Patienten in seine Praxis, und wenn er ihnen zeigte, daß er sein Handwerk beherrschte, nun, dann mochte die Reklame von Mund zu Mund für ihn und seine Zukunft sorgen. Also nicht lange gefackelt, den Mantel her, die richtige Mischung von ärztlicher Würde und freundlicher Hilfsbereitschaft ins Gesicht, die Tür zum Wartezimmer geöffnet und: »Darf ich bitten!«

Der erste Patient war eine Patientin, Fräulein Helga Schötz, Bankangestellte, Ersatzkasse, zweiter Prämolar rechts unten kariös, Vorbehandlung.

Dann erschien Herr Künast, Privatkasse, Autounfall, beide oberen Schneidezähne abgebrochen, Jackettkronen, Vorbehandlung.

Nummer drei: Frau Elma Sanftleben, Hausfrau, privat, Prothesenträgerin, eine Extraktion, Zahnersatz, voraussichtliche Behandlungsdauer drei Wochen.

O Glückstag, o Freudentag! Es waren nicht neun, sondern es wurden vierzehn Patienten, und es war die Vorbereitung für eine komplizierte Oberkieferprothese dabei — Kreuzgebiß! —, für die er mit Behandlungs- und Laborkosten rund tausendfünfhundert Mark veranschlagen konnte. Und das Merkwürdige dabei war, daß nicht einer seiner Patienten den Emir von Khoranshar auch nur mit einem Wort erwähnte.

Der Doktor war es, der sich für den ramponierten Stuhl entschuldigen mußte, und die Patienten vernahmen mit Entzükken die Story von des Emirs gewaltigem Hinterteil . . .

Um halb sechs mußte er daheim anrufen, daß man das Abendessen ohne ihn einnehmen möge, da er noch vier Patienten zu behandeln habe, und als er kurz vor sieben den Mantel in den Schrank hängen konnte, rechtschaffen müde und dennoch froh wie seit Wochen und Monaten nicht mehr, hörte er, daß die Tür zum Warteraum noch einmal geöffnet wurde. Wenn dieser Patient nicht gerade Höllenqualen litt, dann sollte er gefälligst morgen wiederkommen! So kurz ist der Weg zum Größenwahn . . . Der Doktor konnte über sich selbst nur den Kopf schütteln.

Aber es war kein Patient. Es war Fräulein Hannelore Danner, die in die Praxis hineinspitzte und eintrat, als sie sah, daß Werner Golling allein war: »Ich war am Nachmittag schon zweimal hier, aber das Wartezimmer war gesteckt voll. Kein Wunder, wo du über Nacht berühmt geworden bist. Es ging wie ein Lauffeuer durch Harpfing. Das Telefon stand den ganzen Tag nicht still. Dr. Golling, das ist doch dein Verlobter . . .«

Er bearbeitete seine Hände mit der Bürste: »Hast du berühmt gesagt?« fragte er und blinzelte sie durch den Spiegel an.

»Etwa nicht berühmt? Na hör einmal! Der Zeitungsartikel und die Fotos von dir und vom Emir! Ist das etwa nichts?«

»Weniger als nichts, denn es ist morgen verjährt und vergessen«, sagte er und trocknete sich die Hände. »Aber was führt dich her? Bist du zufällig in der Stadt?«

»Mir fällt daheim allmählich der Deckel auf den Kopf«, antwortete sie mit einem kleinen Seufzer. »Ich mußte einmal wieder andere Luft atmen. Und natürlich wollte ich dir auch zu deinem Erfolg gratulieren . . .«

»Danke . . .«

»Mein Besuch scheint dir ungelegen zu kommen?«

»Nicht ungelegen, aber ein wenig überraschend. Ich gestehe, daß ich dich nicht erwartet habe.«

»Du meinst, weil wir beide ja nur . . .«

»Genau das meine ich. Und wenn du mir jetzt erzählst, daß ich durch diesen blöden Zeitungsartikel für Harpfing plötzlich interessant geworden bin, dann kann das für uns beide ziemlich peinlich werden. Denn jetzt wirst du es nicht ganz leicht haben, einen plausiblen Grund für unsere Entlobung zu finden.«

»Muß das denn gleich sein?«

»Ich meine ja, denn wie lange sollen wir das Theater noch weiterspielen?«

»Ich finde es ganz lustig. Aber wenn es dich sehr stört, dann müssen wir uns eben einen triftigen Grund für das Platzen der Verlobung einfallen lassen.« Sie ging zum Spiegel hinüber, öffnete ihr Handtäschchen und besprühte ihr Haar aus einer kleinen Spraydose: »Ich komme gerade vom Friseur . . . Gefällt dir der neue Farbton? Der Friseur meinte, die dunklere Tönung stände mir besser zu Gesicht . . .«

»Mir ist kein Unterschied aufgefallen.«

»Du bist nicht gerade überwältigend liebenswürdig . . .«

»Ich bin nicht anders wie sonst«, sagte er ruhig, »aber wenn du fragst, wie mir deine neue Haarfarbe gefällt, dann bist du mit dieser Frage an die falsche Adresse geraten. Wichtig dürfte doch sein, ob sie Herrn Sichler gefällt, nicht wahr?«

»Ach der . . .!« Sie kramte in ihrer Handtasche und holte eine Zigarettenpackung hervor. »Darf man hier rauchen oder ist es verboten?«

»Gehen wir doch ins Wartezimmer, da können wir sogar sitzen.«

Sie bot ihm die Packung an, er nahm sich eine Zigarette und gab ihr Feuer. Im Warteraum nahmen sie in den Stahlrohrsesseln an dem Tisch Platz, auf dem die Illustrierten lagen. Der Doktor holte eine leere Blumenvase, die ihnen als Aschenbecher diente. Ihm lag der merkwürdig gedehnte Tonfall noch im Ohr, mit dem sie seine Frage abgetan hatte . . .

»Was ist? Woran denkst du?«

»Ach, der . . .«, sagte er, und es gelang ihm, ihren Tonfall genau zu treffen, »das klang nicht sehr begeistert . . .«

Sie stäubte die Asche der kaum angerauchten Zigarette so heftig ab, daß die Glut in die Vase fiel.

»Er ist ein Büffel!« sagte sie plötzlich.

»Wer?« fragte er nicht wenig verblüfft.

»Na wer schon? Manfred natürlich!«

Er sah sie an, als traue er seinen Ohren nicht.

»Nun schau mich nicht an, als ob ich einer alten Frau das Portemonnaie gestohlen hätte!« sagte sie böse.

»Entschuldige schon«, murmelte er, »aber der Büffel hat mich einfach umgeworfen. Ich war der Meinung, zwischen euch beiden sei alles in Ordnung . . .«

»War es auch. Aber vor Garmisch. Und auch noch in Garmisch. Da hätte uns keine Macht der Welt auseinandergebracht.«

»Wie lange warst du auf der Hotelfachschule?«

»Zwei Jahre . . .«

»Ich erinnere mich, von dir gehört zu haben, daß er dich häufig besucht hat. Und ich nehme an, daß dir seine Besuche nicht gerade unangenehm waren.«

»Das habe ich auch nie behauptet!«

»Seit wann also und weshalb stimmt es zwischen euch nicht mehr?«

»Ich möchte sagen, seit ich wieder daheim bin. Mein Gott, wie mir dieses Harpfing auf die Nerven geht! Ich habe es bis hier satt!« und sie hob die flache Hand über ihre Nasenspitze empor.

»Auch das hast du mir schon in der ersten Stunde unserer Bekanntschaft verraten. Aber was hat das mit Herrn Sichler zu tun? Da steckt doch etwas anderes dahinter . . . Ist er etwa fremdgegangen? So was soll vorkommen . . .«

»Was fällt dir ein? Das ist nicht seine Art, und dazu ist er viel zu bequem. Der bemüht sich nicht einmal mehr um mich! Dem ist nur eins wichtig, daß er am Montag beim Unterwirt Schafkopf spielt, und am Dienstag zum Kegeln geht, und am Mittwoch zum Stammtisch im *Schwanenbräu*, und am Donnerstag . . .«

»Daß du dich aufregst«, unterbrach er sie mit einem kleinen Grinsen, »das hast du doch früher schon gewußt.«

»Ja, aber ich habe gehofft, ich könnte es ihm abgewöhnen, über nichts anderes zu reden als über die Bundesliga, und ob die Nürnberger aufsteigen werden und ob 1860 es wieder schafft — und jetzt haben sie ihn noch in den Vorstand vom Harpfinger TuS 05 gewählt!«

»Ist denn das wirklich so schlimm?«

»Ich weiß nicht, weshalb ich es früher nicht als so schlimm empfunden habe, aber jetzt macht es mich einfach krank, zu sehen, wie ein Mann, der einmal ein schneidiger und fescher Bursch war, von Jahr zu Jahr immer mehr verspießt und verschlampt und sich gehen läßt . . .«

»Nun übertreib aber nicht allzusehr?«

»Ach was«, unterbrach sie ihn heftig, »heuer im März wurde er achtundzwanzig Jahre alt. Als wir uns vor vier Jahren kennenlernten, wog er siebzig Kilo, genausoviel wie ich — und heute bringt er fünfundneunzig auf die Waage!«

»Es gibt gute und schlechte Futterverwerter«, murmelte er, »und falls es dich zu trösten vermag: dicke Leute haben zumeist einen verträglichen Charakter. Das wußte man schon vor tausend Jahren. Laßt dicke Männer um mich sein . . .«

»Hör schon auf«, rief sie böse, »ich brauche keinen Trost! Und damit du auch das Ende erfährst — ich habe ihm gestern den Laufpaß gegeben. Es ist aus zwischen uns, aus und vorbei!«

Er wurde hellwach, und seine Augen nahmen einen Ausdruck an, als lausche er dem Läuten einer Alarmanlage.

»Das ist dein Bier«, sagte er nach einer kleinen Weile, »und wenn du eines Tages einsehen solltest, daß du ein wenig voreilig gewesen bist, so hoffe ich doch, daß du klug genug warst, dir eine Brücke offengelassen zu haben . . .«

»Keine Brücke! Es gibt kein Zurück! Was geschehen ist, ist endgültig.«

»Bist du extra nach München gefahren, um mir diese Geschichte zu erzählen?«

»Natürlich nicht«, antwortete sie ein wenig unsicher, »obwohl es mir gutgetan hat, sie loszuwerden. Wem sollte ich es auch sonst sagen? Meinen Eltern vielleicht?«

»Also doch . . .«

»Nein, nein! Ich habe eine Menge Besorgungen zu erledigen, für das Geschäft und für mich persönlich. Ich habe mich im *Königshof* einquartiert. Ich wohne immer dort, wenn ich für einige Tage in München bin . . .«

»Für wie lange hast du dich diesmal eingerichtet?«

»Für zwei oder drei Tage. Aber keine Sorge, ich werde dich nicht belästigen!«

»Du belästigst mich nicht. Aber du hast gesehen, daß die Praxis gut läuft. Ich werde für dich wenig Zeit haben.«

»Ich verstehe!«

Er blickte ihr gerade in die Augen, aber sie wich seinem Blick aus: »Spiel jetzt nicht die gekränkte Leberwurst und spiel dich nicht auf, mein Herzchen«, sagte er sehr ernst. »Was das geplatzte Verhältnis zu Herrn Sichler für dich bedeutet, ist deine Sache. Das habe ich bereits gesagt. Aber daß du mich damit auch ganz schön in die Tinte geritten hast, scheint dir nicht recht klar zu sein. Diese blödsinnige Verlobung hätten wir uns nämlich ersparen können.«

Sie blickte auf und sah ihn überrascht an, aber er hatte das Gefühl, daß diese Überraschung nicht ganz echt war.

»Wahrhaftig, daran habe ich nicht gedacht«, sagte sie mit kleiner Stimme und schaute ihn aus Unschuldsaugen zaghaft an, als erwarte sie von ihm eine Antwort auf die Fragen, die sich jetzt herandrängten. Ihn beschlichen unheilvolle Ahnungen, und er putzte sich ziemlich geräuschvoll die Nase.

»Etwas Gutes hat die Geschichte vielleicht doch gehabt«,

murmelte sie mit einem schüchternen Lächeln, »nun weiß ich wenigstens, was ich dem *Schwanenbräu* wert bin — hunderttausend Mark . . .«

»Jetzt tut mir der arme Manfred Sichler wirklich leid«, sagte er und strählte sich mit beiden Händen die Haare zurück, »der warme Regen hätte ihm sicherlich wohlgetan. Das ist nun vorbei. Aber auch du brauchst dir um die Zukunft keine Sorgen zu machen. Mit deinem Vermögen und dem, was du später zu erwarten hast, kannst du dir einen echten Grafen zulegen. Es gibt eine ganze Menge davon.«

Sie biß die Zähne zusammen und schluckte die Antwort herunter. Ihre Augen flatterten, und ihre Hand irrte über den Tisch, als suche sie einen Gegenstand, den sie ihm an den Kopf werfen könne . . .

»Ich bitte dich«, sagte er warnend und trug die Vase zum Fensterbrett hinüber, von wo er sie geholt hatte, »mach hier keine Szene. Dazu hast du nicht den geringsten Grund. Die Dinge zwischen uns lagen doch von Anfang an völlig klar, denn sonst hätte ich mich auf das Spielchen nicht eingelassen.«

»Hast du denn für mich überhaupt nichts übrig?« fragte sie kaum vernehmbar.

Er kaute lange an der Antwort.

»Sei mir bitte nicht böse«, sagte er schließlich und fühlte, daß ihm die Handflächen feucht wurden, »du bist ein ausgesprochen hübsches Mädchen, und du hast alle Eigenschaften an dir, um jeden Mann zu bekommen, den du dir wünschst . . .«

»Jeden außer dir, nicht wahr?«

Er zog den Hals ein. Etwas in ihrer Stimme und Haltung ließ ihn befürchten, sie werde im nächsten Moment in Tränen ausbrechen. Nur das nicht!

»Es liegt nicht an dir, Hannelore«, sagte er fast beschwörend, »es liegt einzig und allein an mir, es liegt an den Vorstellungen, die ich mir von der Frau mache, die ich einmal heiraten möchte . . .«

»Hör schon auf!« unterbrach sie ihn und erhob sich so heftig, daß der Stahlrohrsessel ein Stück zurückglitt. »Erspar dir deine Erklärungen, du bist sie mir nicht schuldig. Und du brauchst mich auch nicht hinauszuschmeißen. Ich gehe von selbst. Denn wenn ich hier nicht bald hinauskomme, stelle ich noch was an . . .«

»Mach keinen Unsinn, Hannelore, das ist die Sache nicht wert. Soll ich dir ein Taxi bestellen?«

»Danke — ich brauche jetzt nichts als Luft, und ich brauche Bewegung!«

»Ich bringe dich nach unten . . .«

»Bemüh dich nicht!«

»Komm schon, komm schon«, sagte er begütigend und griff nach ihrem Arm und führte sie zum Lift.

Während der Fahrt blieb sie stumm und starrte auf das Aufleuchten der Zahlen, die die einzelnen Stockwerke anzeigten. Bevor er die Haustür öffnete, hielt sie ihn mit einer Bewegung zurück. »Jetzt bist du mich los, Werner . . .«

»Kein Grund zum Jubeln«, sagte er kopfschüttelnd, »mach's gut, und wenn dir bei deinen Leuten daheim nichts Besseres einfällt, dann erzähl ihnen, du hättest mich mit einer anderen Dame erwischt. Ich werde es verkraften . . .«

»Mir kommen gleich die Tränen«, sagte sie gallig, aber dann, in einem plötzlichen Stimmungsumschwung, streckte sie sich ihm entgegen, zog seinen Kopf herab und küßte ihn auf den Mund: »Leb wohl, Werner, und danke schön, daß du das Spiel mitgemacht hast. Schade, daß es nur ein Spiel zwischen uns beiden war. Ich hatte mich ein bißchen in dich verliebt — und ich hätte gar zu gern in München gelebt.«

Sie öffnete rasch die Tür und trat auf die Straße hinaus. Er sah ein wenig betäubt aus und brauchte Sekunden, ehe er ihr folgte. Sie entfernte sich so rasch, als liefe sie davon. Er schaute ihr lange nach. Aber sie drehte sich nicht um.

Er atmete tief durch. Diese Geschichte lag nun also hinter ihm. Er fühlte sich erleichtert, aber nicht eigentlich froh. Er hoffte für Hannelore, daß die verbogene Geschichte mit Herrn Sichler doch noch ein gutes Ende finden würde. Und da waren auch noch Tante Hedi und Onkel Berwanger. Es würde nicht ganz einfach sein, ihnen einen plausiblen Grund aufzutischen, warum die Verlobung in die Brüche gegangen war. Nun, das mußte ja nicht heute und auch nicht morgen geschehen, und vielleicht brachte eine gute Stunde ihm einen guten Einfall.

8

Den nächsten Tag behielten viele Münchner in ungutem Gedenken. Nach einer tropischen, feuchtwarmen Nacht kletterte das Thermometer schon in den frühen Morgenstunden auf zweiunddreißig Grad. Und am Nachmittag entlud sich ein Gewitter über der Stadt mit wahren Wolkenbrüchen, die die Straßen in Sturzbäche verwandelten und zahllose Keller unter Wasser setzten. Auch Werner Golling behielt den Tag im Gedächtnis, allerdings aus anderen als meteorologischen Gründen.

Kurz nach neun Uhr, bald nachdem die Zentralbank ihre durch schwere Gitter gesicherten Pforten geöffnet hatte, erreichte Herrn Zerrgibel, den Direktor der Bank, ein Anruf aus dem *Grandhotel.* Es war kein Geringerer als der Emir von Khoranshar, der sich von seinem Dolmetscher Hassan mit dem Bankdirektor verbinden ließ und dem Chef der Zentralbank durch Hassan mitteilte, daß er seinen Aufenthalt in München zu beenden gedenke und sein Konto bei der Bank zu löschen wünschte. Nicht durch Überweisung auf eines seiner Konten, deren er bei anderen Banken in anderen deutschen Städten ein halbes Dutzend angelegt habe, sondern er wünsche, daß man ihm sein Zentralbankkonto bar aushändige.

Nach den Unterlagen und Auszügen, die sich der Chef der Zentralbank vorlegen ließ, handelte es sich um zwei Millionen zweihundertdreiundsechzigtausend und vierhundertsiebenundvierzig Mark — eine Summe, die erst aus den Tresoren der Bank heraufgeholt werden mußte. Der Emir von Khoranshar schien nicht viel Verständnis dafür zu besitzen, daß solch eine Lappalie den Bankleuten Umstände zu bereiten schien, aber er erklärte sich nach kurzem Hin und Her damit einverstanden, daß das Geld nach zwei Stunden, um elf Uhr, zu seiner Verfügung stände. Der Direktor versicherte dem Emir, dem man natürlich nicht zumuten könne, sich das Geld wie irgendein gewöhnlicher Bankkunde vom Schalter abzuholen, daß es ihm eine Ehre sein werde, den hohen Herrn in seinem Privatbüro zu empfangen und persönlich zu bedienen. Hassan verdolmetschte diese Botschaft seinem Gebieter, und die Rachenlaute des Emirs klangen so sanft durchs Telefon, daß Direktor Zerrgibel keinen Zweifel daran haben konnte, daß sein Vorschlag die Billigung des Herrschers aus dem Morgenland gefunden habe. Zum Schluß des Gesprächs ließ der Emir dem Direktor mitteilen, daß er für seine Wagen freie Auffahrt vor der Bank zu haben wünsche, da er in Begleitung seines für das Finanzwesen von Khoranshar zuständigen Wesirs Abdul Achmed und seiner Leibwache vorfahren werde. Der Chefportier erhielt entsprechende Anweisungen und ließ sich zwei Bankboten zuweisen, mit deren Hilfe er dafür sorgte, daß die Rampe vor dem Portal tatsächlich freiblieb. Die Aufgabe wäre den drei Männern kaum gelungen, wenn sie nicht von zwei Polizisten unterstützt worden wären, die — als die Uhr auf elf ging — eine durch dieses Aufgebot neugierig gewordene Menge weiterscheuchten.

Mit der für Könige und sonstige Potentaten sprichwörtlichen Pünktlichkeit rollte der dieses Mal nur aus zwei Luxuslimousinen bestehende Konvoi des Emirs vor. Die Spitze bildeten wieder einmal vier malerisch gekleidete und mit schweren Pistolen bewaffnete Trabanten, die vor dem Portal eine Gasse bildeten, durch die ihr ungeheuerlich beleibter Gebieter, von seinem Finanzminister und dem Dolmetscher Hassan gestützt, würdevoll hindurchschritt und im Gebäude der Zentralbank verschwand. Zwei Männer seiner Wache blieben bei den Wagen zurück, während die beiden anderen dem Emir in die Schalterhalle folgten und ihn, wild um sich blickend, umkreisten, bereit, sich für ihn in Stücke reißen zu lassen oder in Stücke zu reißen, was ihren Herrn gefährden sollte.

Einer der Subdirektoren der Bank schritt links seitlich voran, um den hohen Herrn unter unzähligen Verbeugungen zum luxuriös ausgestatteten Büro seines Chefs zu geleiten, der, von der Ankunft des Emirs telefonisch unterrichtet, dem illustren Gast auf halbem Weg entgegenkam, um ihn ehrerbietig zu begrüßen. Der Emir nickte huldvoll und murmelte seinerseits einige Worte, die Hassan auf deutsch wiedergab: Der Emir von Khoranshar sei von dem freundlichen Empfang beeindruckt, bäte aber um Beeilung, da seine Maschinen bereits seit einer Stunde startbereit auf der Riemer Rollbahn ständen; er hätte den Start auf eine spätere Stunde verlegt, wenn er geahnt hätte, daß die Auflösung seines Kontos so viele Umstände mache. Seines Wissens handle es sich doch nur um lächerliche zwei Millionen und einiges darüber. Als persönliche Bemerkung flüsterte Hassan Herrn Zerrgibel ins Ohr, daß es sich bei den Maschinen um zwei Boeings 707 handle, Privatflugzeuge natürlich, da der Emir nicht nur mit seinem Hofstaat und seiner vielköpfigen Leibwache, sondern auch mit einem Teil seines Harems unterwegs sei . . .

Dem Direktor war es außerordentlich peinlich, die Verzögerung verursacht zu haben, aber er gab gütigst zu bedenken, daß Bargeld im deutschen Zahlungsverkehr nur eine geringe Rolle spiele und daß die Auflösung eines für hiesige Begriffe doch recht stattlichen Kontos eben eine gewisse Zeitspanne erfordert habe. Leider sei es auch nicht möglich gewesen, die ganze Summe in großen Banknoten bereitzustellen, da nicht nur Tausendmarkscheine, sondern auch Fünfhunderter einen gewissen Raritätswert besäßen.

Der Emir stieß, nachdem Hassan ihm die Worte des Direktors verdolmetscht hatte, einen Laut des Unmuts aus und ließ einige Knurrtöne hören, die von Hassan frei übersetzt etwa lauteten: daß der Emir von einer Bank, die ihm von der Bank von England für seine deutschen Geschäfte empfohlen worden sei, etwas mehr erwartet habe — und ob man ihm sein Konto etwa in Münzgeld auszuzahlen gedenke!

Davon war natürlich keine Rede. Die zwei Millionen und die Kleinigkeit darüber lagen, von zwei jungen stämmigen Bankangestellten bewacht, banderoliert und gebündelt auf dem Marmortisch der komfortablen Sitzecke des Chefbüros, ein Banknotenstapel von etwa einem Meter Länge, einem halben Meter Breite und der ansehnlichen Höhe von etwa vierzig Zentimetern. Sein Gewicht mochte schätzungsweise jenem eines zwanzigbändigen Lexikons im üblichen Großformat entsprechen . . .

Der Emir, zuerst überrascht und dann empört, starrte auf die Scheine, die zum größten Teil aus Hundertern und Fünfzigern bestanden, und fragte drohend — was Hassan mit eingezogenem Genick eiligst übersetzte —, ob man ihn zum Narren halten wolle! Zum mindesten dürfe er doch erwarten, das Geld in Koffer verpackt vorzufinden! Er gab Hassan einen Wink, dieser zog einige Hunderter aus einem Banknotenbündel, drückte sie einem der jungen Herren in die Hand und befahl ihm im Auftrag des Emirs, auf der Stelle zwei geräumige Koffer zu besorgen. Der Rest sei fürstlicher Botenlohn.

Ohne die Zustimmung seines Chefs abzuwarten, stürzte der junge Mann hinaus und kehrte, da ein Ledergeschäft der Zentralbank schräg gegenüberlag, nach wenigen Minuten mit zwei großen Schweinslederkoffern zurück. Ein Glück noch, daß die Ledersorte dem Emir und seinen Begleitern unbekannt war. Vielleicht hätte es noch zum Schluß eine Katastrophe gegeben, wenn die Krieger des Emirs geahnt hätten, daß ihre Hände mit der Haut jenes Borstentiers in Berührung kamen, das der Prophet für unrein erklärt hatte.

Scheich Abdul Achmed, der Wesir der Finanzen, stellte, während die beiden Leibtrabanten des Emirs die Banknotenbündel in die Koffer stopften, eine Quittung über den Empfang des Geldes aus und winkte gelangweilt ab, als der Direktor durch Hassan höflich anfragen ließ, ob er sich nicht davon überzeugen wolle, daß die Auszahlung korrekt erfolgt sei. Auch der Emir winkte gnädig ab und ließ dem Direktor sagen, daß er die Deutschen für ein tüchtiges Volk halte und vor allem als ehrliche Leute kenne und schätze. Es war ein großes

Kompliment, das der Direktor der Zentralbank mit einer tiefen Verbeugung entgegennahm — sozusagen stellvertretend für den Bundespräsidenten. Der Emir nickte ihm einen letzten Salaam zu, die Leibwächter nahmen die Koffer auf, und wie der kleine Zug gekommen war, so entfernte er sich auch wieder, ein Trabant vorn, der Emir zwischen Hassan und seinem Wesir der Finanzen, und als Nachhut trabte der zweite Mann hinterdrein. In der Halle traten die Bankkunden ehrfürchtig zur Seite, denn schließlich bekam man einen Mann, dessen Vermögen stündlich um zwanzigtausend Dollar anwuchs, nicht alle Tage zu Gesicht. Der Portier riß die Tür auf, die Herren aus dem Morgenland traten auf die Straße hinaus, und die grimmig blickenden Leibwächter des Emirs verstauten die Koffer in dem Wagen, in dem der Emir mit seinem Wesir Platz nahm. Zur gleichen Zeit besetzten Hassan, der Dolmetscher, und die übrigen Männer den zweiten Wagen, und während die beiden Polizeibeamten, die dafür gesorgt hatten, daß die Straße vor der Bank frei blieb, stramm salutierten, rollten die beiden schweren Limousinen davon und nahmen später Richtung zum Flughafen. Der Bankbesuch hatte eine knappe Viertelstunde gedauert, und es war noch nicht halb zwölf, als die Polizisten die Parkstrecke vor der Bank wieder allgemein zugänglich machten und zu ihren eigentlichen Dienstobliegenheiten zurückkehrten.

Der Doktor hatte einen guten Vormittag hinter sich gebracht. Zwar konnte man nicht gerade behaupten, daß die Patienten sich um die Stühle im Wartezimmer gerauft hätten, so daß er wie gestern genötigt gewesen wäre, sich Dr. Seehubers Mobilar auszuleihen, aber kurz vor Mittag behandelte er den fünften Patienten, und zwei saßen noch draußen.

Die Dame, die als sechste an die Reihe kam, hieß Lehrbach, war Bankangestellte und erzählte ihm, als sie auf dem inzwischen reparierten Operationsstuhl saß, daß sie auf Empfehlung von Fräulein Faber zu ihm gekommen sei.

»Ich wohne nämlich bei ihr als Untermieterin . . .«

»Wirklich nett von Fräulein Faber«, murmelte er und warf einen Blick in seinen Terminkalender, »wenn Sie sie noch sehen, sagen Sie ihr bitte, sie möge daran denken, daß ich sie für heute nachmittag bestellt habe.«

»Ein reizendes Mädchen . . .«, sagte Fräulein Lehrbach.

»Mit einem nicht ganz leichten Schicksal . . .«

»Das kann man wohl sagen! Plötzlich allein zu stehen und dazu noch für eine jüngere Schwester sorgen zu müssen . . . Ich habe großen Respekt davor, wie sie das geschafft hat.«

»Ich habe leider das Gefühl, daß sie sich überanstrengt . . .«

»Da mögen Sie recht haben, Herr Doktor. Was sie schreibt, hat Witz und Verstand. Aber davon leben? Ich habe ihr schon oftmals geraten, eine Halbtagsbeschäftigung anzunehmen. Man liest doch so viele Angebote in der Zeitung . . .«

»Und was meint sie dazu?«

»Sie kann sich nicht recht entscheiden . . .«

»Schade«, meinte der Doktor und machte den Bohrer fertig, »ich suche seit längerer Zeit eine Hilfe, die mich wenigstens halbtags ein wenig entlasten könnte . . .«

»Weshalb fragen Sie Fräulein Faber nicht?«

»Na hören Sie«, sagte er und begann, die Reste der Plombe, die sich Fräulein Lehrbach kürzlich in Rimini an einem allzu zähen Kotelett ausgebrochen hatte, zu entfernen, »ich kann doch nicht einfach eine junge Dame, die zu mir als Patientin kommt, fragen, ob sie bei mir als Sprechstundenhilfe anfangen möchte.«

»Neulich, als Sie den Emir behandelten, waren Sie aber gar nicht so schüchtern.«

»Hat Ihnen Fräulein Faber davon erzählt?«

»Wir haben Tränen gelacht«, kicherte Fräulein Lehrbach und spülte sich den Mund.

»Soso . . .«, murmelte der Doktor und bereitete eine Zementfüllung vor, »der Zahn sieht sauber aus, aber ich gehe gern auf Nummer Sicher. Können Sie übermorgen um die gleiche Zeit wiederkommen?«

»Gewiß, Herr Doktor . . .«

»Schön, dann machen wir die Geschichte übermorgen fertig.«

Er brachte Fräulein Lehrbach zum Ausgang und wollte die Tür zum Warteraum öffnen, um den letzten Patienten hereinzubitten, als das Telefon läutete. Er meldete sich und hob einigermaßen erstaunt die Augenbrauen, als er die Stimme seines Onkels Paul Berwanger vernahm. Es war das erste Mal, daß Onkel Paul ihn in seiner Praxis anrief.

»Hallo, Onkel Paul, wo fehlt's? Hast du etwa Zahnschmerzen?«

»Hör mal zu, mein Junge«, sagte Onkel Paul hüstelnd, »ich will dich nicht beunruhigen, aber ich finde die Sache doch ein wenig merkwürdig . . .«

»Wenn es sich um Hannelore Danner handelt«, sagte Werner Golling und mußte sich ebenfalls räuspern, »das erkläre ich dir später . . .«

»Was redest du da?« unterbrach ihn Paul Berwanger ungeduldig. »Es geht um etwas ganz anderes! Also kurz und böse: der Scheck von deinem famosen Emir ist ungedeckt! Das Konto in der Zentralbank ist heute vormittag aufgelöst worden.«

»Aber, das kann doch nur ein Irrtum sein!«

»Kein Irrtum, mein Lieber! Ich habe Direktor Zerrgibel, den ich seit vielen Jahren persönlich gut kenne, vor fünf Minuten angerufen. Er bekam heute vormittag um neun Uhr vom Emir Order, das Gesamtkonto auszuzahlen, und hat es dem Emir, der mit großem Gefolge bei ihm anrückte, vor einer halben Stunde in seinem Büro persönlich übergeben. Der Emir hat München inzwischen von Riem aus verlassen. Das war's, was ich dir sagen wollte. Ich habe es eilig, mein Junge, ich müßte längst auf der Börse sein. Zufällig lief mir unser Bote über den Weg und brachte den Scheck von der Zentralbank zurück.«

»Danke für den Anruf, Onkel. Ich frage gleich beim Hotel an, was da los ist. Es kann sich nur um einen Irrtum handeln. Bis später . . .«

Er wählte die Nummer des *Grandhotels* und bekam Herrn Steinrück sofort an den Apparat. Herr Steinrück vernahm erheitert, was der Doktor ihm vom Anruf seines Onkels und von dem ungedeckten Scheck erzählte, und er lachte herzlich, als er hörte, daß der Emir von Khoranshar mit Gefolge und Harem das *Grandhotel* verlassen habe und sich auf dem Rückflug an den Persischen Golf befände.

»Beruhigen Sie Ihren Herrn Onkel und berichten Sie ihm, daß der Emir und die Herren seiner näheren Umgebung bei bestem Appetit gerade dabei sind, einige Dutzend Fasanenbrüstchen auf Champagnerkraut zu sich zu nehmen.«

»Verehrter Herr Steinrück, was der Chef der Zentralbank Herrn Berwanger — der ihn übrigens seit Jahren persönlich kennt — erzählt hat, kann er doch nicht geträumt haben!«

»Verehrtester Herr Doktor, ich versichere Ihnen ehrenwörtlich, daß weder der Emir noch einer seiner Herren das Hotel heute vormittag auch nur für Minuten verlassen hat!«

»Jetzt verstehe ich nichts mehr. Würden Sie denn noch so freundlich sein, sich bei der Zentralbank zu erkundigen?«

Herr Steinrück seufzte tief auf: »Lieber Doktor, ich blamiere mich höchst ungern, und außerdem haben die Banken von zwölf bis halb drei Uhr Mittagspause. Beunruhigen Sie sich doch nicht wegen Ihres Schecks, es kann sich nur um einen Irrtum handeln!«

»Dann entschuldigen Sie die Störung«, sagte der Doktor und legte mit dem Gefühl, von Herrn Steinrück für leicht oder sogar mittelschwer geistesgestört gehalten zu werden, den Hörer auf.

Eine halbe Stunde später hatte er sein Vormittagspensum erledigt, hängte den weißen Mantel in den Schrank, wusch sich die Hände und schloß die Praxis hinter sich ab. Im Vorraum begegnete er seinem Freund Seehuber, der gerade dabei war, seine Kanzlei abzusperren.

»Bei dir läuft der Laden, wie ich höre«, knurrte der junge Anwalt und schüttelte Werner Golling schlaff die Hand.

»Ich kann nicht klagen. Und wie geht's bei dir?«

»Beschissen wäre geprahlt«, antwortete Dr. Seehuber düster. »Den ganzen Vormittag über kam ein einziger Klient, und der wollte wissen, was ihm blüht, wenn er dem Papagei seines Wohnungsnachbarn den Hals umdreht. Das Biest schreit den ganzen Tag wie ein Jochgeier . . .«

»Tatata . . .«, schnalzte Werner Golling voller Mitgefühl.

»Ich habe einer Schreibkraft und dem Lehrmädel zum nächsten Ersten gekündigt. Wenn es so weitergeht, mache ich den Laden dicht und gehe in die Industrie . . .«

»Das täte mir verdammt leid, Loisl. — Was hast du übrigens heute abend vor? Hättest du nicht Lust, mit mir mal wieder einen zu zwitschern?«

»Aufgefordert oder eingeladen?«

»Eingeladen selbstverständlich?«

»Dann bin ich dabei.«

Sie stiegen in den Lift und fuhren ins Erdgeschoß hinunter. Im Treppenhaus war es angenehm kühl, aber als Werner Golling die Haustür öffnete, schlug ihnen eine Hitze entgegen, als hätte er die Klappe eines Hochofens aufgestoßen.

»Wohin gehst du zum Essen, Loisl?«

»Zum *Pschorrbräu*, ich habe dort ein Abonnement.«

»Ich gehe mit dir. Für diese Affenhitze ist der Heimweg einfach zu weit.«

»Du kannst deine Leute ja vom Pschorr aus anrufen.«

»Nicht nötig, wenn ich bis ein Uhr nicht daheim bin, wissen sie, daß ich in der Praxis aufgehalten worden bin.«

»Du widerlicher Angeber!«

»Laß nur — außerdem muß ich mich allmählich von Tante Hedis Nabelschnur lösen. Sie hat mir vor ein paar Tagen doch allen Ernstes vorgeschlagen, ich könnte, wenn ich einmal heirate, mit der jungen Frau ins Berwangersche Haus ziehen . . .«

»Wie kam sie darauf? Trägst du dich etwa mit ernsthaften Absichten?«

»Keine Spur! Aber sie glauben doch noch immer an die Verlobung mit der Tochter vom *Schwanenbräu* in Harpfing.«

»Ach du liebe Güte! Komödien haben für gewöhnlich doch nur drei Akte. Im wievielten stehst du jetzt?«

»Der Vorhang ist gestern endgültig gefallen.«

»Da bist du aber froh, wie?«

Werner Golling antwortete mit einem etwas gedehnten Ja. Aber sie hatten inzwischen ihr Ziel erreicht, und der Eintritt in die Speiseräume des *Pschorrbräus* unterbrach das Gespräch und enthob ihn weiterer Erklärungen, weshalb seine Antwort nicht ganz so erleichtert geklungen hatte, wie Dr. Seehuber es erwartet zu haben schien. Das Lokal war überfüllt, aber schließlich verschaffte ihnen Dr. Seehubers Stammbedienung zwei Plätze an einem Achtpersonentisch, um den sich heute zwölf Gäste drängten.

»Richtig gemütlich ist es hier . . .«, bemerkte Werner Golling.

»Mein Alter Herr versucht mir noch immer die Vorzüge des Familienlebens in den glühendsten Farben zu schildern . . .«

»Ist der Goldfisch, den dir dein Herr Vater so warm offerierte, denn noch zu haben? Ihr Herr Papa hatte doch was mit Kohlen und Heizöl zu tun, nicht wahr?«

»Du hast ein gutes Gedächtnis. Ja, die Dame ist noch frei. Aber schau mich jetzt nicht an, damit du nicht siehst, wie ich vor Scham erröte. Ich habe sie mir nämlich angesehen . . .«

»Wenn ich mich recht erinnere, dann schwärmte dein Vater von ihren prachtvollen Zähnen — und aus ihm spricht immerhin der Fachmann.«

»Ja, aber den Kropf hat er unterschlagen, der Schurke!«

»Das ist wirklich kein feiner Zug von deinem alten Herrn . . .«

»Er ist überhaupt kein feiner Mann. Stell dir vor, er hat unter der Hand Erkundigungen eingezogen, wie mein Laden läuft! Der letzte Sonntag in Rosenheim war alles andere als ein Familienfest. Sogar meine Mutter sieht mich an, als befürchte sie, ich würde demnächst Wechsel fälschen . . .«

Die Serviererin brachte ihnen die Speisekarte, und der Biermops stellte zwei Helle auf den Tisch. Dr. Seehuber hatte die Wahl zwischen drei Stammgerichten und entschied sich für Mastochsenfleisch mit Meerrettichsoße. Werner Golling nahm das gleiche.

»Manchmal bin ich so weit«, sagte der junge Anwalt düster, »daß ich mir die Heiratsinserate darauf ansehe, ob nicht eine Jungfrau dabei ist, die mir über die ersten Runden helfen könnte.«

Werner Golling setzte das Glas ab, das er gerade zum Mund führte, und starrte seinen Freund Seehuber an.

»Was ist los, Werner? Was hast du?«

Werner Golling grinste breit: »Komm, mein Söhnchen, auf ein Wort . . .«

»Was soll das?« fragte Alois Seehuber verständnislos.

»Du scheinst kein Opernfreund zu sein, wie?«

»Gib mir keine Rätsel auf!«

»Smetana — *Verkaufte Braut* — zweiter Akt — Duett Kezal — Hans. Na? na? na? — fällt der Groschen noch immer nicht?«

»Entschuldige, aber beim Stichwort Oper bin ich total vernagelt . . .«

»Weiß ich doch eine, die hat Dukaten, die hat Dukaten, hat Dukaten . . .!« Der Doktor summte sogar die Melodie, aber Herr Seehuber schien noch immer nicht zu begreifen, worauf er hinauswollte. »Außerdem ist sie bildhübsch und wünscht sich nichts mehr, als in München zu leben . . .«

»Wer, zum Teufel, von wem redest du?«

»Von Fräulein Hannelore Danner, der Tochter des *Schwanenbräu* in Harpfing. Sie bringt hundert Mille in die Ehe mit.«

»Aber du hast mir doch lang und breit erzählt, daß sie einen festen Freund hat!«

»Gehabt hat! Die Geschichte ist geplatzt. Sie hat dem Knaben den Laufpaß gegeben.«

»Wenn sie so hübsch und so nett ist, wie du sagst, weshalb bemühst du dich dann nicht selbst um sie?«

»Du darfst dreimal raten . . .«, antwortete Werner Golling zögernd. Die Serviererin schleppte ein halbes Dutzend Platten heran. Das Mastochsenfleisch für die beiden Herren war dabei. Es schwamm in einer hellen Meerrettichsoße, deren Duft sanft in die Nase stach. Dr. Seehuber nahm eine Kostprobe und nickte befriedigt: »Ich glaube, wir haben nicht schlecht gewählt. Doch zurück zum Thema: wenn da eine andere Dame im Spiel ist, dann klang dein Bariton aber reichlich lahm.«

»Ich kann es leider nicht feuriger verkünden, weil das Mädchen, das ich meine, nichts davon ahnt, wie es um mich steht.«

»Dann wird es aber Zeit, daß du ihr auf den Zahn fühlst!«

»Das habe ich schon öfter getan . . .«

»Lieber Gott, willst du damit sagen, daß du dich in eine Patientin verknallt hast?!«

»Drück dich gefälligst ein bißchen gewählter aus! Aber ansonsten stimmt's, das Mädchen ist meine Patientin. Und wenn du jetzt grinst, hast du die Mastochsenbrust im Gesicht. Es war bei mir so etwas wie Liebe auf den zweiten Blick . . .«

»Weshalb sollte ich grinsen? Ich denke auch nicht im Traum daran. Ich habe nur das Gefühl, daß du nicht weißt, ob der Funke auch bei deiner Dame gezündet hat. Aber da gibt es doch ein ganz einfaches Mittel, es zu erfahren . . .«

»Na und?«

»Ich würde sie an deiner Stelle einfach fragen.«

»Ich bin richtig froh, solch einem gescheiten Burschen wie dir begegnet zu sein. Von selbst wäre ich auf diese geniale Lösung nie gekommen. Prösterchen!« Er hob das Glas und leerte es auf Dr. Seehubers Wohl. Auch Alois Seehuber trank den Rest weg. Als er sich die zweite Halbe bestellen wollte, machte ihm Werner Golling den Vorschlag, die Tapete zu wechseln und irgendwo einen Kaffee zu nehmen. Herr Seehuber war mit dem Vorschlag einverstanden, und so brachen sie auf, nachdem Werner Golling die Rechnung für sein Essen und die beiden Biere beglichen hatte. Den Schatten suchend, denn die Sonne stach aus bleiernem Himmel unerträglich herab, schlenderten sie durch die Ettstraße und über den Promenadenplatz zu den Cafés, von denen es in der Nähe des Künstlerhauses mehr als ein halbes Dutzend gab.

»Ich bin noch am Verdauen . . .«, murmelte Herr Seehuber nach einer kleinen Weile.

»Na, so üppig war der Mastochse doch nicht . . .«

»Quatsch, ich meine nicht die Ochsenbrust, sondern deinen Vorschlag bezüglich der Tochter vom Pfaubräu — wie hieß sie doch gleich?«

»Erstens handelt es sich um das *Schwanenbräu*, und zweitens heißt die Dame Hannelore Danner.«

Alois Seehuber zündete sich eine Zigarette an: »Natürlich müßte sie mir gefallen«, sinnierte er, »denn die Mitgift ist kurz — und die Reue lebenslänglich . . .«

»Sie ist ein ausgesprochen hübsches Mädchen!«

»Hm, das klingt gut, aber auch Schönheit hat einen reichlich fragwürdigen Zukunftswert . . .«

»Ich entdecke immer neue Seiten an dir. Du bist ja ein richtiger Philosoph! Was willst du also hören? Daß sie nicht nur hübsch, sondern auch gescheit ist und Humor besitzt . . .«

»Du redest wie ein gewerbsmäßiger Schmuser . . . Warum eigentlich?«

»Glaub es oder glaub es nicht: aus Freundschaft! Aus Freundschaft zu dir und zu Hannelore Danner. Ich meine nämlich, ihr beide würdet ein gutes Gespann abgeben.«

»Bis jetzt war's reine Theorie«, murmelte Alois Seehuber und schnippte den Rest seiner Zigarette auf die Straße, »aber jetzt eine praktische Frage: Wie soll man sich der Dame nähern? Wie kommt man nach Harpfing?«

»Die Reise nach Harpfing kannst du dir ersparen. Fräulein Danner hat sich nämlich für zwei oder drei Tage im *Königshof* einquartiert, und wenn sie schon einmal in der Stadt ist, möchte sie auch etwas vom Duft der großen Welt erleben. Ich werde dich ihr als Kenner des Nachtlebens empfehlen.«

»Eine gute Idee — leider ist sie undurchführbar . . .«

»Verstehe ich nicht . . .«

»Es sei denn, du pumpst mir hundert Emmchen, Genosse. Du kannst sie wieder einmal von der nächsten Miete abziehen.«

»Das sind Geschäfte!« seufzte Werner Golling. »Ich verkupple dir meine Braut und darf auch noch die Vermittlungsgebühren zahlen. So unverschämt kann nur ein Jurist sein.«

»Und so edel nur ein Zahnklempner!« meinte Herr Seehuber mit schmalzigem Pathos. »Außerdem hast du es ja.«

Werner Gollings Stirn umwölkte sich: »Hoffentlich!« sagte er und spie dreimal über die linke Schulter.

»Was heißt hoffentlich?«

»Eine blöde Geschichte. Kurz vor Praxisschluß rief mich mein Onkel an und behauptete, der Scheck des Emirs sei ungedeckt, da der Emir sein Konto aufgelöst habe.«

»Das ist doch ein Witz!«

»Das meinte auch Herr Steinrück, der Direktor des *Grandhotels*. Ich rief ihn sofort an, und er erklärte sehr bestimmt, es könne sich nur um ein Mißverständnis handeln. Auf jeden Fall werde ich nachher die Zentralbank anrufen.«

»Das hätte ich an deiner Stelle gleich getan.«

»Es war zu spät, die Bank hatte schon geschlossen. Sie macht erst um halb drei wieder auf.«

»Deine Sorgen möchte ich haben! Das ist doch einfach lächerlich — der Emir von Khoranshar zahlt mit ungedeckten Schecks! Erzähl das keinem Menschen, sonst glaubt man womöglich, du hättest einen kleinen Dachschaden.«

Das erste Café war überfüllt, das zweite war total überfüllt, aber schließlich fanden sie in einem Espresso doch ein Tischchen, an das sich zwei Hocker gerade noch heranklemmen ließen. Die Gäste waren ausnahmslos sehr jung und von der Art, bei der sich Männchen und Weibchen nur mit einiger Mühe voneinander unterscheiden ließen.

»Weiß der Teufel«, murmelte Alois Seehuber, »aber hier komme ich mir wie ein seriöser älterer Herr vor.«

Werner Golling kämpfte sich zur Theke durch und kam mit zwei Espressos zurück.

»Was mir Sorgen macht«, sagte Alois Seehuber und schüttete zwei Zuckerpäckchen in den tintenschwarzen Kaffee, »das ist die Frage, wie du mich an das Mädchen heranbringen willst. Das ist doch alles ein bißchen peinlich, wie?«

»Laß mich nur machen, ich bringe die Sache schon ohne Peinlichkeiten in Ordnung. Ich werde Hannelore von der Praxis aus anrufen und ihr erzählen, mein bester Freund habe zwei Karten für *Anatevka* besorgt und wüßte mit der zweiten nichts anzufangen . . .«

»*Deutsches Theater! Anatevka!* Du hast wohl ein paar Schrauben locker. Da kostet ein halbwegs anständiger Platz fünfzehn bis zwanzig Eier, und außerdem ist der Laden über Wochen hinaus ausverkauft. Kino tut's auch!«

»Freut mich, daß du mit meinem Geld so sparsam umgehst«, grinste Werner Golling und schob Herrn Seehuber zwei Fünfziger hinüber, »dann also Kino. Aber hau nicht auf die Sexpauke, soviel ich weiß, bevorzugt sie Krimis.«

»Danke für den Tip. Und von mir aus können wir jetzt gehen. Ich werde mich in der Kanzlei ein Stündchen aufs Ohr legen. Ich finde nur, daß die Miete für 'ne reine Schlafstelle ein bißchen teuer ist.«

9

Der Himmel war wolkenlos, aber er hatte die Farbe von ungeputztem Zinn angenommen. Die Sonne stand fahl und kraftlos über der Stadt. Es war eine Stimmung wie bei einer Sonnenfinsternis, wenn das blasse Licht, das eine schmale Sonnensichel noch über die Erde streute, keinen Schatten mehr zu werfen vermochte. Die Tauben, die kurz zuvor in Schwärmen zu den Futterplätzen unterhalb der Linden in den Grünanlagen vor dem Haus niedergeflattert waren, waren plötzlich verschwunden. An den Bäumen regte sich kein Blatt. Der Doktor, der am Fenster stand und den Blick von dem seltsam, fast unheimlich verfärbten Himmel über die menschenleere Anlage wandern ließ, hatte das Gefühl, die Luft sei zu einer gläsernen Masse erstarrt und habe die Bäume wie jene vor Jahrtausenden vom Bernsteinharz gefangenen Insekten in sich erstickt. Er selbst spürte eine Beklemmung in der Brust, eine Erschwerung beim Atmen, als sei die Luft tatsächlich dikker und zähflüssiger geworden, und er spürte eine nervöse Spannung, ein Kribbeln unter der Haut, lästig wie klebriges Spinnengewebe. Und dann, von einem Augenblick auf den anderen, fuhr — ein Schauspiel, das er nie vergessen würde —, als hätte es in der Nähe eine gewaltige Explosion gegeben oder als wäre ein Staudamm geborsten, grau wirbelnd der erste Windstoß in die Kronen der Bäume hinein, dem, mit sich reißend, was im Weg stand, neue Sturmstöße wie Wogen einer vernichtenden Springflut folgten. Zwei Linden krachten nieder. Ihr Wurzelwerk quoll als gelbes, fettiges Gedärm aus dem aufgerissenen Asphalt. Dann zuckte ein Blitz aus dem Himmel, der ohrenbetäubende Donnerschlag folgte unmittelbar, und gleichzeitig prasselten Hagelschloßen von der Größe mittlerer Flußkiesel hernieder, zerschlugen zahllose Fensterscheiben und bildeten über der Straßendecke eine knöcheltiefe Sülze aus Eismatsch, der die Gullys verstopfte, so daß der bald darauf einsetzende sintflutartige Regen keinen Abzug in die Kanäle fand und in weiten Bezirken der Innenstadt die Keller, Unterführungen und U-Bahn-Schächte überflutete.

Daß sich unter diesen Umständen kein Patient in der Praxis einfinden würde, war klar. Der einzige Besucher, der für einen Sprung herüberkam, war Dr. Alois Seehuber.

»Ich hab's in den Knochen gespürt, daß es heute etwas geben würde«, sagte er und starrte in das Unwetter hinaus. Ein Dutzend Gewitter schienen sich gleichzeitig über der Stadt zu entladen, und Windböen peitschten die niederstürzenden Wassermassen fast waagrecht am Fenster vorbei, »daß es gleich so dick kommen würde, habe ich allerdings nicht geahnt. Der reinste Weltuntergang. Aber, falls du es nicht wissen solltest, das Telefon funktioniert!«

»Ich höre dich gehen. Hoffentlich war Fräulein Danner so wetterfühlig wie du und ist im Hotel geblieben.«

»Du kannst ja mal probieren, ob du sie erreichst.«

Werner Golling nickte und ging zum Apparat, aber im gleichen Augenblick, in dem er den Hörer abnehmen wollte, läutete das Telefon für ihn selbst.

»Ich verschwinde«, sagte Alois Seehuber und zog sich diskret zurück, »aber denk an mich!«

»Du kannst dich auf mich verlassen«, versicherte Werner Golling und hob den Hörer ans Ohr. Der Anruf kam von Fräulein Faber. Sie schien ein wenig außer Atem zu sein, als sie ihm mitteilte, daß sie des Unwetters wegen nicht in die Sprechstunde kommen könne. Außerdem aber habe der Sturm bei ihr daheim zwei ungesicherte Fensterflügel mit solcher Wucht zugeschlagen, daß die Scheiben herausgeflogen seien. Im Augenblick habe sie alle Hände voll zu tun, um eine Überschwemmung zu verhindern. Zwar habe sie die Fenster mit Decken zu verhängen versucht, aber der Sturm drücke sie immer wieder ein und der Regen dringe, wie aus Kübeln geschüttet, ins Zimmer.

»Sind Sie allein in der Wohnung, Fräulein Faber?«

»Ja, natürlich . . .«

»Ich wünschte, ich könnte Ihnen helfen!«

»Ich werde schon allein fertig, Herr Doktor, und ewig wird dieser Wolkenbruch ja nicht anhalten.«

»Von wo aus rufen Sie an?«

»Komische Frage, von daheim.«

»Ich hatte keine Ahnung, daß Sie telefonisch zu erreichen sind. Geben Sie mir, bitte, Ihre Nummer.«

Er hörte einen kleinen Aufschrei und die Worte »Lieber Gott, dieser Sturm . . .!« und dann nichts mehr. Irene Faber hatte aufgelegt. Wahrscheinlich hatte ein Windstoß die provisorische Fensterabdichtung wieder einmal eingedrückt, und das arme Mädchen mußte gegen Wind und Wellen kämpfen. Der Doktor knipste die Schreibtischlampe an und schlug das Telefonbuch auf. Der Name Faber füllte zwei volle Seiten, aber zum Glück gab es unter den fünfzig Fabers nur eine Irene, und er malte ihre Telefonnummer mit der roten Mine seines Dreifarbenstiftes auf einen Zettel. Dann rief er den *Königshof* an. Die Telefonzentrale des Hotels stellte die Verbindung her. Hannelore Danner war tatsächlich auf ihrem Zimmer und meldete sich mit einem fragenden Hallo.

»Servus, Hannelore, ich bin's, Werner . . .«

Die Überraschung schien ihr sekundenlang den Atem zu verschlagen: »Deinen Anruf habe ich wirklich nicht erwartet«, sagte sie schließlich, ihre Stimme klang nicht kühl und auch nicht abweisend, aber auch nicht gerade herzlich und erwartungsvoll. »Was gibt's?«

»Oh, nichts Besonderes — ich machte mir Sorgen, daß du in das Unwetter geraten sein könntest . . .«

»Das Wetter brach los, als ich im Restaurant saß. Aber soll ich dir deine Besorgnis um mich wirklich abnehmen?«

»Ich habe dir doch gesagt, daß wir Freunde bleiben . . .«

»Nun ja«, murmelte sie nicht recht überzeugt, »aber nun sag schon, was steckt wirklich hinter deiner rührenden Sorge?«

»Ach, Hannelore, du hattest dich doch auf ein paar nette Tage in München gefreut, nicht wahr?«

»Jaja«, gab sie zögernd zu.

»Und die habe ich dir verpatzt. Und ich war nicht einmal ganz ehrlich, dir den wahren Grund zu nennen, weshalb es zwischen uns beiden nichts werden konnte . . .«

»Da bin ich aber neugierig . . .«

»Kannst du ihn dir nicht denken?«

»Ein Mädchen?«

»Ja, ein Mädchen . . .«

»So — so . . . Dann verstehe ich nur nicht, daß du mir das nicht schon früher gesagt hast.«

»Weil ich ein Spätzünder bin. Weil ich erst vor eine Entscheidung gestellt werden mußte, um zu wissen, wohin ich gehöre.«

»Dann spielte ich also sozusagen die Rolle des Wegweisers?«

»Man könnte es so nennen . . .«

»Deine Ehrlichkeit ist umwerfend, aber direkt schmeichelhaft finde ich sie nicht. Immerhin danke ich dir für den Anruf. Als das Telefon läutete, hatte ich mir gerade die Steppdecke über die Ohren gezogen, um mich vor dem Weltuntergang zu verkriechen.«

»Das kann ich verstehen. Aber einmal muß es ja aufhören, und für den Fall, daß man am Abend ohne Gondel durch die Straßen kommt, möchte ich dir einen Vorschlag machen . . .«

»Du machst es richtig spannend!«

»Hör zu, Hannelore! Ich habe einen guten Freund, etwa mein Jahrgang, ein ausgesprochen netter Mann, er ist Rechtsanwalt und heißt Dr. Alois Seehuber . . .«

»Seehuber? Komisch, der Name kommt mir irgendwie bekannt vor. Woher nur?«

»Du wirst seinen Namen wahrscheinlich über meinem Praxisschild gelesen haben. Er hat mir nämlich seinerzeit von seiner Kanzlei die Räume für meine Praxis abgetreten.«

»Das ist ja sehr interessant, aber ich verstehe nicht recht, worauf du hinauswillst.«

»Nun, ich dachte, du hättest vielleicht Lust, wenn du schon einmal in München bist, das Nützliche mit dem Angenehmen zu verbinden.«

»Warum stotterst du auf einmal?«

»Ich stottere überhaupt nicht! Warum sollte ich auch? Ich meine nur, allein durchs Münchner Nachtleben zu bummeln ist für eine junge Dame weder besonders amüsant noch ratsam . . .«

Er wartete auf ihre Antwort und lauschte in den Apparat. Er blieb lange stumm, so lange, daß er schon glaubte, die Verbindung sei durch einen Blitzschlag unterbrochen worden.

»Hallo, Hannelore, bist du noch am Apparat?«

»Entschuldige, Werner, ich habe mir inzwischen eine Zigarette angezündet . . .« Es rauschte in der Muschel, als bliese sie einen langen Atemstoß auf die Membrane ihres Telefons. »Wie war doch gleich der Name deines Freundes? Seehuber, nicht wahr?«

»Ganz recht, Alois Seehuber. Er stammt aus Rosenheim. Sein Vater ist Zahnarzt wie ich, mit dem kleinen Unterschied, daß seine Praxis eine Goldgrube ist . . .«

»Und die Praxis deines Freundes?«

»Läuft — und läuft — und läuft, na ja, er hat die Kanzlei auch erst vor einem halben Jahr aufgemacht.«

Wieder ließ sie ihn eine ganze Weile warten, eine gute halbe Minute lang: »Also gut«, sagte sie schließlich, »Herr Seehuber kann mich um halb acht abholen. Ich werde im Foyer auf ihn warten. Ich habe übrigens zwei Karten für *Anatevka* . . .«

»Wie kommst du zu den Karten? Die Vorstellung ist doch seit Wochen und für Wochen voraus ausverkauft . . .«

»Ich habe die Karten vor vierzehn Tagen bestellt. Sie waren eigentlich für uns beide bestimmt . . .«

»Ach, Hannelore . . .«

»Schwamm drüber! Nur noch eine Frage, woran erkenne ich Herrn Seehuber?«

»Keine Sorge, er wird dich schon finden. Ich besitze ja dein Bild.«

»Zerreiße es auf der Stelle!«

»Ich denke nicht daran! Und ich werde es auch von niemand zerreißen lassen.«

»Darüber unterhalten wir uns noch . . .« Er hörte einen Ausruf des Erschreckens. »Was war?«

»Mein Gott, ein Blitz und ein Schlag, daß ich dachte, mir müßten die Trommelfelle platzen. Hast du nichts gehört?«

»Hier war es nicht ganz so schlimm . . .«

»Servus, Werner — ich verkrieche mich wieder unter der Bettdecke. Sagst du deinem Freund Bescheid?«

»Per Eilboten!« antwortete er.

Draußen tobte das Unwetter mit unverminderter Heftigkeit weiter. Auf den Straßen war die Feuerwehr schon dabei, die von Hagelschloßen und herangeschwemmtem Unrat verstopften Gullys freizulegen, umgestürzte Bäume aus den Fahrbahnen zu schaffen, geknickte Lampenmasten zu sichern und jene Schäden zu beseitigen, die der orkanartige Sturm vor Ausbruch des Gewitters verursacht hatte.

Werner Golling öffnete seinen Schreibtisch und steckte Hannelores Bild samt Rahmen in die Tasche seines Mantels, bevor er zu Alois Seehuber hinüberging. Die Büromädchen waren gerade dabei, ihre verstörten Gemüter durch einen Kaffee zu stärken. Da sie Werner Golling eine Tasse anboten, fühlte er sich verpflichter, eine Lage Kuchen zu spendieren, aber Monika weigerte sich, bei diesem Sauwetter zur nächsten Konditorei zu laufen. Der Doktor ließ sich den Kaffee in das Büro seines Freundes Seehuber bringen, der linksseitig ein wenig verbügelt wirkte, als hätte er die ganze Stunde tatsächlich zu einem Mittagsschlaf benutzt. Das Büro war mit dunkler Eiche und einer schwarzledernen Polstergarnitur möbliert, einer seriös wirkenden Einrichtung, die speziell für Anwaltskanzleien entworfen zu sein schien.

»Ich wünsche wohl geruht zu haben, Herr Doktor.«

»Wer schläft, sündigt nicht und hat auch keine Sorgen«, bemerkte Herr Seehuber mit umflorter Stimme und klappte den Deckel eines dünnen Aktes zu. »Wimmer kontra Wimmer. Ehescheidung über Armenrecht, er brummt wegen Totschlags sechs Jahre ab, sie geht putzen. Was meinst du, was da für mich herausspringt?«

»Du mußt die Sache von der ethischen Seite betrachten, du machst zwei Menschen glücklich.«

»Halt schon die Klappe!« knurrte Alois Seehuber humorlos und rieb sich die linke Gesichtshälfte, die deutlich erkennbar das Muster eines aus groben Wollfäden gewebten Kissenüberzuges trug.

Werner Golling zog das Foto aus der Tasche und legte es auf den Tisch: »Heute abend halb acht Foyer *Königshof*, Kragen und Krawatte erwünscht, da du Fräulein Danner ins *Deutsche Theater* begleiten wirst. Zu *Anatevka!* Ist das nicht ein Witz?«

Alois Seehuber hatte das Foto aufgenommen, betrachtete es lange und bekam rundere und größere Augen. »Freund«, sagte er schließlich etwas kurzatmig, »wenn das Mädchen in natura nur halb so gut aussieht wie auf dem Bild . . .«

Werner Golling zündete sich eine Zigarette an: »Das Foto ist nicht einmal besonders gut. Zuviel Retusche . . .« Er nahm Alois Seehuber das Bild ab, der sich vom Anblick des Fotos nur ungern zu trennen schien. »Also merk es dir, halb acht Foyer *Königshof*. Laß dir vom Portier ein Taxi rufen . . .« Er steckte das Foto in die Tasche zurück und erhob sich.

»Warum so eilig? Laß dir noch einen Kaffee einschenken und steck dir eine Zigarette ins Gesicht. Heute ist außer der Feuerwehr niemand beschäftigt.«

»Es wird Zeit für mich, die Zentralbank anzurufen.«

»Ach ja, die blödsinnige Geschichte mit deinem Scheck. Den Anruf kannst du auch von hier aus erledigen . . .« Er schob Werner Golling das Telefon hinüber, schüttete einen gehäuften Löffel Pulverkaffee in seine Tasse und goß heißes Wasser darüber.

»Danke, und nun gib mir noch das Telefonbuch.«

Die Nummer, die der Doktor suchte, war rasch gefunden. Er wählte und ließ sich mit der Scheckabteilung der Bank verbinden: »Es handelt sich um eine Auskunft«, sagte er leichthin, als sich drüben ein Herr meldete, dessen Namen er nur halb verstand, »mein Name ist Golling, Dr. Werner Golling, ich bin Zahnarzt und habe den Emir von Khoranshar behandelt. Der Emir ließ mir einen Scheck über sechstausendfünfhundert Dollar ausstellen. Wie ich heute vormittag erfuhr, ist dieser Scheck nicht eingelöst worden. Angeblich soll der Emir sein Konto aufgelöst haben. . . .«

»Ich würde ihn an deiner Stelle fragen«, warf Alois Seehuber dazwischen und schlürfte genüßlich seinen Kaffee, »ob sie solche Witze öfters machen.«

Werner Golling winkte heftig ab und preßte den Hörer ans Ohr. »Was sagen Sie da!« rief er sichtlich bestürzt.

Dr. Seehuber, der zwar nicht mitbekam, was Werner Golling von dem Herrn der Zentralbank erfuhr, konnte der Stimme des Sprechenden dennoch anhören, daß dieser sich in einem Zustand hochgradiger Erregung zu befinden schien, und er sah ferner, daß sich Stirn und Nase von Werner Golling mit kleinen Schweißperlen bedeckten und daß sein Freund Golling den Eindruck eines Ballons machte, dem die Luft entwich. Es gab keinen Zweifel, mit dem Scheck des Emirs schien etwas schiefgegangen zu sein . . .

»Nun rede schon! Was ist geschehen?« fragte er, als Werner Golling den Hörer mit einer kraftlosen, entmutigten Bewegung auf den Apparat gelegt hatte. »Du wirst mir doch nicht etwa erzählen, daß dein Emir ein Gauner war, der dich und das Hotel hereingelegt hat?!«

»Hast du einen Schnaps da?« Die Frage kam, als stände Werner Golling kurz vor einer Herzattacke.

Dr. Seehuber stürzte zu dem Wandschrank aus dunkler Eiche hinüber. Er riß die Tür auf. Hinter der Tür kam eine kleine Hausbar zum Vorschein. In der Hausbar stand einsam und noch einsamer, weil sie durch einen trüben Spiegel im Hintergrund verdoppelt wurde, eine Flasche Enzian. Er goß ein Stamperl randvoll und schenkte nach, als Werner Golling den Schnaps heruntergekippt hatte.

»Wird dir langsam besser?«

Werner Golling nickte stumm, es sah aus, als bedürfe es einer gewaltigen Kraftanstrengung, die Halsmuskeln zu bewegen. »Also, mit ein paar Worten«, sagte er schließlich und ließ die Arme wie ein lahm geschossener Vogel hängen, »heute vormittag um elf erschien der Emir von Khoranshar nach vorheriger telefonischer Vereinbarung, die er vom Hotel aus traf, in Begleitung seines Finanzwesirs, eines Dolmetschers und von vier Mann seiner Leibwache in der Zentralbank und ließ sich sein Depot aushändigen . . .«

»Schön, schön, und weiter?« rief Dr. Seehuber ungeduldig, als wollte er sagen: Was hat das mit deinem Scheck zu tun? Wenn der Emir sein Geld abgehoben hat, dann laß dir deine Rechnung eben in bar ausbezahlen!

»Leider war es nicht der Emir, der mit Wesiren und Trabanten in der Zentralbank erschien, denn der Emir von Khoranshar verzehrte um diese Zeit im *Grandhotel* mit bestem Appetit Fasanenbrüste auf Champagnerkraut, sondern es waren ein halbes Dutzend Gauner, die sich als Emir und Gefolge mit orientalischen Gewändern ausstaffiert hatten und sich das Depot vom Direktor der Zentralbank höchstpersönlich aushändigen ließen!«

»Mann!« stöhnte Dr. Seehuber und schenkte das Stamperl zum drittenmal randvoll. »Jetzt brauche ich auch eine Herzstärkung!« und er kippte den Schnaps hinunter. »Wieviel haben die Ganoven kassiert?«

»Rund zweieinhalb Millionen . . .«

»Respekt vorm Dampfschiff! Eins muß man sagen, der Zug hat sich gelohnt. Und was weiß man von den Gaunern?«

»Sie fuhren in zwei Riesenschlitten vor, die sie in einem Autoverleih für einen Tag gemietet hatten. Die Polizei war so liebenswürdig, die Auffahrt vor der Bank freizuhalten und dafür zu sorgen, daß die Gauner unbelästigt abfahren konnten, nachdem sie das Geld kassiert hatten. Die beiden Limousinen hat man inzwischen gefunden. Sie standen leer und verlassen in einem Wäldchen bei der Ausfahrt Bad Reichenhall neben der Autobahn. Die Herren scheinen sich nach Österreich abgesetzt zu haben.«

In Alois Seehubers Gesicht begann es zu zucken . . . »Es ist natürlich eine Riesenschweinerei«, sagte er mit einer Stimme, die sich anhörte, als würde er in der nächsten Sekunde schluchzen, »aber dieser Gaunerstreich unter Polizeiaufsicht . . . Entschuldige, aber das geht einfach zu weit! Das geht über die Hutschnur! Nein, ich kann nicht mehr . . .«, und er brach in ein Gelächter aus, das ihn durch und durch schüttelte.

»Wahnsinnig komisch«, knurrte Werner Golling giftig, »und daß ich mir meinen Scheck an den Hut stecken kann, findest du wohl besonders witzig!«

»Ich verstehe dich nicht«, keuchte Alois Seehuber und wischte sich die Tränen aus den Augen, »was hat dieser Gaunerstreich mit deinem Scheck zu tun? Zweieinhalb Millionen . . . Zugegeben, solch kleinen Würstchen wie uns beiden klingt das ungeheuerlich in den Ohren, aber für deinen Emir ist das doch eine Bagatelle, ein feuchter Kehricht! Dem Mann sprudeln doch jeden Tag, den der liebe Gott werden läßt, Millionen in die Taschen. Ich möchte auch gar nicht annehmen, daß er sich in Deutschland nur ein einziges Konto eingerichtet hat. Wenn er mit der Absicht hergekommen ist, Industrieaufträge zu vergeben, dann wird er sich schon ein bißchen mehr als zwei lumpige Millionen eingesteckt haben. Und er wird dir einen neuen Scheck auf eine andere Bank ausstellen. Na also! Du hast nicht den geringsten Grund, den Kopf hängenzulassen.«

»Meinst du wirklich?« fragte Werner Golling mit einem Ausdruck in den Augen, als entdeckte er, bei Nacht und stürmischer See schiffbrüchig und halb ersäuft auf dem Ozean treibend, in der Nähe ein rettendes Floß.

»Und ob ich das meine!« machte sich Alois Seehuber stark.

»Ich verstehe nur nicht, weshalb sich Herr Steinrück nicht bei mir gemeldet hat«, murmelte Werner Golling kopfschüttelnd.

»Wer ist das?«

»Der Geschäftsführer des *Grandhotels*. Eben der, der mich heranholte, als der Emir dabei war, aus der Hoteleinrichtung Kleinholz zu machen.«

»Was verlangst du von dem Mann? Bei diesem Wetter! Der

hat alle Hände voll zu tun, um zitternde Damen zu trösten. Aber bitte, ruf ihn doch an! Er wird dir bestätigen, was ich dir gesagt habe«, und er wies mit großzügiger Geste auf den Apparat, denn ein Gespräch mehr auf der Telefonrechnung konnte die Pleite auch nicht größer machen.

Werner Golling kannte die Nummer des Hotels auswendig, aber er wählte sie nach langem Zögern, als befürchte er, die Auskunft, die er von Herrn Steinrück erhalten würde, könnte seine letzten Hoffnungen grausam zerstören. Es dauerte eine Weile, bis Herr Steinrück ans Telefon kam, denn wenn er auch nicht gerade zitternden Damen die Händchen halten mußte, so herrschte im Hotel, vor allem in Bar und Halle, durch das Wetter bedingt, doch Hochbetrieb. Der Sturm hatte sich zwar gelegt, die Gewitter waren abgezogen, das Wasser stürzte nicht mehr wie aus Kübeln geschüttet vom Himmel, aber es regnete immer noch kräftig, und das Wasser stand auch noch immer knöcheltief in den Straßen.

»Herr Steinrück, endlich! Hier spricht Werner Golling. Ich habe soeben mit der Zentralbank telefoniert . . .«

»Doktor, ich flehe Sie an, hören Sie auf! Wenn Sie wüßten, wo mir der Kopf steht! Diese Geschichte bringt mich noch um den Verstand . . .«

»Ich fürchte, daß sie mich um mein Honorar bringt!«

»Ihr Honorar . . . Wenn es nur darum ginge! Wissen Sie denn, um welche Beträge es für das Hotel geht, wenn der Emir seine Absicht wahrmacht und München kurzerhand verläßt?«

»Dann lassen Sie ihn doch festhalten! Er kann Sie doch nicht um die Zeche prellen!«

»Sie ahnungsloser Engel!« seufzte Herr Steinrück, »und was der Emir kann! Er steht als Gast der Bundesrepublik unter Diplomatenstatus. Seine Immunität entzieht ihn jedem polizeilichen und richterlichen Zugriff.«

»Weigert er sich denn, zu zahlen?«

»Er denkt auch nicht im Traum daran!«

»Das ist doch absurd! Ich bitte Sie, Herr Steinrück, was bedeuten denn dem Emir von Khoranshar lumpige zwei Millionen!«

»Sollte man meinen. Aber er tobt. Er rast vor Zorn und verlangt den Kopf Hassans, des Dolmetschers. Und den kann ich ihm leider nicht liefern.«

»Was! Ist Hassan an dem Gaunerstück beteiligt?«

»Soviel ich gehört habe, hält man ihn für den Initiator des Banditenstreiches. Der Bursche hat doch wahrhaftig die

Frechheit besessen, die Zentralbank in Gegenwart des Emirs und seiner engsten Begleitung vom Hotel aus anzurufen. Wer die Rolle des Emirs gespielt hat, weiß man noch nicht, aber es scheint sicher zu sein, daß es sich um Leute handelt, die auf Kosten des Emirats Khoranshar oder anderer orientalischer Staaten in Deutschland studieren.«

»Danke, Herr Steinrück«, sagte der Doktor mit matter Stimme, »und entschuldigen Sie, daß ich Sie so lange aufgehalten habe . . .«

»Keine Ursache, lieber Doktor, ganz im Gegenteil, ich muß mich bei Ihnen entschuldigen, daß ich mich nicht gleich bei Ihnen gemeldet habe, nachdem die Kriminalpolizei hier aufgekreuzt war, um die ersten Ermittlungen aufzunehmen.«

»Noch eine Frage, Herr Steinrück . . .«

»Bitte fragen Sie!«

»Den Scheck des Emirs kann ich unter diesen Umständen wohl in den Rauchfang hängen, wie?«

Die Antwort kam nach einem mitleidigen Seufzer: »Ich fürchte, Doktor, das wird das Ende vom Lied sein. Aber lassen Sie die Flügel nicht ganz hängen. Vielleicht läßt der Emir doch noch vernünftig mit sich reden.«

Werner Golling legte auf. Alois Seehuber, der ein Ohr dieses Mal dicht am Hörer gehalten und alles mitbekommen hatte, ging um den Schreibtisch herum und ließ sich in seinen Armstuhl fallen. »Armer Hund«, murmelte er mitfühlend, »dreiundzwanzigtausend Katharinchen — *fffffft!*« Er warf die Hand empor und blickte zum Plafond auf, als schaue er dem grauen Rauchwölkchen nach, in das sich ein wunderschönes, dickes Banknotenbündel soeben verwandelt hatte. »Aber wie sagte Herr Steinrück soeben so richtig? Laß die Flügel nicht hängen, alter Junge! Du schaffst es! Du machst deinen Weg! Mit und ohne Ölscheiche!«

Werner Golling holte tief Luft. Wenn es vor wenigen Minuten noch ausgesehen hatte, als ob der ganze Mann auf die Hälfte seines Volumens zusammengeschrumpft sei, jetzt gewann er seine alte Gestalt zurück. Er stemmte sich aus dem Stuhl hoch und ballte die Fäuste. »Ja, zum Teufel«, zischte er aus zusammengebissenen Zähnen, »ich schaffe es! Und der Emir von Khoranshar kann mich kreuzweis . . .!«

»Bravo! Bravissimo und da capo!« Herr Seehuber rief es aus voller Brust.

Werner Golling aber ging in seine Praxis hinüber. Es regnete noch immer. Das Wartezimmer war leer, und an diesem Nachmittag würde es wohl auch leer bleiben. Für alle Fälle nahm er einen halben Briefbogen und malte folgenden Text mit großen Druckbuchstaben darauf: PRAXIS HEUTE GESCHLOSSEN — VEREINBARTE BEHANDLUNGSTERMINE GELTEN FÜR MORGEN ODER WERDEN NEU FESTGESETZT.

Dann streifte er den weißen Mantel ab, schlüpfte in seinen Trenchcoat und holte den Regenschirm aus dem Schrank. Es war vier Uhr, als er das Haus verließ und sich auf den Weg machte, ein Taxi zu suchen.

10

Was er befürchtet hatte, traf ein, Taxis waren an diesem Nachmittag Mangelware, und als ihm nach halbstündigem Fußmarsch ein freies begegnete, verzichtete er darauf, es heranzuwinken, denn da lief ihm das Wasser trotz Schirm und Mantel aus den Schuhen, die Hosen klebten an den Waden, und er hatte auch weiter oben das höchst unangenehme Gefühl, einer hüfttief gefüllten Wassertonne entstiegen zu sein.

Das Haus in der Wartbergstraße trug über seinem von Säulen flankierten Portal in einem Wappen die vergoldeten Ziffern seines Baujahres 1910. Es hatte den Krieg heil überstanden. Das Treppenhaus mit viel Stuck, Marmorimitation und Drechslerarbeit an den Treppengeländern sah genauso aus, wie sich Architekten im Jahre 1910 ein hochherrschaftliches Haus vorgestellt hatten. Die Türschilder waren aus blankpoliertem Messing, aber selbst bei der Gräfin Ravensperch, die unten rechts wohnte und wahrscheinlich zu den Ureinwohnern gehörte, hatten drei Untermieter ihre Visitenkarten mit Reißnägeln unter dem Türschild befestigt. Das Vermögen derer von Ravensperch schien zwei Kriege leider nicht so gut überstanden zu haben.

Unter dem Schild mit den Namen Faber im zweiten Stockwerk klebten sogar fünf Kärtchen.

Der Doktor drückte auf den Klingelknopf und wartete.

»Mein Gott, Sie, Herr Doktor!« rief Fräulein Faber, nachdem sie die Tür so weit geöffnet hatte, wie es die Sicherheitskette zuließ. Sie schaute an sich herunter und stellte mit Schrecken fest, daß ihre ganze Kleidung aus einer Wickelschürze bestand. »Sie müssen sich einen Augenblick gedulden, ich bin sofort wieder da!« Sie stürzte davon, und der Doktor wartete. Der Augenblick dauerte fünf Minuten. Dann fiel die Sicherheitskette herab. Irene Faber hatte es in der kurzen Zeit geschafft, ein Kleid überzustreifen und ihr Haar zu ordnen.

»Und wie Sie aussehen! Tropfnaß, wie eine gebadete Maus . . .«

»Stimmt«, sagte er und ließ sich den triefenden Schirm abnehmen, den Irene Faber in einem zum Schirmständer umfunktionierten alten Butterfaß unterbrachte. Sie nahm ihm auch den klatschnassen Mantel ab und hängte ihn in einer Flurnische, in der die Kleiderablage untergebracht war, auf einen Bügel. Sie war nervös geschäftig und überspielte mit dieser Geschäftigkeit fraglos die Verlegenheit, in die sie der unerwartete Besuch versetzte.

»Was führt Sie her, Herr Doktor?«

»Wie sind Sie mit der Sintflut fertiggeworden, Fräulein Faber?« fragte er besorgt.

»Es wäre halb so schlimm gewesen, wenn der Sturm das Wasser nicht direkt ins Zimmer hineingedrückt hätte. Zum Glück gehört es Herrn Wisbeck, der nur übers Wochenende heimkommt. Der Glaser hat mir fest versprochen, die Scheiben noch heute zu ersetzen. Es hat hier eine Menge Glasschäden gegeben . . .«

Sie sah ihn fragend an, denn die Antwort auf die Frage nach dem Grund seines unerwarteten Erscheinens war er ihr schuldig geblieben.

»In der Praxis war nichts los. Kein Wunder bei dem Wetter. Ich habe den Laden für heute nachmittag dichtgemacht. Und dann dachte ich mir, ich müßte doch einmal nachschauen, wie es Ihnen geht . . .«

»Kommen Sie«, sagte sie, »ich kann Sie nur in die Küche führen. Sie wissen, daß ich mit meiner Schwester ziemlich beengt wohne. Ich werde uns einen Tee aufsetzen, er wird Ihnen guttun. Sie holen sich womöglich noch einen Schnupfen.«

»Ich bin ziemlich wetterfest, aber eine Tasse Tee trinke ich gern.«

Er folgte ihr über den endlosen Korridor in eine Küche, die recht wohnlich und gemütlich eingerichtet war. Herd, Spülbecken und Kühlschrank konnte man hinter einem Vorhang verschwinden lassen. Das Mobiliar bestand aus einer Schlafcouch, einem runden Tisch, zwei Sesseln und einem Sekretär aus Nußbaumholz, auf dessen Schreibplatte eine kleine Reiseschreibmaschine stand. Ein Bogen war eingespannt und halb beschrieben. Zwei Bücherregale und einige Bilder gaben dem Raum die Farbtupfen. Der Doktor ließ sich in dem Sessel nieder, den ihm Irene Faber anbot. Sie setzte den Wasserkessel auf und stellte zwei chinesische Tassen, Zucker, Zitronenscheiben und eine kleine Rumkaraffe auf den Tisch.

»Machen Sie sich doch meinetwegen nicht so viele Umstände!«

»Umstände . . . Ich kann Ihnen nicht einmal einen Keks anbieten. Gestern abend war die Büchse noch voll, aber Marion hat sie ratzeputz leergefuttert. Dieses Mädchen stopft beim Lesen glatt ein Kilo Erdnüsse in sich hinein . . .«

Er wollte etwas sagen, aber ein Kitzeln in der Nase zwang ihn, nach Luft zu schnappen und zu niesen.

»So wetterfest, wie Sie meinen, scheinen Sie nicht zu sein«, sagte Irene Faber, die jedes Niesen von ihm mit einem höflichen »G'sundheit!« begleitet hatte. »Kein Wunder, Sie stehen ja schon wieder in einem See . . .«

Tatsächlich hatte sich zu seinen Füßen auf dem Linoleum wieder eine kleine Pfütze gebildet, die Irene Faber mit einem Scheuerlappen aufnahm: »So, Herr Doktor«, sagte sie resolut, »jetzt ziehen Sie Schuhe und Strümpfe aus, sonst ist der Schnupfen wirklich fällig. Ich bringe Ihnen die Pantoffeln von Herrn Wisbeck, die Ihnen ganz gewiß passen werden.«

Er protestierte zwar, aber Irene Faber bestand so energisch auf ihrem Willen, daß er sich fügte und Schuhe und Strümpfe abstreifte. Und da die Hose noch immer klatschnaß um seine Waden schlotterte, krempelte er sie auf und drückte das Wasser, so gut es ging, in ein Handtuch.

»Wenn ich das geahnt hätte . . .«, murmelte er, als er in die braunen Pantoffeln schlüpfte.

»Daß Sie sich kein Taxi genommen haben . . .«

»Die Standplätze waren wie leergefegt.«

»Und die Tram?«

»Verkehrt noch nicht, Sturm und stürzende Bäume haben die Oberleitungen beschädigt.«

Irene Faber schenkte den Tee ein, reichte ihm Zuckerdose und Rumkaraffe herüber und goß ihm, als er sich zierte, einen tüchtigen Schuß nach. Sie sparte auch bei sich nicht mit dem Rum und hob die Tasse mit dem dampfenden, aromatischen Gebräu an die Lippen. »Ah, wie gut! Auch ich habe eine kleine Stärkung nötig. Als das Unwetter losbrach, war ich gerade beim Kaufmann, zwei Häuser weiter. Ich dachte an das offenstehende Fenster und rannte heim. Aber da prasselten die Scherben auch schon herunter.«

»Ich habe das Unwetter von der Praxis aus beobachtet. Ein tolles Schauspiel, von einer Sekunde auf die andere, fegte eine wirbelnde Staubwolke heran und riß zwei Linden mitsamt dem Wurzelwerk aus der Erde. Ich glaubte im ersten Moment, es hätte eine Gasexplosion gegeben, oder in der Nähe wäre eine noch aus dem Krieg stammende Mine in die Luft gegangen.«

Er hatte die Tasse geleert und spürte eine angenehme Wärme, die vom Magen her den ganzen Körper durchflutete.

»Noch eine Tasse, Herr Doktor?«

»Danke, gern! — Übrigens habe ich mich bei Ihnen noch für etwas anderes zu bedanken . . .«

»Ich wüßte nicht, wofür . . .«

»Sie haben Fräulein Lehrbach an mich empfohlen.«

»Sind Sie eine halbe Stunde lang durch den Regen gelaufen, um mir das zu sagen?« fragte sie und sah ihn an, als schaue sie über den Rand einer Brille hinweg.

»Nein«, antwortete er kopfschüttelnd, »nicht nur deshalb, aber Fräulein Lehrbach verriet mir — und ich hoffe, daß sie keine Indiskretion beging —, daß Sie die Absicht geäußert hätten, sich nach einer Halbtagsbeschäftigung umzusehen . . .«

»Ach, wissen Sie, ich habe nach dem Tod der Eltern ein halbes Jahr lang im Büro eines Steuerberaters gearbeitet. Und ich ging später, weil diese Beschäftigung nicht gerade abwechslungsreich war, ins Lektorat einer Zeitung. Das war nun wirklich eine sehr angenehme Tätigkeit. Leider dauerte sie nur ein knappes Jahr. Der Verlag kürzte den Etat der Feuilleton-Redaktion, und da so etwas immer die Kleinen trifft, war ich mein hübsches Pöstchen wieder los.«

»Kamen Sie durch Ihre Lektoratstätigkeit auf den Gedanken, selbst zu schreiben?«

»Nein, das ist ein viel älteres Laster . . .«

Er deutete mit einer Kopfbewegung zum Sekretär hin: »Darf man erfahren, woran Sie augenblicklich arbeiten?«

Sie zögerte mit der Antwort. »Warum nicht?« sagte sie schließlich achselzuckend. »Ich hole mir meine Stoffe zumeist aus der Nachbarschaft, aus den ganz alltäglichen Begegnungen. Dieses Mal ist es allerdings eine ziemlich märchenhafte Geschichte . . .«

»Wovon handelt sie?«

»Von einem jungen Zahnarzt, dessen Zukunft ziemlich trüb aussieht und der durch einen von Zahnschmerzen geplagten König aus dem Morgenland über Nacht zu Ansehen und Reichtum gelangt . . .«

»Um Himmels willen!« stöhnte er händeringend.

»Keine Sorge! Die Geschichte wird nie veröffentlicht, und selbst wenn sie je veröffentlicht würde, erkennen Sie sich darin ganz gewiß nicht wieder. Ich sage Ihnen doch, es ist ein Märchen, ein Traum, wenn Sie so wollen. Mein Zahnarzt hat in der Zeitung gelesen, ein sagenhaft reicher Maharadscha sei in der Stadt angekommen, und sein Wunsch, daß dieser Nabob von Zahnschmerzen geplagt werden möge, läßt ihn erleben, was er sich erträumt . . .«

»Und zum Schluß platzt die Seifenblase?« fragte der Doktor und mußte eine plötzliche Trockenheit im Hals mit einem Schluck Tee hinunterspülen.

»Natürlich platzt sie! Oder glauben Sie etwa daran, daß es im wirklichen Leben so etwas gibt? Es wäre auch ungerecht, einen Mann für das Reißen eines morschen Zahns mit Reichtum und Ehren zu belohnen.«

Der Doktor schluckte nicht mehr, dafür blinzelte er, als träfe der Strahl eines Scheinwerfers seine Augen: »Meinen Sie das im Ernst?«

»Sie dürfen die Geschichte nicht auf sich beziehen!« sagte Irene Faber mit einem kleinen Seufzer. »*Sie* sind ein Glückspilz. Aber Glückspilze sind im Leben so dünn gesät, daß mir kein Mensch die Geschichte glauben würde, wenn ich sie als reales Erlebnis schildern wollte.«

»Ja, zum Teufel, was hat Ihr Zahnarzt eigentlich von seinem Traum? Wozu träumte er? Und was bleibt ihm davon?«

»Eine ganze Menge! Der Trotz zum Beispiel, sich nicht unterkriegen zu lassen, und die Einsicht, daß aller Anfang Geduld braucht, und schließlich die Hoffnung, daß eines Tages der Schah von Persien tatsächlich die Stadt besuchen und Zahnschmerzen bekommen könnte.«

Der Doktor starrte Irene Faber an, als entdecke er an ihr bestürzende und recht unheimliche Eigenschaften . . .

»Was haben Sie?« fragte sie ein wenig verwirrt.

Er stand auf und ging mit drei Schritten zu dem Sekretär. Das Blatt, das in die Maschine gespannt war, trug in der Mitte des oberen Randes die Zahl eins, und der Text begann, wie nun eben die meisten Märchen beginnen, mit den Worten »Es war einmal«: Es war einmal ein junger Zahnarzt, der nach langen Studienjahren eine eigene Praxis eröffnet hatte und um seine Zukunft und um sein Glück bangend voller Ungeduld auf den ersten Patienten wartete . . .

Der Doktor überflog die Zeilen, aber am Schluß der halben Seite wartete der Held noch immer vergebens. »Wann haben Sie diese Geschichte zu schreiben begonnen?«

Irene Faber machte ein Gesicht, als beabsichtige sie, dem Doktor die Gegenfrage zu stellen, was ihn das anginge, aber dann antwortete sie doch, daß sie sich bald nach dem Mittagessen an die Maschine gesetzt und geschrieben habe, bis der Himmel sich so verfinstert hätte, daß sie das Licht hätte einschalten müssen, um weiterarbeiten zu können. Dann sei ihr eingefallen, daß sie noch einige Besorgungen zu machen habe, sie sei zum Kaufmann gelaufen und auf diesem kurzen Gang vom Unwetter überrascht worden.

Der Doktor schien nicht zu bemerken, daß sie diesen minutiösen Bericht über ihren Tagesablauf mit einem unverkennbar ironischen Tonfall erstattete, so, als wolle sie fragen, ob er ihn sich noch detaillierter wünsche.

»Aber die Geschichte, die Sie mir vorher erzählten und von der hier gerade die ersten Sätze stehen, hatten Sie schon im Kopf, nicht wahr?«

»Natürlich hatte ich sie im Kopf! Oder glauben Sie, man könnte es sich leisten, auf gut Glück drauflos zu fabulieren und zu hoffen, man werde schon irgendwie zu Ende kommen?«

Der Doktor starrte noch immer auf den halbgeschriebenen Bogen, aber plötzlich hob er, als käme ihm eine Erleuchtung, den Kopf und schlug sich mit der flachen Hand gegen die Stirn. »Das Radio!« sagte er, als verkündige er die Lösung eines schwierigen Rätsels.

Irene Faber sah ihn ein wenig ängstlich an. Er hatte drei- oder viermal geniest, gewiß, aber das bißchen Schnupfen konnte doch unmöglich mit so hohen Fiebergraden verbunden sein, daß er zu phantasieren begann. »Was ist mit dem Radio?« fragte sie freundlich, als fürchte sie, ihn durch ungeduldige Töne zu reizen.

»Die Mittagsnachrichten«, sagte er, »daß ich nicht gleich darauf gekommen bin! Sie haben die Geschichte in den Mittagsnachrichten gehört!«

»Ich habe nichts gehört«, sagte sie sanft. »Wir besitzen zwar ein kleines Transistorgerät, aber die Batterie ist seit acht Tagen leer. Ich kann also nichts gehört haben. Aber es würde mich nun doch mächtig interessieren, zu erfahren, was ich gehört haben soll?«

»Die Geschichte mit dem Emir und den geklauten Millionen!« schrie er unbeherrscht. Aber als er sah, daß sie erblaßte und nach der Lehne des Sessels tastete, als suche sie etwas, woran sie sich festhalten könnte, hob er die Hände zu einer entschuldigenden Gebärde und fuhr beschämt und verlegen fort: »Entschuldigen Sie meine Heftigkeit, Fräulein Faber. Ich weiß natürlich, daß Sie es mit Ihrer Geschichte nur gut gemeint haben, aber ich brauche wirklich keinen Trost. Der Traum ist aus, ich bin ein Pechvogel, und ich habe mich damit abgefunden! Es überrascht mich selbst, wie rasch ich mich gefangen habe. Was antworteten Sie mir doch, als ich Sie fragte, was nun Ihr Zahnarzt eigentlich von seinem Traum hat und was ihm davon bleibt? Der gesunde Trotz, sich nicht unterkriegen zu lassen . . .«

»Hören Sie doch endlich mit meinem blöden Zahnarzt und mit meiner blöden Geschichte auf!« schrie sie ihn an und hielt sich die Ohren zu. »Ich kann das Gewäsch nicht mehr hören! Und wenn Sie sich einbilden, daß ich die Geschichte erfunden habe, um Sie zu trösten, dann irren Sie sich gewaltig, Herr Doktor! Und wenn Sie mir jetzt nicht endlich erklären, worum es geht und was Ihnen oder dem Emir mit seinen Millionen passiert ist, dann . . .!« Sie sprach nicht aus, was dann geschehen würde, auf jeden Fall aber schien es etwas Schreckliches zu sein . . .

»Sie wissen es wirklich nicht?« stammelte der Doktor.

»Nein, nein und nochmals nein!« schrie Irene Faber und paukte bei jedem Wort mit der Faust auf die Sessellehne.

Der Doktor wanderte quer durch die Küche zum Fenster hinüber und vergaß, daß er in den Filzpantoffeln von Herrn Wisbeck und den aufgerollten Hosen keine besonders glückliche Figur machte. Der Himmel war noch immer trüb, aber es regnete nicht mehr, und das Wasser zog in die Kanäle ab. »Der Scheck des Emirs von Khoranshar ist ein Fetzen Papier. Eine Gaunerbande hat das Konto des Emirs auf der Zentralbank abgehoben und ist mit dem Geld getürmt. Und der Emir tobt und weigert sich, dem Hotel oder mir oder wem er etwas schuldig sein mag, auch nur einen Pfennig zu bezahlen.« Sein Atem beschlug die Scheibe, und er malte mit dem Finger ein Männchen mit Hut und Spazierstock auf das Glas.

»Das kann doch nicht wahr sein!« sagte Irene Faber wie betäubt.

»Es ist die Wahrheit, die volle Wahrheit und nichts als die Wahrheit!« versicherte der Doktor feierlich und legte die Hand auf eine imaginäre Bibel, als stände er in einem amerikanischen Kriminalfilm als Kronzeuge des Anklägers vor dem Richter.

Was für ein Mann! dachte Fräulein Faber mit einer Mischung von Respekt und Mitgefühl. Daß er es fertigbrachte, nach dem schweren Schock, den er doch fraglos erlitten haben mußte, zu scherzen! »Sie müssen mir die Geschichte schon genau erzählen, Herr Doktor«, bat sie und ließ sich in dem Sessel nieder, als versagten ihr die Beine den Dienst. Und sie hörte atemlos zu, als der Doktor die Ereignisse des Vormittags zu berichten begann und zum Schluß auch auf die beiden Telefongespräche zu reden kam, die er mit der Zentralbank und mit Herrn Steinrück geführt hatte.

»Und damit war der Traum vom Reichtum ausgeträumt«, schloß er heiter, als hätte er ihr nichts weiter als die humorige Geschichte eines gelungenen Gaunerstreichs erzählt, in der er selbst eine komische kleine Nebenrolle spielte.

Irene Faber saß mit gefalteten Händen klein und kraftlos in ihrem Sessel und starrte in ihren Schoß. Sie schwieg lange. »Und Sie glaubten wirklich«, sagte sie schließlich ohne den Kopf zu heben, »daß ich die Absicht gehabt hätte, Sie mit meiner dummen Geschichte zu trösten?«

»Sie müssen zugeben, daß dieser Gedanke nicht sehr abwegig war. Oder finden Sie nicht, daß Ihre Geschichte und meine Geschichte sich decken wie zwei kongruente Dreiecke?«

Irene Faber sprang auf, lief zum Sekretär hinüber, zog das Blatt mit einem Ruck aus der Maschine und zerriß es in kleine Fetzen.

»Aber Fräulein Faber, was tun Sie da?«

»Ich könnte mich wegen dieser blöden Geschichte ohrfeigen!« sagte sie wild. »Es ist, als hätte ich mit ihr das ganze Unglück heraufbeschworen!«

Der Doktor stieß sich vom Fenster ab, um sich Irene Faber zu nähern. In seinen Augen lag ein zärtlicher Schimmer, und er hob die Arme, als hätte er die Absicht, sie tröstend an seine Brust zu ziehen. Aber er stolperte über einen Pantoffel von Herrn Wisbeck und hatte Mühe, sich auf den Beinen zu halten.

»Schluß damit!« sagte er verwirrt und laut und energisch noch einmal: »Schluß damit! Kein Wort mehr über Ihre und kein Wort mehr über meine Geschichte! Ich bin ja nun wirklich nicht zu Ihnen gekommen, um mich bei Kuchen und Tee auszuweinen! Mein Besuch hat einen anderen Zweck. Ich habe ihn schon zu Anfang angedeutet. Kurz und gut, meine Praxis spielt sich so gut ein, daß ich allein nicht fertig werden kann. Und so frage ich Sie nun, Fräulein Faber, ob Sie es trotz Ihrer anderweitigen Verpflichtungen schaffen würden, mir halbtags zu helfen?«

Fräulein Faber hielt die Schnitzel des vernichteten Manuskripts noch immer in der Hand. Sie angelte mit dem Fuß nach dem Papierkorb unter der Schreibplatte und ließ sie hineinregnen. »Als Sprechstundenhilfe?« fragte sie unentschlossen. »Aber Herr Doktor, ich habe von Ihrem Job doch keine blasse Ahnung.«

»Ich verlange von Ihnen ja auch keine Kieferoperationen, sondern jene Hilfeleistungen, die Sie nach acht Tagen perfekt beherrschen werden. Patienten empfangen, Füllzement anrühren, für Mundspülwasser sorgen und so weiter und so weiter. Ihr Talent haben Sie beim Emir doch hundertprozentig bewiesen . . .«

Irene Faber sah ein wenig unglücklich aus. »Mit diesem Angebot habe ich wirklich nicht gerechnet«, sagte sie mit kleiner Stimme und hob die linke Schulter an.

»Aber ich bitte Sie, Fräulein Faber«, rief er, »wie käme ich dazu, von Ihnen eine rasche Entscheidung zu verlangen? Lassen Sie sich Zeit! Überlegen Sie sich die Sache in aller Ruhe. Aber da ich nun einmal von Fräulein Lehrbach hörte, daß Sie die Absicht hätten, eine Halbtagsstellung anzunehmen, wollte ich mit meinem Angebot nicht zu spät kommen.«

»So eilig, wie es Fräulein Lehrbach dargestellt zu haben scheint, habe ich es nicht«, sagte Irene Faber zögernd, »und auf jeden Fall muß ich die Sache erst mit meiner Schwester besprechen.«

»Tun Sie das! Und sollte Ihre Antwort, was ich sehr hoffe, positiv ausfallen, dann können wir uns über die finanzielle Seite der Angelegenheit später unterhalten.«

Irene Faber nickte. Sie schien daran zu zweifeln, daß sich des Doktors Hoffnungen erfüllen würden. Aber ein energisches Läuten der Flurglocke enthob sie einer Antwort.

»Das könnte der Glaser sein . . .«, meinte sie und eilte zur Tür. Es war tatsächlich der Glaser, der mit einem Lehrbuben gekommen war, um die Glasschäden im Zimmer von Herrn Wisbeck zu beseitigen. Irene Faber mußte den Doktor für eine Weile sich selbst überlassen.

Er schleuderte die Pantoffeln von den Füßen und ging zum Spülbecken hinüber, in dem Irene Faber seine Schuhe abgestellt hatte: Die Strümpfe hingen auf dem dreiarmigen Trokkengestell über dem Becken. Der Doktor entfernte das Zeitungspapier, das Fräulein Faber in die Schuhe gestopft hatte. Das alte Hausmannsrezept war ihnen recht gut bekommen. Die Strümpfe waren noch immer klatschnaß. Er ließ sie hängen, schlüpfte mit den bloßen Füßen in die Schuhe und rollte die Hosen herunter. Sie boten keinen eleganten Anblick.

Irene Faber hatte dem Glaser inzwischen die Schäden gezeigt und erschien wieder in der Küche. Sie warf einen Blick auf ihre Armbanduhr. Sie ging auf sechs. »Ich habe noch einige Besorgungen zu machen«, sagte sie mit einer kleinen Geste, die den Doktor um Entschuldigung bat, daß sie ihn nun verabschieden müsse.

»Können Sie mir eine Tüte oder ein Stück Papier für meine Strümpfe geben?«

»Selbstverständlich . . .« Sie kramte in einer Schublade und fand eine Cellophantüte, in die sie die nassen Strümpfe hineinstopfte.

Er nahm sie ihr mit einem hingemurmelten Dank ab: »Wir sehen uns dann morgen um vier in der Praxis wieder, nicht wahr?«

»Ja, Herr Doktor, morgen um vier . . .«

Sie begleitete ihn auf den Korridor hinaus zur Garderobe, wo sein Schirm in dem zweckentfremdeten Butterfaß stand und wo sein Mantel noch immer tropfend auf dem Bügel hing. »Ich hinterlasse Ihnen eine ganz schöne Schweinerei«, murmelte er mit einem Blick auf die Wasserlache, die sich unter dem Mantel auf dem blankpolierten Boden gebildet hatte.

»Das ist doch im Nu weggewischt . . .«

Er stopfte die Sockentüte in eine der Manteltaschen und hängte sich den Mantel über den Arm . . .

»Vergessen Sie den Schirm nicht, Herr Doktor«, sagte Irene Faber und öffnete ihm die Tür. Im Zimmer von Herrn Wisbeck waren Glasermeister Brunner und sein Lehrling dabei, die im Fensterrahmen steckengebliebenen Glassplitter aus dem Kitt zu brechen.

»Dann also — auf morgen, Herr Doktor . . .«

Er stand mit einem Fuß bereits im Treppenhaus, aber plötzlich drehte er sich noch einmal um, als hätte er etwas Wichtiges vergessen: »Was ich noch sagen wollte, Fräulein Faber . . . mit dem Foto auf meinem Schreibtisch und mit dem Verlobungsring, den ich am Finger trug, verhält es sich nämlich so . . .«

»Sie sind mir keine Erklärung schuldig, Herr Doktor«, sagte Irene Faber abweisend.

»Und ob ich Ihnen eine Erklärung schuldig bin!« rief er hitzig. »Dieser ganze Verlobungsquatsch ist doch nichts als einer von Tante Hedis berühmten Einfällen. Sie hat eine ganze Menge merkwürdiger Ansichten, aber eine der merkwürdigsten ist wohl, daß ein Arzt oder Zahnarzt ihrer Meinung nach einen seriösen Eindruck machen muß, und zur Seriosität gehört, daß er, wenn er schon nicht verheiratet ist, zum mindesten verlobt sein muß . . .«

»Ach«, meinte Irene Faber und krauste die Nase, als zöge aus der gräflichen Wohnung im Parterre der Duft von angebranntem Sauerkraut herauf, »und da hat sich Ihre Tante Hedi also aufnehmen lassen, ihr Foto in einen roten Lederrahmen gesteckt und auf die Rückseite *In Liebe — immer Deine Hannelore* geschrieben?«

»Quatsch!« sagte er grob. »Das Foto hat Hannelore Danner beigesteuert, die Tochter vom *Schwanenbräu* in Harpfing. Ich bin mit ihr befreundet, aber ich habe nie etwas mit ihr gehabt!« Das stimmte nun wirklich, und wenn es sonst nicht die volle und reine Wahrheit war, dann darum, weil er Irene Faber doch nicht erzählen konnte, daß er nahe daran gewesen war, bei der Wahl seiner Zukünftigen zum mindesten mit einem Auge nach Gut und Geld zu schielen . . .

»Warum erzählen Sie mir das eigentlich?« fragte sie in einiger Verlegenheit.

»Verdammt noch mal«, knurrte er, »weil ich mir nicht wieder einen Korb holen möchte, wenn ich Sie bitte, mit mir heute abend in irgendeiner netten Kneipe einen Schoppen Wein zu trinken oder einen Bissen zu essen!«

»Das ist aber nicht die feine englische Art, eine Dame einzuladen«, sagte Fräulein Faber hüstelnd, »und überhaupt, heute abend geht es nicht, weil ich meiner Schwester versprochen habe, mit ihr ins Kino zu gehen . . .«

»Was gibt's denn?«

»Ach, eine Reprise uralter Garbo-Filme. Heute ist *Anna Karenina* an der Reihe . . .«

»Haben Sie schon die Karten?«

»Nicht nötig, es ist ein kleines Kino, wo man jeden Besucher mit Musik empfängt.«

»Gut«, sagte er kurzentschlossen, »dann hole ich Sie und Ihre Schwester gegen acht Uhr ab!«

»Na, hören Sie mal!« murmelte sie leicht verstört.

»Und hinterher zwitschern wir noch ein Tröpfchen. Auf Wiedersehen bis dahin!«

Und ohne ihr letztes Wort abzuwarten lief er die Treppe hinab. Der Doktor erwischte in der Nähe der Kunstakademie ein Taxi, stand eine Viertelstunde später daheim unter der Dusche und war herzlich froh, trockene Wäsche, trockene Socken und trockene Hosen auf der Haut zu spüren. Weniger wohl fühlte er sich, wenn er an die Begegnung mit Tante Hedi und Onkel Paul dachte, die ihn im Speisezimmer erwarteten und je nach Temperament begrüßten: Tante Hedi mit einem Klagelaut, Onkel Paul wortlos, dafür mit einem Schlag des

Handrückens gegen die letzte Ausgabe der *Abendzeitung*, als gäbe er einem Schafkopfpartner mit einem Schlag auf den Kartenfächer ein scharfes Kontra.

»Diese Gauner«, schnaufte er erbittert, »heben frech das Konto ab, und alles sozusagen unter Polizeischutz!«

»In was für einer Welt leben wir eigentlich?« rief Tante Hedi empört und rang die Hände.

»Nach Spinoza in der einzig möglichen«, murmelte Werner Golling.

»Spinoza . . .«, zischte Tante Hedi verächtlich, »der würde anders reden, wenn er heute lebte! Aber du scheinst die Sache ja recht gelassen hinzunehmen . . .«

»Was bleibt mir denn anderes übrig?«

Onkel Paul raschelte mit der Zeitung: »Schön, das Konto des Emirs haben die Banditen leergefegt, aber, zum Teufel, das heißt doch noch lange nicht, daß wir uns seinen Scheck an den Hut stecken müssen!«

»Ich fürchte, doch, Onkel Paul. Ich habe heute nachmittag lang und breit mit Herrn Steinrück über die Sache gesprochen. Die Summe, die der Emir dem Hotel schuldet, muß horrend sein, aber er weigert sich strikt, sie zu zahlen.«

»Dann schickst du ihm eben den Gerichtsvollzieher!«

»Ich täte es mit Vergnügen — wenn es ginge. Leider geht es nicht. Der Emir ist als Diplomat und fremdes Staatsoberhaupt jedem polizeilichen und richterlichen Zugriff entzogen. Herr Steinrück muß es schließlich wissen . . .«

»Diplomat müßte man sein!« knirschte Onkel Paul. »Soll ich euch erzählen, was dem Oberkoferl Ferdi neulich passiert ist? Fährt ihm doch ein besoffener Kerl mit einem Riesenschlitten direkt in seinen nagelneuen BMW hinein. Und was tut der Bursche, als der Ferdi ihn stellt? Haut ihm eine rein und braust ab! Aber das Beste kommt erst. Ein Polizist, der danebensteht, zuckt bedauernd die Schultern und sagte zum Ferdi: »Da können Sie gar nichts machen, lieber Mann, der Herr, der wo Sie soeben gefotzt hat, ist nämlich Diplomat!«

»Da hast du's, Onkel Paul. Was soll ich also tun? Soll ich zum Emir gehen und mir womöglich noch von seinen Trabanten den Bauch aufschlitzen lassen?«

»Um Himmels willen, Wernerchen, nur das nicht!« rief Tante Hedi beschwörend. »Was ist schon Geld? Die Hauptsache ist und bleibt doch die Gesundheit!«

»So einen Schmarrn daherzureden!« knurrte Onkel Paul. »Aber so rasch schmeiße ich die Flinte nicht ins Korn. Mein erster Weg morgen früh führt zum Justizrat Quandt. Ich will doch sehen, ob solch ein orientalischer Scheich unsereinem einfach auf den Schlips spucken darf!«

Elfriede betrat das Zimmer und stellte das Abendessen auf den Tisch.

»Was gibt's denn heute?« fragte Onkel Paul.

»Wurstsalat, Herr Berwanger, ganz nach Ihrem Gusto, mit viel Musik . . .«

Onkel Paul rieb sich zufrieden die Hände.

»Daß du nach solchen Aufregungen Appetit hast, Paul! Mir geht kein Bissen durch die Kehle«, empörte sich Tante Hedi.

»Dir nicht, aber mir! Und wie steht's mit dir, Werner?«

»Ich werde mich an den Schinken halten, Onkel Paul. Ich habe nämlich um acht eine Verabredung, bei der ich lieblich aus dem Hals riechen muß.«

»Mit Hannelorchen!« rief Tante Hedi. »Wie ich's nur vergessen konnte! Sie hat ja mittags angerufen. Hat sie dich in der Praxis besucht?«

»Sie wollte kommen, aber dann kam das Unwetter dazwischen. Sie rief mich vom *Königshof* an, daß sie Karten für *Anatevka* besorgt hat.«

»*Deutsches Theater* und Wurstsalat, nein, das paßt wirklich nicht zusammen«, stellte Onkel Paul fest und fischte sich eine Extraportion Zwiebelringe aus der Essigbrühe. Er blinzelte Werner zu: »Bestell deinem Mädchen einen schönen Gruß von uns. Na, es war doch keine schlechte Idee vom guten alten Onkel Paul, dich nach Harpfing zum *Schwanenbräu* mitzunehmen, wie? Wenn dir die heutige Geschichte mit dem geplatzten Scheck vor vier Wochen passiert wäre, hättest du ziemlich dumm aus der Wäsche geschaut. Mit der Mitgift im Hintergrund, die dich aus Harpfing erwartet, können dir natürlich alle Scheichs der Welt im Mondschein begegnen, haha!«

»Nun tu nur nicht so, Paul«, sagte Tante Hedi mit einiger Schärfe, »als ob Werner Hannelore nur wegen ihres Geldes heiraten wird! Die jungen Leute lieben sich, und das ist für mich das einzige, das zählt!«

Werner Golling öffnete den Mund — und schloß ihn wieder. Nein, heute fand er einfach nicht den Mut, seinen Leuten die Wahrheit einzugestehen: Onkel Paul würde ihn — vor allem in seiner augenblicklichen Situation — für verrückt erklären, und ob Tante Hedis Verachtung des Geldes ganz ernst zu nehmen war, wagte er zu bezweifeln. Solche Sprüche konnte man sich leicht leisten, wenn man genug davon besaß.

11

Mit der Bemerkung, er könne Hannelore unmöglich mit seiner alten, scheppernden Blechbüchse vom Hotel abholen, hatte Onkel Paul ihm für den Abend großzügig den Mercedes überlassen. In einiger Entfernung vom Haus Faber fand er unter dem Peitschenmast einer Bogenlampe einen Parkplatz. Es war noch hell, als er an der Haustür läutete. Die Frage, ob er den Damen ein paar Blümchen oder etwas zum Knabbern mitbringen solle, hatte er in der Halle des Hauptbahnhofs in der Weise gelöst, daß er für Irene Faber fünf Nelken und für ihre Schwester Marion eine Schachtel Nougatkonfekt erstand. Er hoffte von Herzen, den Pummel Marion nach dem Kino auf elegante Art abwimmeln zu können. Daß es sich bei der jüngeren Schwester von Fräulein Faber nur um einen Pummel handeln könne, stand für ihn deshalb fest, weil Irene Faber, sooft sie auch von Marion zu sprechen gekommen war, stets deren enorme Gefräßigkeit erwähnt hatte. Deshalb sah er nicht besonders gescheit aus, als ihn im zweiten Stockwerk in der offenen Wohnungstür ein Mädchen erwartete, dessen Anblick ihm für einen Moment die Sprache raubte. Daß er die Schwester von Irene Faber vor sich hatte, ergab sich aus einer unverkennbaren Familienähnlichkeit. Aber sonst überragte Marion Faber ihre Schwester um einen guten halben Kopf, und auch alles übrige war an ihr in die Länge geraten, die Beine, die Arme, die Hände und die Haare, die ihr vom Mittelscheitel als Schnittlauchlocken über beide Schultern fielen. Um so kürzer war der Rock, der ihre schmalen Hüften bedeckte. Es war der kürzeste Rock, den der Doktor jemals gesehen hatte. Vom Hals hingen ihr lange bunte Ketten bis zum Gürtel herab, und diese Aufmachung ließ den Doktor hoffen, daß die junge Dame sich nicht für einen alten Garbo-Film, sondern für den Besuch eines Beatschuppens zurechtgemacht hatte.

»Dr. Golling, nicht wahr?« begrüßte sie ihn munter. »Ich bin Marion Faber. Treten Sie ein. Meine Schwester läßt sich entschuldigen. Sie hofft, rechtzeitig fürs Kino zurück zu sein. Bis dahin soll ich Ihnen Gesellschaft leisten. Und ich soll mich manierlich betragen — hat sie gesagt.«

»Die Blümchen sind für Ihre Schwester bestimmt«, sagte er mit einem kleinen Grinsen, »bei Ihnen war ich mir im Zweifel, ob ich mit einer Puppe oder mit Konfekt anrücken sollte. Es war wohl gescheiter, daß ich mich für Nougat entschieden habe . . .«

»Ich möchte wissen, was Irene über mich erzählt hat«, sagte sie und warf die Haare, die ihr Gesicht einrahmten, mit einem scharfen Ruck des Kopfes nach hinten, »in ihren Augen bin und bleibe ich die kleine Schwester, aber allmählich scheint sie es einzusehen, daß ich an den Nikolaus nicht mehr recht glaube — und an den Klapperstorch auch nicht mehr.« Sie nahm ihm die Blumen und das Konfekt ab: »Kommen Sie, Herr Doktor, Sie kennen sich bei uns ja schon aus . . .«

Er folgte ihr in die Wohnküche und durfte in dem gleichen Sesselchen Platz nehmen, das ihm Irene Faber vor wenigen Stunden angeboten hatte. Marion Faber fand im Regal über dem Spülbecken eine schlanke Glasvase, füllte sie mit Wasser und stellte die Nelken auf den Tisch.

»Hoffentlich ist nichts Unangenehmes passiert . . .«

»Keine Ahnung, was Irene plötzlich hatte«, sagte Marion achselzuckend. »Als ich heimkam, war sie gerade dabei, Eier in die Pfanne zu schlagen. Dann sah sie die *Abendzeitung,* die ich aus dem Geschäft mitgebracht hatte, riß sie mir aus der Hand, las die Geschichte von dem Gaunerstück in der Zentralbank — und bekam es plötzlich mit der Eile.«

»Das verstehe ich nicht . . .«

»Ich verstehe es auch nicht. Aber vielleicht hatte sie einen Einfall. Sie sah so erleuchtet aus. Ich möchte wetten, daß sie auf die Redaktion der *Abendzeitung* gelaufen ist, um die Story zu verkaufen, wie Sie dem Emir die Zähne gezogen haben. Ich habe mich krank gelacht, als Irene mir die Geschichte brühwarm auftischte — wie Ihr kostbarer Operationsstuhl flöten ging, wie die anderen Scheiche sich um die kostbaren Stockzähne rauften, und dann die blumigen Reden, die der Emir und Sie gehalten haben. Irene hat sie, kaum daß sie wieder daheim war, aus dem Gedächtnis niedergeschrieben.«

»Aber das kann sie doch nicht machen!« sagte der Doktor ziemlich verstört.

»Warum nicht? *Sie* können es nicht machen, aber Irene als zufällige Augen- und Ohrenzeugin hat doch nicht den geringsten Grund, sich vornehm zurückzuhalten und eine Geschichte zu vergraben, die es nur alle Jubeljahre einmal gibt.«

Der Doktor klopfte seine Jacke ab und fand die Zigaretten in der linken Tasche: »Erlauben Sie, daß ich rauche?«

»Aber bitte!«

»Darf ich Ihnen auch eine anbieten?«

»Danke, ich rauche nicht, aber wenn Sie erlauben, dann mache ich die Packung auf, die Sie mitgebracht haben. Habe ich mich eigentlich schon dafür bedankt?«

»Machen Sie doch keine Geschichten! Ich freue mich, wenn ich Ihren Geschmack getroffen habe.«

»Haben Sie«, sagte sie schlicht, »und außerdem bin ich hungrig wie ein Wolf. Mit den Eiern ist nämlich ein Malheur passiert. Das letzte, das ich in die Schüssel schlug, war schon mehr ein junger Vogel.«

Der Doktor rauchte, und Marion Faber steckte sich ein Nougathütchen genüßlich in den Mund. Sie warf dabei einen Blick auf die Uhr. Es war Viertel nach acht.

»Das Kino werden wir wohl abschreiben müssen . . .«

»Sie sollten sich durch mich nicht aufhalten lassen«, meinte er, »ich kann hier auch allein warten.«

»Ich bin nicht besonders scharf auf die Garbo«, sagte sie und wickelte ein Nougaträllchen aus einer goldenen Stanniolhülle, »wir haben uns vor einigen Tagen die *Kameliendame* angesehen. Irene war von der Garbo wie immer hingerissen. Ich fand sie ziemlich mager — in jeder Beziehung . . .«

»Hm . . .!« machte er und hob die Augenbrauen.

»Sie sind ein höflicher Mensch, Herr Doktor. Meine Schwester hat einige Idole. Eines davon heißt Garbo. Und sie geht in die Luft, wenn mich ihre Götzen kühl lassen.«

»So weit sind Sie beide im Alter doch gar nicht auseinander«, meinte er.

»Es sind nur fünf Jährchen, aber Irene gehört absolut zu Ihrer Generation!«

»Soso . . .!« murmelte der Doktor und starrte in die Glut seiner Zigarette.

»Jetzt sind Sie beleidigt, wie?«

»Wie kommen Sie darauf? Im Gegenteil, ich finde Ihre Feststellung, daß Ihre Schwester Irene generationsmäßig mehr zu meinem als zu Ihrem Jahrgang gehört, nur ermutigend.«

Marion Faber legte das Nougaträllchen in den Karton zurück und musterte ihn, während ihre Zungenspitze rasch über die Kuppen von Daumen und Zeigefinger fuhr, hinter dem Vorhang ihrer unglaublich langen Wimpern mit einem schrägen Blick: »Wie geschwollen Sie reden . . .«

»Das habe ich manchmal an mir, vor allem bei besonderen Anlässen . . .« Der Doktor wirkte plötzlich ziemlich nervös, er klopfte die Zigarette mit trommelndem Zeigefinger ab, obwohl an ihr kein Aschenstäubchen zu entdecken war.

»Wenn mich nicht alles täuscht«, sagte Marion mit einem kleinen Kichern, »dann wollen Sie mich um die Hand meiner Schwester bitten?«

»Nein, nein!« rief er. »Oder vielmehr, ja, ja, um so etwas Ähnliches handelt es sich tatsächlich. Mit einem Wort, ich habe mich in Ihre Schwester verliebt. Und das finden Sie wohl mächtig komisch, wie?«

»Weshalb soll ich das komisch finden? Komisch finde ich höchstens, daß Sie mich anfahren, als wäre ich Ihnen auf die Zehen getreten . . .«

»Ich habe Sie doch gar nicht angefahren! Wie käme ich auch dazu? Wissen Sie, es ist nur, daß ich so unsicher bin, ob ich bei Ihrer Schwester Irene eine kleine Chance habe. Wie oft sind wir uns denn schon begegnet? Und überhaupt ist es gerade zehn Tage her, daß ich sie zum erstenmal sah. Finden Sie nicht auch, daß das auf Ihre Schwester reichlich überstürzt wirken muß?«

»Was? Etwa, daß Sie sich in Irene Hals über Kopf verliebt haben? Wie lange dauert so was denn sonst bei Ihnen? Drei Wochen? Vier Wochen? Ein halbes Jahr? Sie sind mir vielleicht ein Komiker . . .!«

»Komiker!« knurrte er erbittert. »Verdammt, es geht doch dabei nicht um mich! Es geht doch nur darum, ob ich es riskieren darf, Ihrer Schwester zu sagen, was ich für sie empfinde.«

»Wie alt sind Sie eigentlich, Herr Doktor?«

»Einunddreißig«, antwortete er spontan und fügte irritiert hinzu, »was soll Ihre Frage?«

»Liebe Güte«, sagte sie kopfschüttelnd, »meine Schwester kommt mir ja in mancher Beziehung ziemlich gestrig vor, aber gegen Sie mit Ihren prähistorischen Verklemmungen ist Irene ja direkt supermodern.«

»Verklemmt!« schnaubte er grimmig. »Wenn Sie es verklemmt nennen, daß ich absolut nicht scharf darauf bin, mir einen Korb zu holen, na schön, dann bin ich eben verklemmt!«

»Eigentlich sollte ich mich ja nicht in Dinge mischen, die mich absolut nichts angehen. Für gewöhnlich kommt man dabei unter die Räder. Aber wenn ich mir überlege, daß ihr beide vor lauter Schüchternheit womöglich aneinander vorbeilauft, will ich es Ihnen verraten: ja, bei Irene hat es eingeschlagen. Es hat bei ihr gezündet!«

Der Doktor lauschte Marion mit einem Ausdruck der Verzückung, als vernehme er den Klang einer Engelsstimme . . .

»Mit einem Wort«, fuhr der Engel fort, dessen Ausdrucksweise recht wenig Engelhaftes an sich hatte, »Irene ist in Sie genauso verknallt wie Sie in sie. Seit Tagen läuft sie wie in Trance herum. Sie schreibt Geschichten, in denen ein junger blonder Zahnarzt so deutlich porträtiert ist, daß ich Sie nach Irenes Beschreibung nachmittags um fünf in der Kaufringstraße erkannt hätte. Und sie fragt jeden Menschen, der ihr begegnet, wie es mit den Beißerchen steht, und ist tief beleidigt, wenn sie hört, daß alles in Ordnung ist. Und nun kommen Sie also daher, Herr Doktor, und fragen, ob Sie bei ihr Chancen haben!«

Wie sie es fertiggebracht hatte, sich zu ereifern und dabei die Packung halb zu leeren, blieb ihr Geheimnis. Sie sprang auf, machte den hübschen Karton energisch zu und ging zum Kühlschrank hinüber. »Mal sehen, was es bei Fabers zu futtern gibt. Ich habe einen Mordshunger. Soll ich Ihnen auch ein Brot zurecht machen?« Sie öffnete den Kühlschrank und entdeckte darin einen Zipfel Leberwurst und eine halbe Mettwurst.

»Kriegt man hier in der Nähe etwas zu essen?« fragte der Doktor, der auch eine gewisse Leere im Magen zu spüren begann, denn außer zwei dünnen Blättchen Schinken und einer Scheibe Brot hatte er seit Mittag nichts zu sich genommen.

»Gleich neben dem Kino liegt die *Hühnerdiele*. Dort bekommt man ein halbes Brathendl für dreifünfzig und eine Portion Pikante Hühnerleber für zweifünfzig«, sie verdrehte die Augen und leckte sich die Lippen ab, »einfach zum Krankfressen, die Leber!«

»Jetzt ist es halb neun«, stellte der Doktor fest. »Wissen Sie was, Marion? Wir hinterlassen Irene eine Nachricht, daß sie uns in der *Hühnerdiele* findet. Einverstanden? Und ich darf Sie doch einladen?«

»Und ob Sie dürfen!« antwortete sie und fand auch schon einen Zettel, den sie schräg gegen die Vase mit den Nelken stellte, nachdem sie die lapidare Botschaft SIND IN DER HÜHNERDIELE mit Druckbuchstaben draufgemalt hatte.

»Von mir aus können wir«, sagte sie munter.

Der Doktor warf einen verzagten Blick auf ihre endlos langen Beine oder vielmehr auf jenen Stoffstreifen, den dieses Mädchen wahrscheinlich als Rock bezeichnete, aber er unterdrückte die Frage, ob sie sich nicht ein wenig wärmer anziehen wolle, um nicht, da sie ihn schon prähistorischer Anschauung bezichtigt hatte, womöglich für einen Neandertaler gehalten zu werden.

»Also schön«, murmelte er resigniert, »gehen wir . . .«

»Sie wirken auf einmal so sauer«, meinte sie, als sie das Haus verlassen hatten und zur *Hühnerdiele* unterwegs waren, »stimmt irgend etwas nicht?«

»Nicht doch, nicht doch, es ist alles in bester Ordnung . . .«

»Bis auf das Fehlen von Irene, nicht wahr?«

»Nun ja . . .«

»Wie sind Sie eigentlich hergekommen? Mit der Tram?«

»Nein, mit dem Wagen . . .«

»Und wo steht Ihr Schlitten?«

Er deutete mit dem Kinn über die Straße und überließ ihr die Wahl zwischen einem blauen Kombi, einem mit APO-Parolen garnierten Studiker-2 CV und Onkel Pauls Mercedes.

»Jetzt sagen Sie bloß noch, daß Ihnen die Prunkkarosse gehört!«

»Eine Leihgabe . . .«

»Habe ich mir fast gedacht.«

»Warum?«

»Weil zu Ihnen etwas Flotteres gehört.«

»Den flotten Traum wollte ich mir morgen oder übermorgen erfüllen.«

»Und weshalb können Sie nicht?«

»Weil mir ein Haufen brauner Lappen leider durch die Lappen gegangen ist. Erinnern Sie mich lieber nicht daran.«

»Hängt das mit dem Ölscheich zusammen?«

»Erraten. Aber reden wir von etwas anderem. Von Ihnen zum Beispiel. Ich habe gehört, daß Sie vor einiger Zeit Ihre Gesellenprüfung als Schneiderin gemacht haben . . .«

»Sogar mit der Note ›Sehr gut‹ . . .«

»Respekt! Und nun schneidern Sie also?«

»Ja, ich schneidere in einem Atelier mit ziemlich gesalzenen Preisen. Aber mein Chef hat mit mir Höheres im Sinn. Er will mich auf die Mode-Akademie nach Düsseldorf schicken.«

»Sie sagen das so zögernd. Gibt es denn da für Sie etwas zu überlegen? Das ist doch eine große Chance, nicht wahr?«

»Ja, das schon. Aber ich habe noch eine andere Chance . . .«

»Man kann nicht genug Eisen im Feuer halten.«

»Es ist keine berufliche Chance . . .«

Er blinzelte sie von der Seite an: »Sondern . . .?«

»Sie müssen mir versprechen, auch Irene gegenüber dichtzuhalten . . .«

»Großes Ehrenwort!«

Sie gingen an den Schaukästen des Kinos vorüber, in denen farbige Standfotos aus vier Filmen eine *Greta-Garbo-Woche* ankündigten. Die *Hühnerdiele* befand sich im nächsten Haus. Es war ein kleines, gemütliches Lokal, zur Stunde noch leer, mit einigen Nischen, rustikalen Möbeln aus Lärchenholz, Kupferlampen mit schottisch karierten Schirmen und im gleichen Schottenmuster bezogenen Sitzkissen auf den Bänken und Stühlen. Die Bedienung, jung, hübsch in einem sehr flotten Dirndl, begrüßte Marion wie eine alte Bekannte. Der Doktor hingegen schien ihr ein kleines Rätsel aufzugeben . . .

Er wählte eine Nische, von der er die Eingangstür des Lokals beobachten konnte, und überließ Marion die Speisekarte. Sie entschied sich für ein halbes Hähnchen mit Pommes frites, und er schloß sich ihrer Wahl an.

»Die Pikante Leber können wir uns ja für später aufheben«, meinte er.

»Seien Sie nur nicht leichtsinnig«, warnte sie, »ich könnte Sie beim Wort nehmen . . .«

»Nehmen Sie!« sagte er mit einer großzügigen Handbewegung.

»Die Frage ist jetzt, was wir trinken. Ich bin für ein blondes Bier, und Sie?«

»Mir bringen Sie ein Weizen, Maria.«

»Geht in Ordnung, Fräulein Faber.«

»Ihr Stammlokal, nicht wahr?« fragte der Doktor. »Nur der Kavalier, mit dem Sie sonst hier aufkreuzen, ist ein anderer . . .«

Sie nickte: »Sein Künstlername ist Enrico . . .«

»Hoho, ein Musiker?«

Sie schüttelte den Kopf: »Eigentlich heißt er Heinz Unterpointner und ist Damenfriseur . . .«

Er schien sie ein wenig entgeistert angesehen zu haben, denn sie fuhr ihn ziemlich böse an: »Nun machen Sie bloß nicht so ein komisches Gesicht! Ihm gehört ein erstklassiger Salon mitten in der Stadt, und er hat erstklassige Kundschaft, eine Menge Schauspielerinnen von Bühne und Film, und er macht es nicht gerade billig!«

»Davon bin ich überzeugt. Aber wieso nennt er sich Enrico?«

»Weil sein Salon so heißt — *Salon Enrico* . . .«

»Hm, und wann und wie haben Sie Enrico kennengelernt?«

»Vor einem guten halben Jahr. Mein Chef veranstaltete eine Modenschau. Und weil zwei Mannequins wegen Grippe ausfielen, mußte ich einspringen. Ich habe das nicht zum erstenmal gemacht. Es wäre überhaupt ein Beruf für mich. Aber ich bin dafür zu gefräßig. Und Heinz hat uns frisiert . . .«

»Aha!« rief der Doktor.

»Nichts Aha! Ich fand ihn zum Kotzen in seinem seidenen Rüschenhemd und mit der klimpernden Goldkette um den Hals . . .«

»Huch nein!« rief der Doktor und klapperte mit den Augendeckeln.

»Das dachte ich auch«, gab sie unumwunden zu, »aber dann erlebte ich ihn vierzehn Tage später bei einem Lichtbildervortrag im Alpenverein. Es ging dabei um eine Klettertour in der Marmolata. Im Winter. Und der zweite Mann am Seil war kein anderer als Heinz Unterpointner.«

»Ohne Rüschenhemd und ohne Goldkettchen, wie?«

»Mei', Madl, sagte er, als er mich heimbrachte, ich kann meine stinkfeine Kundschaft doch nicht in der Bundhose bedienen und den Damen die Locken übern Eispickel drehen.«

»Da hat er ja nun auch wieder recht«, meinte der Doktor erheitert, »und seitdem geht ihr miteinander?«

»Ja, seitdem gehen wir miteinander.«

Die Hähnchen rollten an, goldbraun und knusprig, und auch die Pommes frites waren frisch und rösch. Der Doktor riß das Beinchen ab und führte es mit den Fingern an die Zähne.

»Gott sei Dank!« sagte Marion Faber erleichtert und riß ihrem halben Hendl den Flügel aus. »Ich fürchtete schon, Sie wären ein Ritter von Messer und Gabel. Aber dabei geht doch der halbe Genuß flöten. Finden Sie nicht auch?«

»Jawohl!« sagte der Doktor mit vollem Mund und schob eine gehäufte Gabel Pommes frites nach. Sie tafelten schweigend, spülten fleißig die Kehlen und säuberten sich schließlich die Finger mit den essenzgetränkten Tüchlein, die zum Service gehörten.

»Das war ein guter Anfang«, meinte der Doktor und zündete sich die Verdauungszigarette an, »und nun erzählen Sie mir noch, weshalb Sie Irene Ihren Enrico bislang unterschlagen haben!«

»Weil sie ihn widerlich findet und mit ihm einen Mordskrach gehabt hat.«

»Wie, sie kennt ihn also? Hat sie euch beim Knutschen in der Haustür erwischt?«

»Wo denken Sie hin!« Ihr hübsches Gesicht verfinsterte sich: »Es war wirklich eine saudumme Geschichte«, sagte sie und zerknickte einen Zahnstocher, »also, Irene wollte zum Friseur gehen, gleich bei uns um die Ecke. Und da erzählte ich ihr, daß ich einen prima Salon aufgerissen hätte, wo man erstklassig bedient würde und der trotzdem — denn das ist für Irene nun mal die Hauptsache — spottbillig sei. Natürlich hatte ich Enrico auf Irenes Besuch vorbereitet und sie ihm genau beschrieben. Aber genau an jenem Nachmittag in der letzten Maiwoche war der Laden bumsvoll, und Heinz muß Irene mit einer anderen verwechselt haben, der er für Waschen, Tönen, Schneiden und Legen mit allem Drum und Dran achtfünfzig abnahm . . .«

»Ich ahne den Verrat!« grinste der Doktor.

»Sie ahnen richtig. Als Irene mit ihrem Bon zur Kasse kam, verlangte das Mädchen ihr sechsunddreißig Mark ab, und was das schlimmste dabei war, sie hatte nur einen Zwanzigerstutzen im Portemonnaie. Und Enrico, fest davon überzeugt, meine Schwester längst bedient, und zwar sozusagen gratis bedient zu haben, erklärte ihr, so wären bei ihm nun einmal die Preise, und wenn sie sich einen erstklassigen Friseur nicht leisten könne, dann solle sie doch das nächste Mal zum Bader nach Wahnmoching fahren oder, und das käme noch billiger, das Haar daheim mit der Nagelschere stutzen und unter die Wasserleitung hängen . . .«

»Ach du liebe Güte!«

»Jedenfalls kam es zu einem fürchterlichen Auftritt, und erst als Irene wegen der fehlenden Moneten ihren Ausweis zückte und an der Kasse Namen und Adresse hinterließ, merkte Heinz, was er angerichtet hatte. Aber da war es für ihn zu spät, die Sache noch einzurenken. Und die nächste Szene gab es daheim, einmal natürlich wegen des Geldes, und dann, wie es mir einfallen konnte, ihr diesen ekelhaften, arroganten halbseidenen Widerling und gscherten Büffel dazu zu empfehlen.«

»Tja«, meinte der Doktor und konnte ein kleines Grinsen dabei nicht unterdrücken, »das ist nun wirklich eine blöde Geschichte. Aber wie ich Ihre Schwester kenne, besitzt sie eine gute Portion Humor . . .«

»Ach, wissen Sie, mit dem Humor ist das so eine Sache, den erwartet man sich in solchen Fällen meistens von den anderen.«

»Da haben Sie nun auch wieder recht«, gab der Doktor zu, »aber lassen Sie nur, wir werden die Geschichte schon zurechtbiegen.«

»Wollen Sie mir dabei wirklich helfen?«

»So wahr ich hoffe, daß Sie demnächst meine Schwägerin werden!« sagte der Doktor feierlich und prostete Marion zu.

»Prösterchen, Herr Schwager in spe«, sagte sie und stieß mit ihm an, »ich freue mich für Irene ganz unbändig, denn Zimmervermieten ist ja auf die Dauer wahrhaft keine Lebensaufgabe, und ob sie mit ihrer Schreiberei jemals auf einen grünen Zweig kommen wird, wage ich zu bezweifeln.«

»Allzu viele Wege standen ihr nicht offen, um sich selbst und Sie über Wasser zu halten.«

»Das stimmt, und es stimmt vor allem für den Anfang, als wir plötzlich vor dem Nichts standen. Aber später, als ich zu verdienen begann und als Irene mit Halbtagspöstchen ebenfalls ein paar Kröten heimbrachte, hätte ich an ihrer Stelle die Riesenwohnung aufgegeben, die Putzfrau für fremde Leute an den Nagel gehängt und uns ein Apartment genommen. Aber Irene ist nun einmal gegen jedes Risiko. Das unterscheidet uns am meisten.«

»Dann ist sie genau die Frau, die ich brauche.«

»Sie sehen aber gar nicht so aus, als ob Sie sehr risikoreich leben . . .«

»Haben Sie eine Ahnung!« seufzte der Doktor. »Wenn Sie die Papierchen unterschrieben hätten, auf die ich meinen Wilhelm gesetzt habe, damit ich meine Praxis aufmachen konnte, dann wäre Ihnen das halbe Hendl im Hals steckengeblieben.«

»Bei Ihnen ist es aber ganz flott gerutscht . . .«

»Das ist reine Übungssache. Man lernt mit der Zeit auf dem Seil zu tanzen, und die Leute, die am Fuß vom Ätna oder vom Vesuv leben, essen und trinken ja auch . . .«

Er schien die Absicht zu haben, sich weiter über das Thema des Lebens am Abgrund zu verbreiten, aber die Lokaltür wurde mit einiger Vehemenz geöffnet. Der leichte Vorhang, der als Sichtschutz gegen die Straße diente, wurde vom Luftstoß zurückgerissen und so hoch angehoben, daß man zwei gebräunte Beine bis zur halben Wadenhöhe erblickte. Die Sandaletten, mit denen die Füße beschuht waren, kamen dem Doktor bekannt vor.

»Endlich!« rief er und sprang auf, um der Erwarteten entgegenzueilen. Er hatte sich nicht getäuscht, es war Irene Faber, die in die *Hühnerdiele* stürmte. Sie wirkte ziemlich zerzaust, ihre Wangen glühten, und sie war auch ausgesprochen atemlos, als hätte sie die Wegstrecke von daheim im Laufschritt zurückgelegt.

»Das war aber eine lange Redaktionssitzung«, sagte der

Doktor und führte Irene Faber zum Tisch, »hoffentlich haben Sie Erfolg gehabt . . .«

»Wer redet hier von Redaktionssitzung?« fragte Irene Faber und sah ihre Schwester an. »Geht das auf dein Konto?«

»Du hast etwas von Emir gemurmelt, als du aus dem Haus liefst, und daß das letzte Kapitel dieser Geschichte noch lange nicht geschrieben sei . . .«

Die Bedienung brachte dem Doktor das zweite Bier. Über den Glasrand türmte sich eine schneeweiße, sahnige Schaumkrone empor. Irene Fabers Atem ging noch immer kurz, und sie schluckte, als wäre ihre Kehle ausgedörrt. »Darf ich?« fragte sie und griff nach dem Glas.

»Ich habe es für Sie bestellt«, sagte der Doktor und gab der Bedienung einen Wink, ihm noch eine Halbe zu bringen. Irene Faber nahm einen langen, durstigen Zug. Als sie das Glas absetzte, wuchs ihr ein weißer Schnurrbart aus der Nase, den sie teils mit der Zunge und teils mit dem Handrücken verschwinden ließ.

»Ich kann Ihnen das Hendel warm empfehlen«, sagte der Doktor, »wir beide haben bereits eins inhaliert und waren gerade am Überlegen, ob wir als Nachtisch noch eine Pikante Geflügelleber vertragen . . .«

Irene Faber öffnete ihr Handtäschchen und kramte drin herum, aber sie schien nicht zu finden, was sie suchte.

»Sie sind selbstverständlich eingeladen«, sagte der Doktor, der zu vermuten schien, daß sie ihre Börse vermißte.

»Danke — aber ist das Ihre Art, den Verlust von dreiundzwanzigtausend Mark zu feiern?« Sie maß den Doktor mit einem ernsten Blick.

»Es ist eine Trauerfeier«, antwortete er vergrämt, »aber der Leichenschmaus gehört nun einmal zum Begräbnis. Und das werden Sie mir zugeben müssen: hier findet eine Beerdigung erster Klasse statt.«

»Was darf's für die Dame sein?« fragte die Bedienung den Doktor, und er gab die Frage an Irene Faber weiter.

»Ich nehme die Hühnerleber . . .«

»Und die nehmen wir beide auch, nicht wahr, Fräulein Marion? Oder waren das vorher nur leere Versprechungen?«

»Ich habe Sie gewarnt!«

»Also, Fräulein, dreimal Hühnerleber«, sagte der Doktor zur Bedienung.

»Dieses Mädchen wird Sie armfressen«, sagte Irene Faber, »Sie haben eine Heuschrecke zu Tisch geladen.«

»Durch eine Heuschreckenplage an den Bettelstab zu kommen, ist Schicksal, Fräulein Faber. Was mir passiert ist, ist kein Schicksalsschlag, sondern einfach Pech. Nach ein paar Wochen werden wir darüber nur noch lachen.«

»Ich kenne mich bei Ihnen nicht aus. Tun Sie nur so oder nehmen Sie die Geschichte wirklich so leicht?«

»Was erwarten Sie von mir? Soll ich mich an der Brust von Tante Hedi ausweinen? Andere Gelegenheiten stehen mir leider nicht zur Verfügung . . .«

Marion kicherte; ein Vorgang, der sich in ihrer Fantasie abspielte, schien sie zu erheitern. Irene Faber warf ihrer Schwester einen unfreundlichen Blick zu.

»Ich rede nicht von Ausweinen«, sagte sie und trommelte einen kleinen Wirbel auf die Tischplatte, »sondern von Taten! Ich finde nämlich, daß Sie die Flinte ziemlich rasch ins Korn geworfen haben.«

»So etwas Ähnliches habe ich doch heute schon einmal gehört . . .«, murmelte der Doktor.

Die Bedienung wedelte mit einem Lappen über den Tisch und fegte die Krümel einer Semmel zusammen, die Marion als Zwischenmahlzeit zu sich genommen hatte: »Die Leber dauert noch ein Weilchen, der Chef macht sie frisch.«

»Schon gut, Fräulein, wir haben es nicht eilig.« Er zündete sich eine Zigarette an und wandte sich wieder Irene Faber zu: »Aber bitte, genieren Sie sich nur nicht, mir Saures zu geben. Was hätte ich Ihrer Meinung nach denn unternehmen sollen? Und was habe ich zu tun versäumt?«

»Zum Beispiel — Sie hätten dem Emir in seinem Hotel einen Besuch machen sollen!«

»Wozu? Um mich von seinen Trabanten rausschmeißen oder womöglich den Bauch aufschlitzen zu lassen?«

»Sie hätten Sie nicht rausgeschmissen und Sie hätten Ihnen auch nichts aufgeschlitzt.«

»Woher wollen Sie das wissen?«

»Das weiß ich eben!«

»Dann weiß ich es aber besser! Schließlich habe ich lange genug mit Herrn Steinrück vom *Grandhotel* telefoniert. Der Emir muß sich nicht wie ein Irrer, sondern wie ein ganzes Irrenhaus aufgeführt haben.«

»Ach was, das ist doch nichts als bengalisches Feuer. Das flammt hoch und brennt ebenso rasch wieder ab.«

»Das glauben Sie!«

»Das glaube ich nicht, das weiß ich!«

»Dann wissen Sie mehr als ich«, knurrte der Doktor, der ob dieser Hartnäckigkeit allmählich die Geduld zu verlieren begann. »Jetzt würde es mich nur noch interessieren, zu erfahren, woher Sie Ihre Weisheit beziehen?«

»Das will ich Ihnen gern verraten«, sagte Irene Faber und griff nach ihrer Handtasche, »ich komme nämlich gerade vom Emir von Khoranshar . . .«

»Woher kommen Sie?« schrie er sie an.

»Sie sind doch nicht etwa schwerhörig?« fragte Irene Faber mit sanfter Sorge. »Ich habe mir als Ihre Sprechstundenhilfe erlaubt, den Emir aufzusuchen, um ihn zu fragen, wann die Behandlung fortgesetzt werden soll.«

»Das kann doch nicht wahr sein!« stammelte der Doktor und starrte Irene Faber an, als erwarte er ihr Geständnis, daß sie sich mit ihm einen Scherz erlaube — einen ziemlich üblen Scherz allerdings!

»Der Emir bleibt in München«, sagte Irene Faber und öffnete ihre Handtasche. »Sie sollen ihn morgen vormittag im Hotel besuchen. Am liebsten wäre ihm natürlich, wenn Sie ihm die neuen Zähne gleich mitbrächten, aber das konnte ich ihm ausreden. Die Geschichte mit dem Scheck ist ihm unangenehm. Aber damit Sie nicht denken, daß er Sie um Ihr Honorar prellen will, schickt er Ihnen dies . . .« Irene Faber griff in die Handtasche und zog einen gut gepolsterten Briefumschlag heraus, »es ist das ganze Kleingeld, das der Bruder des Emirs, Scheich Omar, gerade bei sich trug . . .«

»Zeig mal her!« rief Marion und griff nach dem Umschlag, aber Irene Faber klopfte ihr auf die voreiligen Finger und reichte den Umschlag dem Doktor hinüber. Er sah leicht betäubt aus, und auch seine Finger schienen von einer Lähmung befallen zu sein. »Ich hab's nicht gezählt«, sagte Irene Faber, »ich habe die Scheine einfach in einen alten Umschlag gestopft, den ich zufällig bei mir trug, aber soviel ich gesehen habe, scheinen es lauter ausländische Banknoten zu sein.«

Der Doktor griff endlich zu und ließ die Geldscheine auf den Tisch flattern . . .

»Es sind Pfundnoten — und Dollarscheine — und Schweizer Franken«, stellte Marion mit großen Augen fest.

»Wieviel sind es denn?« fragte der Doktor heiser.

Marion fegte die Scheine zu einem Haufen zusammen und begann, sie nach Währungen zu sortieren. »Es sind hundertzwanzig Pfund Sterling«, sagte sie schließlich, »zweitausendvierhundert Schweizer Franken und tausenddreihundertfünfzig Dollar . . .«

Irene Faber kritzelte die Zahlen auf die Rückseite des Briefumschlags: »Wie hoch steht das englische Pfund im Kurs?«

»Um die neun Mark herum . . .«, murmelte der Doktor.
»Dann sind es über den Daumen gepeilt achttausend Mark«, stellte Irene Faber fest. »Na, Herr Doktor, hat sich der Weg zum Emir gelohnt oder nicht?«
»Wie haben Sie das nur geschafft, Irene?« fragte der Doktor benommen und starrte auf die Banknoten, die Marion inzwischen gebündelt hatte, als fürchte er, sie könnten sich im nächsten Augenblick in Luft auflösen.
»Sehr einfach, ich habe an die männliche Eitelkeit des Emirs appelliert. Ich habe ihn gefragt, wie er wohl dastehen würde, wenn Allah ihn in dieser Nacht zu sich rufen würde und wenn er dann zahnlos vor die Houris des Paradieses treten müßte . . .«
»Vor wen?« fragte Marion und sah ihre Schwester aus runden Augen an.
»Sie schreiben sich mit ›ou‹ und sind die Damen, die dem gläubigen Mohammedaner das Leben im Paradies angenehm machen«, sagte der Doktor, um alle Mißverständnisse aus dem Weg zu räumen.«
»Das nenne ich ein flottes Religiönchen!« meinte Marion kopfschüttelnd. »So 'ne Art Striptease für die Herren, wie? Jetzt möchte ich nur noch wissen, was unsereinen in deren Paradies erwartet.«
Die Bedienung enthob den Doktor der Antwort. Er hätte Marion eine Enttäuschung bereiten müssen, denn im Himmel Allahs sind die paradiesischen Freuden nur den Männern vorbehalten.
Die Pikante Hühnerleber duftete tatsächlich pikant, und der Knödel, der dazugehörte, lag zart und locker in der Beilagenmulde.
Der Doktor griff zum Besteck — und legte es wieder hin. »Mir ist ganz flau im Magen«, ächzte er, »ich brauche unbedingt einen Schnaps . . .«
»Ich könnte auch einen vertragen«, sagte Irene Faber.
Der Doktor winkte die Bedienung heran.
»Mir auch einen!« sagte Marion.
»Drei Steinhäger, Fräulein, und bitte, wenn's geht, ganz schnell!«
Die Bedienung vollbrachte einen Rekord, und der Doktor konnte sein Stamperl gegen Irene Faber erheben: »Auf Ihr Wohl, Fräulein Irene! Sie sind ein großartiges Mädchen!« Er kippte den Steinhäger elegant in die Kehle, und die Damen taten es ihm nach.
»Jetzt aber Schluß mit den Festansprachen«, ließ sich Ma-

rion vernehmen, »sonst wird die Leber kalt, und das wäre doch ein Jammer!«

Ihr Appetit war wirklich erstaunlich. Während der Doktor mit dem Rest seiner Portion zu kämpfen hatte, wurde sie mit ihrer spielend fertig und nahm sogar noch ein Brötchen, um auch kein Tröpfchen Soße in der Schüssel zu lassen.

»Es war ein richtiges Festessen, Doktorchen«, sagte sie und erhob sich. »Zehn nach zehn — da wird es für mich aber höchste Zeit, in die Heia zu gehen. Ihr Erwachsenen könnt ja noch ein Weilchen aufbleiben, denn sicherlich habt ihr euch noch eine Menge zu erzählen. Aber schön brav bleiben, gelt, und vor allem nicht im Hausflur knutschen!«

»Man müßte dir eine kleben!« zischte ihre Schwester und errötete bis in den Halsausschnitt hinein.

»Aber Irenchen, ich sage doch nur, was ich jeden Abend von dir zu hören kriege . . . Tschao, ihr beiden Hübschen!« und damit entschwand sie hinter dem Türvorhang.

»Ein unmögliches Mädchen«, seufzte Irene Faber, »ich muß mich für sie entschuldigen . . .«

»Ich finde sie reizend!« grinste der Doktor.

»Reizend . . .«, murmelte Irene Faber, »Sie haben leicht reden. Wenn Marion weniger reizend wäre, bräuchte ich mir weniger Sorgen um sie zu machen. Sie war früher ganz anders. Noch vor einem Jahr. Aber seit sie diesen Angeber mit seinem Porsche kennengelernt hat, ist sie wie verwandelt.«

»Kennen Sie ihn denn?«

»Na hören Sie, ich lasse doch meine Schwester nicht mit einem Menschen herumlaufen, den ich nicht kenne!«

»Und was haben Sie gegen ihn einzuwenden?«

»Sie kennen doch diesen Playboytyp . . .!«

»Und ob ich den Typ kenne! Der lebt in den Tag hinein, liegt dem Vater auf der Tasche, hält Arbeit für Sünde, hat an jedem Finger ein Mädchen oder sogar zwei, fährt die tollsten Schlitten und . . .«

»Nein, nein, solch ein Typ ist er eigentlich nicht . . .«

»Sondern was für einer?«

»Er ist Friseur und besitzt einen Damensalon . . .«

»Und verdient sein eigenes Geld?«

»Sogar eine Menge!«

»Na hören Sie! Jetzt möchte ich aber wirklich wissen, was Sie gegen den jungen Mann einzuwenden haben?«

»Marion ist erst neunzehn Jahre alt!«

»Meine Mutter war noch keine neunzehn, als ich auf die Welt kam . . .«

»Ach was! Aber dieser Bursche verdreht Marion nur den Kopf, und ich möchte sehr bezweifeln, daß er ernsthafte Absichten hat.«

»Das herauszubekommen dürfte nicht schwierig sein. Wir laden Herrn Unterpointner gelegentlich ein und beriechen ihn gründlich!«

»Sie kennen seinen Namen?«

»Bislang nur seinen Namen . . .«

»Dann wissen Sie wahrscheinlich auch, wie ich mit ihm aneinandergeraten bin?«

»Ein blödes Mißverständnis«, gab der Doktor zu, »aber bei Ihrem Sinn für Humor . . .!«

»Humor! Wie dieser Mensch sich mir gegenüber betragen hat, da hört der Spaß für mich auf!«

Die Bedienung kam, um zu fragen, ob die Herrschaften noch Wünsche hätten. Der Doktor sah Irene Faber fragend an, doch sie hob abwehrend die Hand: »Vielen Dank, aber ich möchte jetzt heimgehen.«

»Und ich muß leider darauf verzichten, mir noch etwas Nasses zu genehmigen. Ich bin nämlich mit dem Wagen gekommen, und nicht einmal mit dem eigenen.« Er beglich die Rechnung und folgte Irene Faber auf die Straße. Es war eine warme, fast tropische Sommernacht.

»Müssen Sie wirklich schon heim, Fräulein Faber?«

»Bei mir beginnt der Tag um sechs Uhr morgens. Um halb sieben muß ich Marion aus dem Bett werfen, und jedesmal erlebe ich das gleiche Theater, sie ist einfach nicht wach zu kriegen. Und dann muß ich mich um meine Mieter kümmern . . .«

»Geben Sie ihnen etwa das Frühstück?«

»Kein komplettes Frühstück, ich hole die Brötchen und versorge sie mit heißem Wasser für Tee oder Kaffee . . .«

»Hm . . .«

»Paßt Ihnen daran etwas nicht?« fragte Irene Faber mit leiser, aber unverkennbarer Schärfe.

»Was soll mir daran nicht passen? Ich frage mich nur, wie lange Sie das noch machen wollen. Gut, Sie schlagen sich damit durch, aber eine Lebensaufgabe ist das für ein Mädchen mit Ihrer Begabung doch wohl nicht.«

»Hören Sie bloß mit meiner Begabung auf! Die ist höchst mittelmäßig. Und was heißt schon Lebensaufgabe? Ich habe eine Schulfreundin, die auf dem Postscheckamt Konten prüft, und eine andere, die in einem Möbelversandhaus Mahnbriefe schreibt. Nennen Sie das Lebensaufgaben?«

»Wenn Sie es so nehmen, dann ist jeder Beruf nicht mehr als die Tretmühle, um das Mehl für die täglichen Brötchen zu mahlen. Aber statt tiefsinnige Gedanken über den Zweck des Lebens auszuspinnen, sollten wir uns noch ein Schöppchen genehmigen! Ach was, zum würdigen Abschluß dieses Tages gehört eine Flasche Sekt!«

»Sekt! Ihnen scheint das Geld in der Tasche zu brennen . . .«

Er grinste sie an und klopfte gegen die Jackentasche, in der die Scheine lieblich knisterten: »Ein wenig schon«, gab er ehrlich zu, »denn daß der Emir die Hand noch einmal aufmachen würde, damit hatte ich wirklich nicht gerechnet.«

»Und daß Sie morgen früh beim Emir antreten müssen, haben Sie hoffentlich nicht vergessen!«

»Ich werde ihm eine Kollektion der schönsten Zähnchen vorlegen, die ich vorrätig habe. Mehr kann ich im Augenblick für den hohen Herrn nicht tun.«

»Sie sollten aber ein Dutzend Instrumente und ein halbes Dutzend Zahnspiegel mitnehmen, und Sie sollten dem Emir den Mund mit Tamponen ausstopfen, und Sie sollten mindestens eine halbe Stunde lang Zahn für Zahn gründlich bespiegeln und beklopfen, damit der Mann auch merkt, daß für sein Geld etwas geschieht!«

Der Doktor griff spontan nach Irene Fabers linker Hand und zog sie durch seinen angewinkelten Arm. Und sie zog die Hand nicht zurück, sondern ließ sie in der Beuge seines Ellenbogens liegen. Sie gingen dahin wie ein Liebespaar.

»Ach, Fräulein Irene«, sagte der Doktor und preßte ihren Arm zärtlich gegen seinen Körper, »Sie sind wirklich das netteste und gescheiteste Mädchen, dem ich je begegnet bin. Ich glaube, wir beide gäben ein prachtvolles Gespann ab.«

»Ich habe mir Ihr Angebot inzwischen überlegt. Wenn Sie die Verantwortung für alle Dummheiten übernehmen, die ich in der ersten Zeit anstellen werde, dann bin ich bereit, Ihnen halbtags in der Praxis zu helfen.«

»Halbtags . . .«, murmelte der Doktor, »ach, noch lieber wäre es mir, wenn Sie sich für den ganzen Tag frei machen könnten . . .«

»Sie wissen doch, daß das nicht möglich ist. Es muß schon bei der Halbtagsstellung bleiben.«

»Sie reden von Arbeit . . .«

»Ja, natürlich — wovon reden Sie denn?«

Der Doktor suchte ihre Hand und begann, seine Finger mit ihren Fingern zu verstricken: »Ich rede von Liebe, Irenchen!

Seit Stunden und Tagen rede ich von nichts als von Liebe! Aber ich scheine mich ziemlich blöd anzustellen, daß du davon nichts gemerkt hast . . .«

Sie sagte nichts, aber sie überließ ihm ihre Hand, und er spürte, daß sie den Druck seiner Finger erwiderte.

»Ich liebe dich, Irene«, sagte er zärtlich. »Ich habe mich in dich verliebt, als du zum erstenmal zu mir in die Praxis kamst. Natürlich wußte ich es nicht so deutlich wie heute. Sieh einmal, deinen Zahn hätte ich in zehn Minuten fertigmachen können. Aber ich wollte dich wiedersehen. Und wenn die Geschichte mit dem Emir nicht dazwischengekommen wäre und uns gleich am zweiten Tag einander näher gebracht hätte, dann hätte ich die Behandlung ein halbes Jahr lang fortgesetzt . . .«

»Mein Gott . . .!«

»Ich bin dir doch nicht unsympathisch . . .?«

»Nein — nein — nein!«

»Dann sag mir endlich, ob du meine Frau werden willst!«

Die Straße war um diese nächtliche Stunde nicht gerade belebt, sie war aber auch nicht menschenleer, doch unbekümmert ob der späten Passanten löste Irene ihre Finger aus der Verstrickung, hob sich auf die Zehenspitzen empor, schlang die Arme um den Hals des Doktors und fand seinen Mund zu einem endlosen Kuß: »Und ich glaube, daß ich mir einen Zahn ausgebrochen hätte«, sagte sie schließlich ein wenig atemlos, »wenn du mit der Behandlung allzu rasch fertig geworden wärest. Dabei war es doch eine Verrücktheit, mich in dich zu verlieben . . .«

»Eine Verrücktheit . . .?«

»Na hör einmal! Ich konnte doch den Ring an deinem Finger und das Foto auf deinem Schreibtisch nicht übersehen!«

Drüben auf der anderen Straßenseite stand Onkel Pauls komfortabler Wagen unter der Bogenlampe, die nur noch mit halber Kraft leuchtete. Das Innere der Limousine lag in tiefem Schatten. Der Doktor legte den Arm um Irenes Schultern und zog sie mit sanfter Gewalt über die Straße zum Wagen hin.

»Steig ein, Irene, und schenk mir noch eine kleine Stunde. Ich habe dir noch einiges zu erklären . . .«

»Dann hat dieses Mädchen in deinem Leben also doch eine Rolle gespielt?« sagte sie ein wenig verstört.

»Eine große Rolle sogar — aber nicht so, wie du meinst! Im Gegenteil, sie hat mich erkennen lassen, zu wem ich gehöre. Und es hat, damit das ganz klar ist, zwischen ihr und mir nichts gegeben!« Er öffnete die hintere Wagentür, stieg ein und wartete geduldig, bis sie auf den bequemen Polstern neben ihm saß. »Ich will dir erzählen, was es mit dem Ring und mit dem Foto für eine Bewandtnis hatte . . .«

Er sah sie von der Seite an, aber sie blickte geradeaus.

»Keinen Kuß . . .?«

»Zuerst die Geschichte . . .«

»Sie ist aber ziemlich lang und umständlich . . .«

»Dann beginn mit dem Anfang!«

12

Obwohl er in seiner Firma nicht vor zehn Uhr zu erscheinen pflegte, war Paul Berwanger seiner alten Gewohnheit treu geblieben, im Sommer um sechs und im Winter um sieben aufzustehen.

Werner Golling gehörte nicht zu den Frühaufstehern, dazu schmökerte er zu lange in die Nacht hinein. So kam es, daß Onkel und Neffe sich am Frühstückstisch nur sehr selten begegneten und daß Onkel Paul überrascht aufblickte, als Werner Golling schon so früh erschien.

»He, was ist mit dir los? Hat dich der geplatzte Scheck nicht schlafen lassen?«

»Du kannst dir den Gang zum Justizrat sparen, Onkel Paul. Der Emir hat gezahlt! Nicht die ganze Summe, aber eine recht beachtliche Anzahlung. Dollar, Pfunde, Schweizer Franken, was sein Finanzwesir gerade zusammenkratzen konnte, nach deutscher Währung rund acht Mille.«

»Meinen Glückwunsch, mein Junge! Wie hast du es denn geschafft, dem Emir das Geld nun doch locker zu machen?«

»Ich hätte es nie geschafft, dieses Wunder hat einzig und allein meine Verlobte fertiggebracht.«

»Hannelore!« staunte Onkel Paul. »Da schau her! So viel Geschäftstüchtigkeit hätte ich deinem Mädel gar nicht zugetraut. Respekt!«

»Nicht Hannelore, Onkel Paul! Mein Mädel heißt Irene Faber. Und das ist der zweite Grund, weshalb ich dich in aller Herrgottsfrüh und allein erwischen mußte — damit du es Tante Hedi schonend beibringen kannst.«

Ein in diesem Moment geschossenes Foto von Herrn Berwanger hätte den Betrachter vermuten lassen, daß die Schicht des Films durch chemische Einwirkung oder Erhitzung auseinandergeronnen sei.

»Die Harpfinger Verlobung war nichts als eine Komödie, die Hannelore erfunden und in Szene gesetzt hat. Und ich ließ mich von ihr beschwatzen, das Spiel mitzumachen. Sie liebt nämlich seit Jahren einen anderen, der deinem Freund Danner als Schwiegersohn nicht genehm ist. Mit mir verlobte sie sich, um Väterchen Danner auf eine hohe Mitgift zu schrauben. Jetzt, nachdem die Geschichte aufgeflogen ist, wird der *Schwanenbräu* froh sein, seine Tochter unter die Haube zu bringen, ohne etwas von der Mitgift abzuzwacken, die er für die Verbindung mit mir auswerfen wollte. Jedenfalls ist das die Meinung von Hannelore Danner.«

Herr Berwanger bekam endlich Luft, nachdem es eine ganze Weile lang so ausgesehen hatte, als würde sie ihm für immer wegbleiben: »Und daß dieser Spaß mich pro Jahr zwanzig bis dreißig Mille kosten wird, das hast du dir wohl nicht überlegt, wie?!«

»Wie kommst du denn darauf, Onkel Paul!« fragte Werner Golling bestürzt.

»Ja bildest du dir denn ein, daß der Danner mir in Zukunft meine Braugerste abnehmen wird?«

»Er wird«, sagte Werner zuversichtlich, »denn Hannelore nimmt die Schuld an der geplatzten Verlobung allein auf sich. Dein Freund Danner wird alle Ursache haben, sich bei dir für die Streiche seiner ungeratenen Tochter zu entschuldigen.«

»Dein Wort in Gottes Ohr!« sagte Onkel Paul verkniffen. Er schien nicht so sicher zu sein, daß seine Beziehungen zum *Schwanenbräu* ohne Trübung bleiben würden. »Wer ist der Kerl, den Hannelore sich in den Kopf gesetzt hat?«

»Ich kenne ihn nicht. Soviel ich weiß, ist er ein Zugereister . . .«

»Auch das noch!« knurrte Onkel Paul. »Warum hat der Danner auch nur Töchter in die Welt gesetzt . . . Das hat er nun davon. — Und wer ist dein Mädchen? Und seit wann kennt ihr euch, und wann habt ihr euch verlobt?«

»Sie heißt Irene Faber. Und wir kennen uns seit Ewigkeiten. Verlobt sind wir noch nicht ganz so lange. Sie ist Münchnerin und wohnt mit ihrer Schwester in der Wartbergstraße. Der Vater war ein bekannter Graphiker. Beide Eltern sind vor vier Jahren bei einem Autounfall ums Leben gekommen. So, Onkel Paul, jetzt weißt du, was du Tante Hedi zu erzählen hast, damit sie weiß, wen ich euch beiden demnächst ins Haus bringe.«

»Wie komme ich dazu? Diese Überraschungen wirst du deiner Tante schon selbst beibringen müssen!«

»Schön, dann hänge ich mich eben ans Telefon. Dann kann man die Prozedur so schön verkürzen . . .«

»Feigling! Aug' in Aug' getraust du dich wohl nicht?«

»Genausowenig wie du, Onkel Paul«, grinste Werner Golling. Er verzehrte in Eile ein Butterbrot, trank einen Schluck Kaffee und stand auf.

»Was treibt dich eigentlich so früh aus dem Haus?«

»Ich bin als Musterreisender unterwegs. Der Emir will sich aus meiner Kollektion seine neuen Zähne aussuchen. Ich bin für acht Uhr ins Hotel bestellt.«

»Dann laß dich nicht aufhalten. Ich drücke dir beide Daumen«, und er hob die Fäuste und schüttelte sie hinter Werner Golling her. Der Doktor hatte sich mit Irene für halb acht vor der Praxis verabredet und war mit seinem VW pünktlich zur Stelle. Er fand zu dieser frühen Stunde sogar einen Parkplatz vor dem Haus und stellte den Käfer dicht hinter Alois Seehubers rotem Audi ab. Zweifellos hatte Seehuber seinen Wagen gestern stehenlassen, denn er war durch eine bittere Flensburger Erfahrung klug geworden und benutzte den Wagen nie, wenn ein Abend feucht zu werden versprach. Daß er Hannelore nach der Vorstellung trocken in ihr Hotel gebracht hatte, war kaum anzunehmen.

Auch Irene war zur verabredeten Zeit eingetroffen und hatte einige Minuten in der Grünanlage gewartet, wo die Linden noch immer so lagen, wie der Sturm sie gestern niedergerissen hatte. Sie winkte Werner Golling zu und lief ihm über die Straße entgegen. Der Kuß, mit dem sie ihn begrüßte, fiel flüchtig aus und war wohl auch nur als Vertröstung für bessere Gelegenheiten gedacht.

»Das ist also Fridolin«, sagte er und legte die Hand auf die Vorderhaube des Käfers. Der blaugraue Lack war völlig stumpf, ihm verhalfen auch die teuersten Poliermittel nicht mehr zu Glanz und Ansehen, und überall, hauptsächlich aber auf dem Dach, trat das Blech in seinem Naturzustand zutage. »Eine Schönheit ist er wahrhaftig nicht, aber er läuft, und er hat noch einen Vorteil — Autodiebe sind auf dieses Modell nicht scharf.«

»Du brauchst dich für Fridolin nicht zu entschuldigen«, sagte sie und tätschelte dem alten Käfer die Flanke, »von lackiertem Blech habe ich mir noch nie imponieren lassen.«

Er griff zärtlich nach ihrem Arm. »Das ist eine von den hundert Eigenschaften, die mir an dir so sehr gefallen, mein Herz. Ich will den alten Fridolin auch nicht schlechter machen, als er ist, aber eins steht fest, zur Förderung meines

Kredits trägt er nicht gerade bei. Und deshalb werden wir uns für die Fahrt zum Hotel ein Taxi bestellen.«

»Hast du es vergessen, oder habe ich es dir nicht gesagt? Der Emir schickt dir um acht Uhr einen Wagen.«

»Eine noble Geste!« sagte der Doktor geschmeichelt und öffnete die Haustür. »Ich fange an, mich wie Sauerbruch zu fühlen, wenn ihm der König von England seinen Rolls-Royce schickte. *Noblesse oblige* — ich werde die noble Geste mit einer ebenso noblen Geste erwidern.«

»Und wie willst du das tun?« fragte sie und musterte ihn mit einem eigentümlichen schrägen Blick.

»Ich werde ihm keine Rechnung stellen, sondern mein Honorar seiner Generosität überlassen.«

»Das könnte aber ins Auge gehen . . .«

»Meinst du?« fragte er unsicher.

»Ich kenne Khoranshar und die orientalischen Bräuche nicht. Was dann, wenn der Emir seine neuen Beißerchen für ein nobles Gastgeschenk von dir hält und dich dafür mit einem Ehrendolch oder mit einem Titel belohnt? Scheich Golling — es klänge nicht so schlecht, aber wo kannst du davon schon, außer in Khoranshar, Gebrauch machen?«

Aus seinen Sauerbruch-Gefühlen jäh herausgerissen, stutzte er einen Augenblick, dann grinste er und brach schließlich in ein Gelächter aus: »Halt mich nur auf dem Teppich, Liebling«, sagte er und konnte Irene im Lift endlich richtig in die Arme nehmen. »Scheich Golling — was du für Einfälle hast? Nein, nein, ich werde doch lieber bei einer saftigen Rechnung bleiben.«

Der Lift hielt zu früh, und auch in der Praxis blieb ihnen nicht viel Zeit für Zärtlichkeiten, denn der Zeiger der Uhr rückte unerbittlich vor. Er holte die schwarze Diplomatentasche aus dem Schrank und begann, sie mit einem reichhaltigen Sortiment von Instrumenten zu füllen. Er legte auch einige Fläschchen mit Tinkturen und ein halbes Dutzend Tuben mit Salben dazu und vergaß vor allem die flachen Kassetten nicht, in denen sich die Zahnmuster befanden. Und er nahm ein halbes Dutzend Basisplatten mit, um die Geduld des Emirs auf keine allzu harte Probe zu stellen, wenn er demnächst den eigentlichen Abdruck vorbereiten mußte. Irene hatte das Fenster geöffnet und beobachtete die Straße. Kurz vor acht fuhr ein Taxi vor, und der Fahrer stieg aus und meldete seine Ankunft durch drei kräftige Klingelzeichen an.

»Dr. Kolle?« fragte er, als er den Schlag für seine Fahrgäste öffnete. Er musterte den Doktor und seine hübsche Begleiterin interessiert und machte ein Gesicht, als lägen ihm viele Fragen auf der Zunge. »Ich soll Sie ins *Grandhotel* fahren . . .«

»Golling!« sagte der Doktor laut und deutlich und buchstabierte seinen Namen, um jedes Mißverständnis und jede Verwechslung auszuschließen: »Ge-o-el-el-i-en-ge!«

»Das ist was anderes . . .«, murmelte der Chauffeur sichtlich enttäuscht, knallte die Tür zu und schwang sich hinters Steuer. Irene kicherte in sich hinein, dann begannen ihre Schultern zu beben, und schließlich stopfte sie sich ihr Taschentuch wie einen Knebel zwischen die Zähne, um vor Lachen nicht zu platzen. Der Doktor fand die Geschichte zuerst gar nicht so furchtbar komisch, aber dann steckte ihn Irenes Heiterkeit an, und als sie sein empörtes »Ge-o-el-el-i-en-ge«, von neuen Lachstürmen geschüttelt, mit beachtlichem schauspielerischem Talent in Haltung und Stimme verblüffend ähnlich kopierte, da war es auch um ihn geschehen. Der Taxichauffeur beobachtete sie durch den Rückspiegel ein wenig ängstlich, er schien zu fürchten, zwei Verrückte aufgeladen zu haben. Sie beruhigten sich erst, als sie das Hotel betraten, wo Herr Steinrück sie in der Halle erwartete. Er küßte Irene galant die Hand und hob, als er sich dem Doktor zuwandte, die Arme, als beabsichtige er, ihn auf russische Art mit zwei feuchten Wangenküssen zu begrüßen.

»Ich gratuliere Ihnen zu Ihrem Fräulein Faber, Doktor?« rief er bewegt. »Was die junge Dame geleistet hat, ist einfach fabelhaft! Die Direktion des Hotels hatte den Verlust bereits abgeschrieben. Und nun? Der Emir hat eine Zwischenrechnung verlangt und die Summe vor zehn Minuten anstandslos beglichen. Eine horrende Summe . . . Ich gestehe Ihnen ehrlich, Doktor, wenn Fräulein Faber nicht Ihre Sprechstundenhilfe wäre, ich hätte alles versucht, sie Ihnen auszuspannen und für das Hotel zu engagieren.«

»Ich muß einen kleinen Irrtum richtigstellen, verehrter Herr Steinrück«, sagte der Doktor und griff nach Irenes Hand, »diese junge Dame, von der ich genauso angetan bin wie Sie, ist nicht meine Sprechstundenhilfe. Sie ist meine Verlobte, und wir haben die Absicht, so bald wie möglich zu heiraten.«

»Was für eine reizende Überraschung!« rief Herr Steinrück und hob die Hände, als habe er die Absicht, den Bund der jungen Leute zu segnen. »Der Direktion des *Grandhotels* wird es eine Ehre sein, Ihnen beiden das Hochzeitsmahl auszurichten — auf Hotelkosten selbstverständlich!«

»Was sagst du dazu, Liebling?«

»Ich bin überwältigt . . .«, murmelte Irene, die das Taxi-Erlebnis noch nicht ganz überwunden zu haben schien.

»Ich glaube, wir brauchen uns nicht zu genieren, wenn wir Ihre Einladung annehmen. Und um Sie zu beruhigen, lieber Herr Steinrück — die Feier findet im engsten Kreis statt.«

»Und wenn Sie hundert Personen einladen«, sagte Herr Steinrück und rieb sich die Hände, »ich kann es verantworten! Der Scheck des Emirs ist so hoch, daß wir das ganze Hotel neu möblieren können und uns nicht die geringsten Sorgen zu machen brauchen, wenn der Emir in den nächsten Tagen wieder von Zahnschmerzen geplagt werden sollte.«

Der Doktor griff nach der Tasche, als bekäme er ein Stichwort: »Hat man schon etwas von der Gaunerbande gehört?«

»Die Polizei tappt noch im dunkeln. Die Bande scheint sich geteilt zu haben. Eine Spur führt in die Türkei und eine andere nach Italien. Weshalb fragen Sie?«

»Mir wird der Obergauner Hassan zum Dolmetschen fehlen.«

»Haben Sie es Herrn Golling nicht gesagt, Fräulein Faber?«

»Was soll sie mir gesagt haben?«

»Daß der Emir einen neuen Dolmetscher hat.«

»So ist es«, fiel Herr Steinrück ein, »es ist mir gelungen, Herrn Kroll, einen jungen Doktoranden des Seminars für Orientalistik, als Dolmetscher zu engagieren. Wir mußten uns ja auf schwierige Verhandlungen mit dem Emir einrichten. Der junge Mann, der sich übrigens auf eine diplomatische Laufbahn vorbereitet, behauptet zwar, der Dialekt von Khoranshar sei für das Hocharabisch, das man in der Al-Azhar-Moschee und auf unseren Universitäten lehrt, etwa so schwierig zu verstehen wie Hamburger Platt für einen Niederbayern aus Rotthalmünster, aber bisher hat die Verständigung mit dem Emir mit Hilfe von Herrn Kroll recht gut geklappt.«

»Treffe ich ihn beim Emir an?«

»Herr Kroll wohnt im Hotel, denn der Emir läßt ihn nicht mehr von seiner Seite. Kennen Sie arabische Liebeslyrik?«

»Soll das eine Quizfrage sein? Ich habe keine Ahnung, daß es so etwas gibt.«

»Dann geht es Ihnen, wie es mir gegangen ist. Inzwischen habe ich erfahren, daß diese Gedichte ziemlich umwerfend sein müssen. Oder Herr Kroll ist eine neue Scheherazade. Denn mit Unterbrechung einer kurzen Nachtruhe lauscht der Emir mit seinem ganzen Gefolge den Versen von Abu Dschafar und Ibn Ammar und wie die Burschen sonst noch heißen mögen, die am Hof der Kalifen zu Granada die blonden Christenmädchen, den Wein und den Schweinsbraten besangen . . .«

Der Doktor nahm die Tasche zum zweitenmal auf und ließ die Instrumente klappern: »Auf geht's, Irenchen«, sagte er kurzentschlossen, »dann wollen wir den Emir mal ganz rauh und lieblos aus seinen Liebesträumen reißen! Haben Sie uns angemeldet, Herr Steinrück, oder wollen Sie uns begleiten?«

»Das ist bei Ihnen nicht nötig, Doktor. Der Emir erwartet Sie, und seinen Leibwächtern sind Sie und Fräulein Faber ja keine Unbekannten. Machen Sie's gut!« und er öffnete den Karabinerhaken der dicken Kordelschnur, die den Aufgang zu dem vom Emir belegten Stockwerk für die übrigen Hotelgäste sperrte.

Sie stiegen die breite Treppe empor. In der ersten Etage erwartete den Doktor der gleiche Anblick, den er schon einmal genossen hatte: malerische Gestalten, die in dem breiten Korridor patrouillierten, und zwei Bewaffnete, die die Doppeltür zum Salon bewachten. Der Ruf *»El hakim!«* wurde weitergegeben, und während einer der Trabanten die Tür zum Salon öffnete und dem Emir die Ankunft des Doktors und seiner Begleiterin meldete, unterließ es der andere nicht, die Tasche des Doktors mißtrauisch zu untersuchen. Es war der Mann, an dem der Emir die grobe Molarenzange erfolglos erprobt hatte.

Auch der Anblick, der sich dem Doktor im Salon bot, brachte keine Überraschung. Der Emir thronte mit seiner ganzen gewaltigen Leibesfülle auf dem resedagrünen Sofa, und die Herren seiner engeren Umgebung kauerten auf bunten Lederkissen um den niedrigen Tisch herum, schlürften aus winzigen Tassen tintenschwarzen Mokka und versüßten sich das Dasein mit Konfekt aller Art, das sich in großen Schalen aus handgetriebenem Silber türmte. Ein schwarzer Zwerg in buntem Pludergewand versorgte die Kaffeemaschine und füllte die Tassen, wenn sie leer waren. Neu in dieser Kulisse aus Tausendundeiner Nacht war nur ein blonder junger Mann, der zu Füßen des Emirs in einem roten Kamelsattel hockte und in der nasalen Stimmlage eines Muezzin aus einem Folianten arabische Verse zitierte.

Der Doktor und Irene verbeugten sich zu einem Salaam. Der Emir winkte ihnen huldvoll zu und gebot seinem blonden Vorleser, die Matinee zu unterbrechen. Der junge Rezitator klappte den Folianten zu, legte ihn auf den Teppich und wuchs aus seinem Kamelsattel zu der stattlichen Länge von zwei Metern und fünf Zentimetern empor. Er schien Zirkulationsschwierigkeiten in den Beinen zu haben . . .

»Das ist Herr Kroll«», sagte Irene und ließ die Hand zwischen Herrn Kroll und Werner Golling hin und her wedeln, »und das ist Herr Dr. Golling.«

»Ein Glück, daß Sie kommen, Herr Doktor«, röchelte der junge Mann heiser, »ich stehe dicht vor einer Stimmbandlähmung.«

»Sind Sie denn als Rezitator engagiert worden?«

»Ach was! Ich wollte diesen Brüdern, die ihren Pfefferminztee vor fünf Jahren noch auf Kamelmist kochten, doch nur zeigen, daß es auf der Welt noch etwas anderes gibt als Erdöl, Geld und Geschäfte. Schönheit, Poesie . . .«

»Und jetzt haben sie Blut geleckt und können nicht genug davon kriegen, wie?«

»Genauso ist es«, seufzte Herr Kroll.

»Jetzt haben Sie für eine Weile Pause«, sagte der Doktor und trat nach einer neuerlichen Verbeugung an seinen hohen Patienten heran, »und nun sagen Sie dem Emir, daß ich mit der Behandlung beginnen möchte. Ich brauche dazu einen kleinen Tisch, eine Karaffe mit lauwarmem Wasser, ein Glas, ein Handtuch und einen Eimer, damit der Dicke uns nicht wieder vor die Füße spuckt.«

Herr Kroll gab die Wünsche des Doktors an das Gefolge des Emirs weiter. Und während sich der Doktor nach des Emirs Befinden erkundigte und mit dem hohen Herrn in miserablem Englisch einige Höflichkeitsfloskeln wechselte, wurden der Tisch, das Handtuch, die Wasserkaraffe und das Glas herbeigeschafft. Nur ein Eimer war nicht aufzutreiben, und so mußte schließlich eine leere Blumenvase seinem Zweck dienen. Irene öffnete derweil die Ledertasche und breitete die Instrumente säuberlich auf dem Tisch aus. Auch die Tuben und Tinkturen bekamen ihren Platz. Dann band sie dem Emir das Handtuch um den Hals und reichte ihm ein Glas mit lauem Wasser, in das der Doktor ein paar Spritzer antiseptische Lösung hineintat.

»Bitte, dreimal spülen und in die Vase spucken, Hoheit!«

Herr Kroll übersetzte die ärztliche Anordnung, und der Emir tat, was von ihm verlangt wurde. Danach leuchtete der Doktor die Mundhöhle des Emirs mit einer Stablampe ab. Der Heilungsprozeß war erstaunlich gut vorangeschritten. Der Doktor pinselte das Zahnfleisch des Patienten mit einer braunen Tinktur ein, deren Jodgeschmack den Emir das Gesicht verziehen ließ. Der Doktor wandte sich an Herrn Kroll:

»Sagen Sie dem Emir, daß sein Zustand zufriedenstellend ist. Ich werde es riskieren, ihm nach zwei Tagen einen Abdruck zu nehmen. Und wenn das Labor rasch arbeitet, dann kann er zwei Tage später seine neuen Zähne in die Hammelkeulen schlagen. Und jetzt darf er sich für drei Minuten erholen.«

Der Emir schloß den Mund und versuchte, sich aus seiner halb liegenden Stellung aufzurichten. Als es ihm trotz allen Ächzens nicht gelang, sprangen zwei seiner Leute herbei, griffen ihn bei den Armen und brachten seinen Oberkörper in die erwünschte senkrechte Lage. Die kurze Ruhepause, die der Doktor dem Emir gewährte, benutzte dieser zu einer kleinen Ansprache, die Herr Kroll wortgetreu übersetzte. Der Emir bedauerte, daß der Doktor durch eine Verbrecherbande, die dem Schwert der Gerechtigkeit nicht entgehen werde, um sein wohlverdientes Honorar geprellt worden sei. Selbstverständlich habe er inzwischen einen neuen Scheck auf ein Konto ausstellen lassen, das er bei dem Bankhaus Merz & Star eingerichtet habe. Er hoffe, daß der Doktor mit der Summe, auf die der neue Scheck laute, für die gehabten und zukünftigen Bemühungen zufrieden sein werde. — Er gab seinem Wesir der Finanzen einen Wink, Scheich Abdullah trat vor, griff in die Tiefen seines weißen Gewandes und überreichte dem Doktor ein zusammengefaltetes Papier, das der Doktor in seiner Brusttasche verschwinden ließ, ohne einen Blick darauf zu werfen. Er verbeugte sich tief und murmelte, daß er von der Großzügigkeit des Emirs von Khoranshar überzeugt sei.

»Bist du es wirklich?« hörte er Irene flüstern.

Hoch oben schnüffelte Herr Kroll vernehmlich, als röche er ein angebranntes Süppchen: »Wollen Sie sich wirklich überraschen lassen? Denken Sie an Firdusi, der von Sultan Mahmud für die sechzigtausend Verse des Königsbuches *Schahnâme* mit Gold belohnt zu werden erwartete und in dem Beutel, den ihm der Sultan überreichen ließ, schäbiges Silber fand.«

»Macht mich nicht weich!« knurrte der Doktor und spielte mit einer Zange aus verchromtem Stahl. »Wenn ich in meinem Beutel schäbiges Silber finden sollte, dann finde ich im Mund des Emirs ein Zähnchen, das ich ihm ohne Narkose ziehen werde. Nein, nein, verehrter Herr Kroll, mit Dichtern kann man sich üble Scherze erlauben, mit Zahnärzten nie!«

Er drückte den Emir freundlich, aber resolut in das Polster zurück und bedeutete ihm durch ein Spreizen des Daumens, daß er den Mund wieder öffnen möge. Der Emir tat es willig, und der Doktor griff nach Zahnspiegel und Stahlgriffel und klopfte jeden der vierundzwanzig Zähne, die der Emir noch sein eigen nannte, gründlich ab. Er zwinkerte dabei Irene zu, denn es war ja ihr Ratschlag gewesen, den Emir merken zu lassen, daß er für sein gutes Geld auch erstklassig bedient würde.

»In Ordnung, Hoheit«, sagte er schließlich, gestattete dem Emir den Mund zu schließen und half ihm in die Vertikale, »und nun wollen wir uns noch die passenden Zähnchen aussuchen!« Er ließ sich von Irene die Kassetten reichen, in denen, säuberlich nach Farben und Größen geordnet, auf rosigem Samt einige Dutzend Modellzähne, wie Perlen schimmernd, aufgereiht lagen. Ein Raunen der Bewunderung ging durch den Salon. So etwas Herrliches fand man in keinem orientalischen Bazar, nicht in den Soukhs von Marrakesch und Bagdad, ja nicht einmal unter den Kuppeln des großen Bazars von Teheran. Sogar der Emir war sichtlich beeindruckt und musterte die Kollektion mit begehrlichen Augen.

Der Doktor war von den Firmen, die solche Köstlichkeiten fabrizieren, bei der Eröffnung seiner Praxis so reichlich mit Musterkollektionen beliefert worden, daß er es sich leisten konnte, die beiden Kassetten dem Emir mit einer edlen Geste als Geschenk zu überlassen. Er gab Herrn Kroll einen Wink: »Sagen Sie dem Emir, daß ich ihm diese kostbaren Kassetten mit dem Wunsch überreiche, er möge sich beim Anblick dieser kunstvollen Gebilde noch in ferner Zukunft mit freundlichen Gedanken des Mannes erinnern, der die Ehre hatte, ihn von seinen Schmerzen zu befreien.«

Herr Kroll entledigte sich seiner Aufgabe mit großer Würde. Vielleicht aber erzielte die Ansprache eine besondere Wirkung, weil sie aus dem Mund dieses über jedes Menschenmaß hinausgewachsenen Dolmetschers wie von einem Minarett herab zu den Ohren des Emirs drang.

»Das war ein raffinierter Einfall von Ihnen«, flüsterte Herr Kroll dem Doktor zu. »Der Emir kann sich jetzt nicht lumpen lassen. Ich bin gespannt, was er Ihnen als Gegengabe dedizieren wird.«

»Darauf hatte ich es nun wirklich nicht abgesehen!« sagte der Doktor peinlich berührt, daß man seiner liebenswürdigen Geste eine höchst eigennützige Absicht unterschob.

Der Emir schloß die flachen Kassetten, nachdem er sich am Anblick ihres Inhalts lange geweidet hatte, und ließ sie in seinem Gewand verschwinden. Er nickte dem Doktor zu. Sein Antlitz strahlte wie der gütige Vollmond auf. Dann trat ein nachdenklicher Zug in seine Augen, und er begann an dem riesigen Smaragd zu drehen, der als Solitär gefaßt am Ringfinger seiner linken Hand blitzte. Der grüne Stein war so groß wie eine Bohne, und obwohl der Doktor von Juwelen und ihrem Wert keine blasse Ahnung hatte, hielt er den Atem an, denn dieser Stein war fraglos ein Vermögen wert. Auch Herr Kroll schluckte hörbar. Und Irene verfolgte die Szene mit großen Augen . . .

Aber entweder war der Ring zu klein, oder es war des Emirs Finger zu dick geworden, alle Anstrengungen nützten nichts, wie der Emir auch drehte und zerrte, er bekam den Ring nicht vom Finger . . .

»Da es dieser Ring nicht sein kann, Vater der Zange«, ließ er dem Doktor verkünden, »dessen Anblick dich zeitlebens an den Emir von Khoranshar erinnern sollte, so wie mich dein kostbares Geschenk an dich und deine große Kunst erinnern wird, will ich dir etwas weit Kostbareres als diesen Stein als Gegengabe überreichen . . .«

Er hob gebieterisch die Hand, winkte Scheich Omar, einen seiner Brüder, zu sich heran und gab ihm den Befehl, der den Scheich erbleichen ließ. Er griff sich an den Hals, als hätte der Emir sein Todesurteil ausgesprochen. Doch die Miene des Emirs wurde so streng und seine Stimme so barsch, daß Scheich Omar nicht länger zu zögern wagte, sondern in sein Gewand griff und einen kleinen Lederbeutel hervorholte, den er wie ein Amulett an einem goldenen Kettchen um den Hals trug. Er öffnete den Beutel mit einem schmerzlichen Seufzer und zog einen kleinen Gegenstand daraus hervor, den er, halb aufs Knie sinkend, dem Emir überreichte. Aus dem Antlitz des Emirs zogen die drohenden Wolken ab und verwandelten sich, während er den Doktor mit einer Handbewegung zu sich bat, in eitel Gnade und Wohlwollen.

»So schenke ich dir denn, o Vater der schmerzlosen Zange, als edelste und kostbarste Erinnerungsgabe einen Teil meiner selbst!« und er drückte dem Doktor jenen durch einen Kirschkern angesplitterten Zahn in die Hand, den der Doktor ihm vor wenigen Tagen gezogen hatte.

Der Doktor starrte auf den gelben Prämolar und schien von diesem Gedanken des Emirs so tief bewegt zu sein, daß er seinen Dank nur in unartikulierten Lauten stammeln konnte. In seiner einsamen Höhe erlitt Herr Kroll einen Hustenanfall, der ihn zu ersticken drohte. Und Irene, die gerade dabei war, den Tisch abzuräumen und die Arzneien und Instrumente in der schwarzen Tasche verschwinden zu lassen, ließ ein Fläschchen mit Myrrhentinktur fallen. Es rollte unter den Tisch und schien sich dort in Luft aufgelöst zu haben, denn es dauerte eine volle Minute oder noch länger, ehe Irene mit rotem Kopf und ein wenig keuchend wieder aus der Versenkung auftauchte. Sie fegte die wenigen Dinge, die noch auf dem Tisch lagen, mit dem Unterarm in die Tasche hinein, schloß sie und verschwand unter der Andeutung eines Hofknickses aus dem Salon. Auch der Doktor wedelte hinaus, er vollführte dabei mit der linken Hand weitausholende Bewegungen, als schwenkte er einen Federhut, während er die rechte Hand mit dem Emirzahn zwischen Daumen und Zeigefinger ans Herz preßte. Sein Abgang ähnelte dem großen Zeremoniell, mit dem sich d'Artagnan und seine drei Musketier-Freunde aus einem Gemach entfernten, in dem ihnen Königin Anna huldvoll eine Audienz gewährt hatte.

Irene erwartete ihn auf einer der letzten Treppenstufen. In der Halle des Hotels herrschte ein recht lebhafter Betrieb. Livrierte Pagen schleppten die Koffer abreisender Gäste zum Flughafenbus, und eine Gruppe von Amerikanern, zumeist ältere Ehepaare, die sich auf einer Bildungsreise befanden, sammelte sich um einen professoral wirkenden Cicerone, der die Gesellschaft zu den Schätzen der Alten Pinakothek führen sollte. Der Doktor nahm die letzten Stufen, als käme er, von einem furchtbaren Kinnhaken getroffen, mit weichen Knien geradewegs aus dem Boxring.

»Was sagst du dazu?« stöhnte er und hob die Hand, als beabsichtige er, den Emirzahn in die Hotelhalle zu feuern.

»Du hättest ihm nicht das Zahnfleisch, sondern den Finger einreiben sollen«, stieß Irene, nach Luft ringend, hervor. Aber die Atemlosigkeit hinderte sie nicht, nach seiner Hand zu greifen und den Zahn des Emirs vor der Vernichtung zu bewahren: »Ich bitte dich, Werner! Du wirst doch das Ding nicht etwa wegwerfen! Denk daran, was uns Hassan über die Emirzähne erzählt hat und wie er das Geschäft darauf mit dir teilen wollte. Und hast du nicht gesehen, wie schwer sich Scheich Omar von dem scheußlichen Ding getrennt hat? Ihm schien es viel zu bedeuten. Weißt du, was wir tun? Wir bieten dem Scheich den Zahn zum Rückkauf an, und ich möchte wetten, daß er dir dafür jeden Preis zahlt.«

»Irenchen«, stammelte der Doktor überwältigt, »was wäre ich ohne dich! Ich bin doch wirklich ein Idiot, daß mir dieser Einfall nicht von selbst gekommen ist!« und er wickelte den Zahn sorgfältig in sein Einstecktuch.

»Und was ist mit dem Scheck?« fragte Irene. »Hast du ihn denn völlig vergessen?«

»Lieber Himmel, der Scheck . . .!« Er griff in die Tasche,

aber er zögerte, das Papier herauszuziehen, als befürchte er, eine neue Niederlage zu erleben.

»Immerhin hatte der Emir die ernsthafte Absicht, dir den Smaragd zu schenken. Ich kann mir nicht denken, daß du in dem Beutel schäbiges Silber finden wirst . . .«

»Ich wünschte, ich hätte deine Zuversicht«, murmelte er und zog den Scheck mit einer wenig hoffnungsvollen Miene aus der Tasche. Er entfaltete ihn und warf einen schrägen Blick auf das Papier, als genüge es ihm, ein Auge zu riskieren. Irene beobachtete ihn gespannt und sah, daß seine Lider wie nach einer Gehirnerschütterung zu flattern begannen. Er bewegte die Lippen. Aber er brachte keinen Laut heraus. Die Enttäuschung schien vernichtend zu sein . . .

»Was ist, Wernerchen?« fragte sie ängstlich besorgt.

Er reichte ihr den Scheck mit einer kraftlosen Handbewegung zu: »Ich glaube, mir wird schlecht . . .«, murmelte er und preßte die Hand aufs Herz.

Irene starrte auf die Ziffern. Und sie hob, als bewältige sie die erste Rechenaufgabe ihres Lebens mit dem großen Einmaleins, für jede Null einen Finger. Den kleinen Finger — den Ringfinger — den Mittelfinger — den Zeigefinger . . .

»Zehntausend Dollar . . .!« seufzte sie und schloß die Augen, als überwältige auch sie ein Schwindelgefühl. »Zehntausend Dollar! Mir wird ganz schwach . . .«

13

Das gleiche Taxi, mit dem sie gekommen waren, brachte sie auch wieder heim. Für den Chauffeur eine lohnende Fuhre, da ihm die lange Wartezeit vor dem Hotel großzügig vergütet worden war. Obwohl er längst in der Praxis hätte sein müssen, bestand der Doktor darauf, den Umweg über die Wartbergstraße zu machen und Irene vor ihrem Haus abzusetzen.

»Und wenn das Wartezimmer heute nachmittag zum Bersten voll sein sollte«, sagte er und streichelte ihre Hände, »ich mache die Bude um fünf Uhr zu. Dann haben wir noch Zeit genug, die Ringe zu kaufen. Und dann sollen Tante Hedi und Onkel Paul dich endlich kennenlernen!«

»Muß das schon heute sein, Wernerchen?« fragte sie ein wenig verzagt.

»Es muß sein, Liebling!« sagte er mit einem Ton, gegen den es keinen Widerstand gab.

»Also dann um fünf«, nickte sie ergeben und warf einen Blick auf ihre Uhr, »halb zehn! Du mußt dich beeilen! Noch können wir es uns nicht leisten, Patienten warten zu lassen!«

»Jetzt kommt es auf eine halbe Stunde mehr oder weniger nicht an«, sagte er. »Mir sitzt der Schreck über den ersten Scheck noch zu tief in den Knochen. Jetzt fahre ich zur Bank und mache mit dem Scheck des Emirs ein Konto auf. Ich habe keine ruhige Minute, solange ich nicht weiß, daß dieser Scheck in Ordnung geht.«

»Das sehe ich ein, Werner. Ruf mich an, wenn alles so gelaufen ist, wie wir es uns wünschen.«

»Das tue ich, Liebling. Du hörst von mir, sobald ich in der Praxis bin.« Irene hatte den Wagen schon verlassen, als er sie noch einmal zurückhielt. »Und den Emirzahn, weißt du, Irene, den behalten wir. Als Talisman. Oder nur so als Andenken. Vielleicht könnte man ihn in Gold fassen lassen — sozusagen als Schmuckstück . . .«

»Ich verstehe«, nickte sie und biß sich auf die Lippen, »dir schwebt so etwas wie ein Hirschgrandl vor . . .«

Er zog den Hals ein und grinste: »Ich gebe zu, es klingt ein bißchen komisch . . .«

»Ach, Wernerchen«, sie pflückte mit dem Zeigefinger einen Kuß von ihren Lippen und drückte ihn auf seinen Mund, »ich meine, das sollten wir uns in aller Ruhe überlegen.«

Hirschgrandl — hm! Er winkte ihr zu und ließ sich mit dem Gefühl ins Polster sinken, mit Irene die Frau gefunden zu haben, der er sein Leben und die Wirtschaftskasse mit ruhigem Gewissen anvertrauen konnte. Sie würde immer dafür sorgen, daß das Komma auf der Habenseite des Kontos an der richtigen Stelle stand. Der Emirzahn als Hirschgrandl in seiner Krawatte . . . Wie er nur auf solch einen blöden Einfall kommen konnte!

Er ließ sich zum Lenbachplatz fahren, wo er im Bankhaus Merz & Star seinen Scheck präsentierte und sich ein Konto einrichten ließ. Die Höhe der Summe veranlaßte den jungen Mann am Schalter, den neuen Bankkunden einem der leitenden Herren vorzustellen, der ihm versicherte, daß die Bank ihn in seinen Finanzgeschäften jetzt und in Zukunft stets gewissenhaft und kulant bedienen werde. Er rief Irene von der Bank aus an und kehrte mit dem neuen und äußerst angenehmen Hastewasdannbistewas-Gefühl zum Wagen zurück und betrat kurz vor zehn seine Praxis, in der fünf Patienten auf ihn warteten.

Natürlich klang der freudige Schock dieser wahrhaft goldenen Morgenstunden noch lange in ihm nach, aber die Arbeit erforderte so viel Aufmerksamkeit und Konzentration, daß seine Patienten von dem nachzitternden Glücksfall weder etwas merkten noch darunter zu leiden hatten. Seine Hände zitterten nicht. Er führte den Bohrer so ruhig und sicher wie stets und setzte ihn an der richtigen Stelle an.

Als er den zweiten Patienten entließ, steckte die kleine Monika, Dr. Seehubers Bürolehrling, den Kopf zur Tür hinein, um ihm auszurichten, daß der Herr Doktor den Herrn Doktor bitten lasse, so schnell es eben geht, auf einen Sprung herüberzukommen.

»Ausgeschlossen, Monerl! Sag dem Herrn Doktor, der Herr Doktor habe alle Hände voll zu tun, und der Herr Doktor soll sich gefälligst bis zum Ende der Sprechstunde des Herrn Doktors gedulden.«

»Aber es scheint sehr dringend zu sein . . .«

»Wo brennt's denn?«

»Das wissen wir selbst nicht . . .«

»Was soll das heißen?« fragte er ungeduldig.

»Nun ja«, berichtete das Monerl mit einem Gesicht, als käme ihr die Geschichte nicht ganz geheuer vor, »der Herr Doktor hat dem Fräulein Stolz einen Zettel auf den Tisch gelegt, sie solle alle Klienten abwimmeln, und es wäre sehr fraglich, ob er in den nächsten Tagen Besuche empfangen könne . . .«

»Das ist ja komisch . . .«, murmelte der Doktor.

»Das finden wir auch. Er hat sich in sein Büro eingesperrt und redet mit Fräulein Stolz nur durch die geschlossene Tür. Und als Fräulein Stolz ihn fragte, ob er einen starken Kaffee wünsche oder ob ich ihm lieber zwei Rollmöpse holen solle, da brüllte er, sie solle sich mit ihren Rollmöpsen zum Teufel scheren, und er brauche nichts anderes als Ihren Besuch, Herr Doktor.«

»Lauf schon rüber, Monerl«, sagte der Doktor etwas ratlos, »und bestell deinem Chef, daß ich gleich kommen werde. Ich muß nur meinen Patienten Bescheid sagen.«

Es war ihm peinlich, seine Patienten zum zweitenmal warten lassen zu müssen, aber er vertröstete sie damit, daß es sich nur um eine kurze Unterbrechung der Sprechstunde handeln werde. Er rätselte nicht lange herum, was Alois Seehuber passiert sein mochte. Das war über einen sehr kurzen Weg rasch zu erfahren. Die Stimmung der Damen in der Kanzlei war äußerst gereizt. Vor allem Fräulein Stolz, Seehubers rechte Hand, sah blaß und verkniffen aus und beschwerte sich darüber, daß der Chef so grob gewesen sei, daß sie ernsthaft daran denke, ihm zu kündigen . . .

»Immer mit der Ruhe, Fräulein Stolz«, sagte der Doktor begütigend, »jedem läuft mal eine Laus über die Leber. Wann ist Ihr Chef denn ins Büro gekommen?«

»Er war schon da, als ich das Büro um halb neun aufmachte.«

»Sein Auto stand schon um halb acht vor dem Haus«, sagte der Doktor. »Ob er in seinem Büro übernachtet hat?«

»Das ist schon vorgekommen, allerdings sehr selten . . .«

»Wenn er allzu kräftig aufgetankt hatte?«

Die Damen hoben die Schultern und schwiegen. Immerhin, die Solidarität im intimen Bereich der Firma Seehuber schien noch intakt zu sein.

»Na, dann wollen wir mal sehen!« sagte der Doktor heiter und klopfte kräftig an die Polstertür: »Mach auf, Alois! Ich bin's, Werner . . .«

Alois Seehuber schien sein Kommen hinter der Tür erwartet zu haben, denn sie öffnete sich, kaum, daß Werner Golling seinen Namen genannt hatte. Die Damen machten lange Hälse, als Werner Golling sich durch den schmalen Spalt, den ihr Chef freigab, in Alois Seehubers Kanzlei zwängte, aber der Raum war verdunkelt, und sie bekamen ihren Chef nicht zu Gesicht. Er stand hinter der Tür und sperrte sie ab, als Werner Golling den Raum betreten hatte. Ja, das Zimmer war verdunkelt, und durch die schweren grünen Veloursvorhänge drang so wenig Licht, daß Werner Golling von seinem Freund Seehuber nicht mehr als einen Schatten wahrnehmen konnte.

»He«, rief er verblüfft und tastete nach dem Lichtschalter, »was, zum Teufel, ist mit dir los?«

In der Deckenlampe flammten zwei hundertkerzige Birnen auf, und wie von der jähen Lichtfülle geblendet, schloß der Doktor für eine Sekunde die Augen, denn der Anblick, der sich ihm bot, war wahrhaft gespenstisch. Alois Seehuber stand, nur mit Hose und Unterhemd bekleidet, vor ihm. Ein nasses Handtuch, doppelt um den Kopf geschlungen, bedeckte drei Viertel seines Gesichts, das Kinn, den Mund, die Nase und das rechte Auge, und das freie linke, das den Doktor anblinzelte, sah sehr fremd und verändert aus. Ein Taschentuch war als Notverband um die rechte Hand gewickelt. Das Unterhemd wies dunkle Flecken auf, und die gleichen Flecken, nur größer und schwärzlich verkrustet, entdeckte der Doktor auch auf dem Oberhemd, das verknautscht auf dem Schreibtischstuhl lag. Der erste Gedanke, der ihm durch den Kopf schoß, war: Autounfall! Der zweite — denn was hatte Alois Seehuber in dem Zustand, in dem er in ein Krankenhaus gehörte, in seiner Kanzlei zu suchen? —, daß er sich den Folgen des Unfalls durch Fahrerflucht entzogen hatte. Und der furchtbare dritte Gedanke, daß Hannelore irgendwo tot und entstellt in den Trümmern des Autos lag.

»Um Himmels willen«, fragte er atemlos, »ist sie tot?«

»Wer soll tot sein?« fragte Alois Seehuber mit fremder Stimme. Sie klang dumpf und gequetscht, wofür das Handtuch vor seinem Mund aber nicht die einzige Ursache zu sein schien . . .

»Hannelore!« stieß der Doktor hervor.

»Wie kommst du auf diesen Blödsinn?« stöhnte Alois Seehuber und wankte zu der Sitzecke, wo er sich vorsichtig, als täten ihm alle Knochen weh, in einen Sessel sinken ließ.

»Hast du denn keinen Unfall gebaut?«

»Ich weiß nicht, wovon du redest.«

»Möchtest du die Güte haben, mir endlich zu erklären, warum du wie dein eigenes Gespenst aussiehst!« sagte der Dokor gereizt. »Bei mir sitzen fünf Patienten in der Praxis, und ich habe sie heute schon einmal eine volle Stunde warten lassen!«

»Du warst heute schon vor acht Uhr in deiner Praxis, nicht wahr? Ich habe dich leider zu spät gehört . . .«

»Und ich hätte für dich leider sehr wenig Zeit gehabt. Ich war für acht Uhr ins Hotel bestellt, zum Emir . . .«

»So, du hättest also keine Zeit für mich gehabt!« knurrte Alois Seehuber bitter und böse aus seinem Verband heraus. Er wickelte mit der heilen linken Hand das nasse Tuch vom Gesicht: »Jetzt schau dir die Schweinerei einmal genau an, die du mir eingebrockt hast!«

»Teufel, Teufel!« stieß der Doktor ehrlich erschrocken hervor. Der arme Kerl sah aus, als ob Cassius Clay ihn über fünfzehn Runden durch die Mühle seiner Fäuste gedreht hätte. Die rechte Augenbraue war aufgerissen. Das Auge selbst schloß ein pflaumenfarbener Bluterguß von der Größe eines Hühnereis. Die Nase war zu doppelter Größe angeschwollen. Die Lippen gehörten einem Hottentotten und die Backe einem Hamster. Auch die rechte Hand sah übel aus. Zwei Knöchel waren blutig aufgeschlagen.

»Was machen deine Zähne?« fragte der Doktor besorgt.

»Ein Stiftzahn wackelt. Sonst ist alles in Ordnung.«

»Den kriegen wir hin.« Der Doktor stutzte plötzlich und hob den Kopf, als lauschte er einem verklungenen Ton nach.

»Was sagtest du vorher? Schweinerei, die ich dir eingebrockt habe . . .?«

»Sieh mich an!« ächzte Alois Seehuber giftig. »Es ist dein Gesicht, das dir entgegenlacht!«

Der Doktor schluckte trocken. Gewiß, Hannelore war ein kräftiges Mädchen, aber so, wie Alois Seehuber aussah, konnte ihn keine Frau zugerichtet haben. Und so zudringlich und unverschämt konnte er auch nicht geworden sein, um solche Abwehrmaßnahmen herauszufordern. Deshalb klang seine Frage auch mehr wie ein Verlangen nach Bestätigung, daß sie es nicht gewesen sein konnte, die ihn so zugerichtet hatte: »Hannelore . . .?«

Alois Seehuber wollte den Kopf schütteln, aber er stöhnte schon beim Ansatz zu der Bewegung vor Schmerz auf und preßte das nasse Handtuch vorsichtig gegen sein Auge.

»Hannelore . . . Sei doch nicht lächerlich! Es war der Kerl!«

»Also los! Der Reihe nach!« sagte der Doktor ungeduldig, »was ist geschehen, und wie ist es geschehen?!«

»Wir waren also in *Anatevka* . . .«

»Weiter, weiter!«

»Der Kerl muß uns schon aufgelauert haben, als wir das *Deutsche Theater* verließen. Wir fuhren in die Maximilianstraße . . .«

»Mit Hannelores Wagen?«

»Nein, natürlich mit einem Taxi. Du kennst doch die nette Weinstube hinter den Kammerspielen . . .«

»Kenne ich.«

»Dort tranken wir zunächst eine Flasche Mosel gegen den Durst. Und später, um das Du zu begießen . . .«

»He, das ging aber schnell!«

» . . . eine Flasche Sekt. Und dann noch eine. Wir waren so ziemlich die letzten Gäste, die das Lokal verließen. Auf der Straße weit und breit kein Mensch. Wir gingen zu dem Taxistand am Max-Denkmal . . .«

»Schleswig-Holstein meerumschlungen?«

»Mehr oder weniger umschlungen. Warum auch nicht? Wir waren uns ja durchaus nicht unsympathisch. Und dann trat er plötzlich aus dem Schatten einer Baubude. Ein Brocken von einem Kerl, nicht viel größer als ich, aber fast doppelt so schwer. ›Guten Abend, Doktor Golling!‹ — sagte er. ›Da irren Sie sich aber beträchtlich!‹ — sagte ich oder wollte ich sagen. Neben mir tat Hannelore einen Schrei. Und im gleichen Augenblick hatte ich den ersten Kinnhaken weg. Und zwei oder drei weitere folgten, ehe ich überhaupt begriffen hatte, worum es ging . . .«

»Manfred Sichler aus Harpfing!« rief der Doktor.

»Er hat sich mir nicht vorgestellt«, ächzte Alois Seehuber, »aber Hannelore schrie ihren Fredi an, daß er sich in mir irre. Und er schrie sie an, daß sie gleich ein paar furchtbare Watschen fange, wenn sie nicht ihre verdammte Gosch'n halte. Immerhin kriegte ich einen Prügel zu fassen, Holz lag ja in Mengen herum, und drosch auf den Kerl ein. Er muß auch einiges abbekommen haben. Aber hinter seinen Fäusten lag mehr Druck und Gewicht. Er ließ erst von mir ab, als Hannelore lauthals nach der Polizei schrie. Da drehte er sich um, bekam sie zu fassen, drückte ihr eine Pratze vor den Mund und zerrte sie trotz ihres Gestrampels und Gezeters mit sich fort. Wahrscheinlich zu seinem Wagen, denn kurz darauf flammten die Scheinwerfer eines Autos auf, das fünfzig Schritt weiter am Völkerkundemuseum geparkt hatte. Eine Tür knallte zu, und der Wagen brauste mit quietschenden Reifen davon. Das war's . . .«

Der Doktor holte tief Luft. Er nahm Alois Seehuber das Handtuch ab und ging zum Waschbecken, um es frisch anzufeuchten.

»Das tragische Opfer einer Verwechslung . . .«, murmelte er und biß die Zähne zusammen.

»Halts Maul!« knurrte Alois Seehuber. Es wäre auch zuviel gewesen, von ihm Humor zu verlangen.

»Ich verarzte dich nach der Sprechstunde«, sagte der Doktor. »Ich werde versuchen, pünktlich um zwölf Uhr Schluß zu machen. Schick deine Weiber heim und komm zu mir rüber, wenn ich dir Bescheid gebe, daß die Luft rein ist. Inzwischen bringe ich dir einige Salben. Schmier die Schwellungen dick ein — aber ich fürchte, daß du gesalbt oder ungesalbt vierzehn Tage brauchen wirst, um wieder wie ein Mensch auszusehen!«

»Vierzehn Tage! Mann, wie stellst du dir das vor? Ich kann doch den Laden nicht einfach dichtmachen!«

»Du müßtest vier Wochen lang pausieren, wenn du dir den Haxn gebrochen hättest — und für immer, wenn es das Genick gewesen wäre.«

Alois Seehuber zischte einen haarsträubenden Wunsch und blitzte den Doktor aus einem Auge mordlüstern an.

»Sprich dich ruhig aus, wenn es dich erleichtert«, sagte der Doktor liebenswürdig, »und wechsle die Umschläge so oft wie möglich. Es kühlt . . .«

Er lief in seine Praxis hinüber, packte aus seinem Medikamentenvorrat eine Flasche mit essigsaurer Tonerde und ein halbes Dutzend Tuben mit Wund- und Heilsalben zusammen und lieferte sie ab.

»Und was soll nun weiter geschehen?« fragte Alois Seehuber. Er machte einen völlig entmutigten und zerstörten Eindruck.

»Wie gehabt!« antwortete der Doktor. »Mach den Laden zu und richte eine Art Journaldienst ein, bei dem deine Mädchen sich abwechseln. Die Post läßt du dir nach Hause bringen.«

»Und die laufenden Termine?«

»Absagen! Ich stelle dir ein Attest aus, daß du an einer bösartigen Kiefervereiterung leidest, die mit großer Wahrscheinlichkeit eine klinische Behandlung notwendig macht.«

Alois Seehuber ergab sich in sein Schicksal: »Was bleibt mir anders übrig? Schick die Mädchen heim und sag ihnen, daß sie mit dem Journaldienst morgen beginnen sollen. Ich werde heimschleichen, sobald es dunkel ist. Hoffentlich fällt meine Schwester nicht in Ohnmacht. Du weißt, sie erwartet das vierte Kind!«

»An Versehen glaubt man nur noch in Khoranshar«, grinste der Doktor. »Kann ich sonst noch etwas für dich tun? Soll ich dir etwas zu essen besorgen lassen?«

Alois Seehuber schien allein der Gedanke an Essen Übelkeit zu bereiten: »Monika soll mir einen Liter Milch und zwei Flaschen Selters holen. Ich habe nichts als Durst, einen höllischen Durst.«

»Wird erledigt!«

Der Doktor wandte sich zum Gehen, aber Alois Seehuber seufzte so erbarmungswürdig auf, daß er noch für einen Augenblick verhielt: »Noch was, alter Spezi?«

»Und dazu noch die Pleite«, stöhnte der alte Spezi händeringend, »ich weiß nicht, wie ich die Miete und wie ich die Löhne für die Mädchen aufbringen soll . . .«

Der Doktor machte ein Gesicht, als höre er das Trapsen der berühmten Nachtigall überdeutlich. Unwillkürlich preßte er die Hand auf die Tasche, in der er sein Portemonnaie trug.

»Übrigens — die Sichlers besitzen in Harpfing eine Strickwarenfabrik. Kein Weltunternehmen, aber sie backen ihre Brötchen. Der Junge ist, soviel ich weiß, Juniorpartner. Für den Spaß, den er sich mit dir geleistet hat, solltest du ihn blechen lassen. Ich würde mir an deiner Stelle einen tüchtigen Anwalt nehmen . . .«

Das Zyklopenauge wurde groß und begann zu leuchten: »Das ist gar keine dumme Idee. Ich könnte Dr. Salfrank anrufen, einen alten Fuchs, der mich seinerzeit als Sozius in seine Kanzlei holen wollte . . .« Das Leuchten erlosch, das Auge des Zyklopen schloß sich resignierend: »Aber wie soll's inzwischen weitergehen?«

»Dein Alter Herr . . .«

»Hör schon auf! Der Alte hat mir letzten Sonntag ein Ultimatum gestellt: wenn die Kanzlei nach drei Monaten nicht von selbst läuft, sperrt er die Zuschüsse. Er hat keine Lust, sein Geld in ein Faß ohne Boden zu werfen.«

»Ich habe eine Kleinigkeit auf der hohen Kante«, sagte der Doktor vorsichtig. »Wenn dir mit einem Tausender geholfen ist . . .?«

»Mann!« ächzte Alois Seehuber und breitete die Arme aus, als wolle er sich dem Doktor an die Brust werfen. »Du bist die Rettung! Wenn ich einmal reich bin . . .«

Der Doktor löste im Kopf eine kleine Rechenaufgabe: »Du bekommst den Scheck heute nachmittag. Damit ist die Miete für die nächsten drei Monate bezahlt. Einverstanden?«

»Mir fallen Zentnergewichte vom Herzen!«

Der Doktor verabschiedete sich zum letztenmal. Er hatte das Gefühl, verhältnismäßig billig davongekommen zu sein. Ein Wort von den Ereignissen des heutigen Vormittags wäre ihn sicherlich bedeutend teurer zu stehen gekommen. Den Damen, denen er die Aufträge ihres Chefs ausrichtete, waren die unverhofften Sommerferien in der Badezeit durchaus nicht unwillkommen.

»Aber nun möchten wir doch wissen, was unserem Doktor passiert ist!« sagte Fräulein Stolz energisch.

»Er sieht nicht besonders vorteilhaft aus«, antwortete Werner Golling leichthin. »Ein kleiner Autounfall. Man sollte die Trennwände in den Taxis wirklich abschaffen. Er ist beim Bremsen mit dem Gesicht nach vorn geschleudert worden. Die Nase sieht nicht sehr appetitlich aus . . .«

»Aber das ist doch kein Grund, um sich einzusperren!«

»Aber meine Damen, kennen Sie uns Männer so wenig? Auch wir sind nicht frei von Eitelkeit . . .«

Endlich konnte er sich wieder seinen Patienten widmen. Ihre Geduld war bewundernswert. Inzwischen waren zwei neue dazugekommen, und er hatte so viel zu tun, daß er seine Absicht, Hannelore anzurufen, auf die Mittagspause verschob. Kurz vor zwölf konnte er den letzten Patienten entlassen. Als er im *Königshof* anrief, erfuhr er, daß Fräulein Danner ihren Aufenthalt vorzeitig abgebrochen habe und am frühen Vormittag heimgefahren sei. Er legte auf und wählte die Nummer des *Schwanenbräu* zu Harpfing. Sein »Schwiegervater« meldete sich, und seinem unbefangenen herzlichen »Servus, Werner, wart ein Momenterl, ich stecke nach oben durch« entnahm der Doktor, daß der Danner von der Entwicklung, die die Dinge genommen hatten, ahnungslos war. Sekunden später war die Verbindung mit Hannelore hergestellt, aber bevor er dazu kam, etwas zu sagen, hatte sie die Leitung schon in Beschlag genommen. »Hallo, Werner, wo steckst du nur? Seit acht Uhr habe ich dich mindestens ein dutzendmal zu erreichen versucht. Onkel Paul erzählte mir, du seist in der Praxis. Aber dort meldete sich niemand . . .«

»Ich war im *Grandhotel*, um den Emir zu behandeln.«

»Darum also!«

»Ja, darum! Aber nun einmal zu der Geschichte von heute nacht . . .«

»Schrecklich, nicht wahr?« sprudelte sie los. »Dieser fürchterliche Mensch! Den armen Alois Seehuber so zuzurichten! Und alles, weil er ihn für dich hielt. Du kannst mir glauben, ich habe ihm meine Meinung gehörig gesagt!«

»Er wird von Herrn Seehuber auch noch einiges zu hören kriegen. Und das wird ihm meiner Ansicht nach bedeutend unangenehmer in den Ohren klingen.«

»Ja, er soll ihm nur ordentlich Saures geben!«

»Mit dem Sauren allein wird es nicht abgetan sein. Die Kanzlei bleibt für mindestens drei Wochen geschlossen . . .«

»Hat er ihn so arg zugerichtet?«

»Das kann man wohl sagen . . .«

»Wenn es Herrn Seehuber tröstet — der Manfred hat auch einiges abbekommen.«

»Ich werde es ihm ausrichten. Aber ob es mit diesem Trost getan sein wird, möchte ich bezweifeln. Und jetzt laß mich ausreden, ich war nämlich noch nicht ganz fertig. Also erstens: Herr Seehuber muß seine Kanzlei schließen. Zweitens: Herr Seehuber muß Dutzende von Terminen und Verhandlungen absagen, und drittens kann er in seinem Zustand natürlich auch keine neuen Klienten empfangen. Mit einem Wort, Herr Sichler wird sich auf eine saftige Schadenersatzforderung gefaßt machen müssen.« Er lauschte lange in den Apparat, aber er hörte nicht einmal ihren Atem.

»Hallo, bist du gestorben?«

Es kam ein langer Seufzer, dem zwei Worte folgten: »Armer Fredi!«

»Armer Fredi!« knurrte er böse. »Der arme Fredi wird von Glück sagen können, wenn er nicht wegen schwerer Körperverletzung hinter Gitter kommt.«

»Um Himmels willen, Werner, das sagst du doch nicht im Ernst!«

»Und ob ich das im Ernst sage! Aus welchem Grund sollte Alois Seehuber keine Strafanzeige stellen?«

Wieder hörte er lange nichts, und dann kam die zaghafte Frage: »Sag einmal, Werner, wäre es nicht möglich, daß die beiden sich gütlich einigen? Schließlich war das Ganze ja ein unglückseliger Irrtum . . .«

»Ich bin nicht befugt, für meinen Freund Seehuber zu verhandeln. Aber unter gütlicher Einigung verstände ich, daß Herr Sichler zum mindesten für den ganzen Schaden aufkommt, den er angerichtet hat. Von einem Schmerzensgeld will ich gar nicht reden . . .«

»Ich werde noch heute mit Fredi sprechen. Darf ich dich anrufen, wenn ich ihn getroffen habe?«

»Natürlich darfst du. — Aber Fredi hier und Fredi da und Fredi vorn und Fredi hinten, das klingt mir doch ein wenig merkwürdig in den Ohren. Ich dachte, du hättest dem Herrn den Laufpaß gegeben . . .«

»Hatte ich auch . . .«

»Aber?« fragte er. Er hörte ein Hüsteln. Oder war es ein Kichern? »Aber?« wiederholte er ungeduldig und gereizt.

»Ach Werner, ich habe ja nicht geahnt, daß Fredi soviel Temperament hat . . .«

»Temperament!« murmelte er kopfschüttelnd und legte auf. Wahrhaftig, die Liebe schien in Harpfing seltsame Wege zu gehen.

Er hängte den Kittel in den Schrank und holte Alois Seehuber in die Praxis herüber. Der arme Kerl sah im unbarmherzigen Tageslicht noch scheußlicher aus, als Werner Golling ihn in Erinnerung hatte. Die dick aufgetragene Zinksalbe klebte weiß auf seinem Gesicht wie die groteske Maske eines Clowns.

»Wirklich, Loisl«, murmelte der Doktor blinzelnd, »deiner Frau Schwester solltest du in ihrem Zustand deinen Anblick möglichst ersparen!«

»Was soll ich nur meinen Leuten erzählen?«

»Dasselbe, das ich deinen Büromädchen erzählt habe, daß du in einem Taxi bei einem scharfen Bremsmanöver mit dem Schädel in die Trennscheibe gerannt bist.«

»Das nimmt mir doch kein Mensch ab.«

»Als Anwalt müßtest du eigentlich darauf trainiert sein, auch unglaubwürdige Sachen glaubwürdig vorzutragen . . .«

Und dann rekapitulierte er vor dem aufhorchenden Spezi das Gespräch, das er soeben mit Fräulein Danner geführt hatte. Das Zyklopenauge begann aufzuleuchten.

»Hm — gütliche Einigung —, was könnte man dem Halunken abknöpfen? Was meinst du?«

»Deinen Verdienstausfall und deine täglichen Unkosten — und dazu als Mehrwertsteuer sozusagen Arztkosten und Schmerzensgeld. Unter zwei- bis dreitausend Mark würde ich den Raufbold jedenfalls nicht davonkommen lassen . . .«

»Meinst du wirklich, daß er sich darauf einlassen wird?« fragte Alois Seehuber zweifelnd.

»Ich kenne eure Tarife nicht, aber ich möchte doch annehmen, daß sich ein Gerichtsurteil mit Gebühren, doppelten Anwaltskosten und allem übrigen Drum und Dran für den Herrn bedeutend teurer stellen würde.«

»Willst du die Sache in die Hand nehmen, Werner?«

»Da ich schon einmal angefangen habe, wird mir wohl nichts anderes übrigbleiben. Hannelore wird mich wahrscheinlich im Verlauf des Nachmittags anrufen. Es bleibt also bei der Verhandlungsbasis von dreitausend Mark?«

»Mit Spielraum nach oben, aber auch nach unten.«

Der Doktor begleitete Alois Seehuber auf den Korridor hinaus, denn sein Magen begann lebhaft zu knurren.

»Servus, Werner, und schönen Dank für alles!«

»Spar dir die Worte! Ich fühle mich ja ein bißchen mitschuldig an deiner Visage.«

Alois Seehuber humpelte davon. In der Tür zu seiner Kanzlei drehte er sich noch einmal um: »Wenn unser Hannerl anruft«, sagte er mit einem Versuch, zu grinsen, aber es wurde eine abscheuliche Grimasse daraus, »dann frag sie doch, ob sie nicht noch ein paar eifersüchtige Verehrer auf Lager hat. Alle vierzehn Tage einen — und man könnte sich zur Ruhe setzen.«

»Hau endlich ab, du Witzbold, und leck deine Wunden. Ich schau am Nachmittag zu dir herein.«

Er konnte endlich heimfahren. Da der Wagen seit zwei Stunden in der prallen Sonne gestanden hatte, herrschte in seinem Inneren die Temperatur einer auf Höchststufe eingeschalteten Bratröhre. Das Lenkrad glühte, und das Sitzpolster war so heiß wie der Rost, auf dem man den heiligen Laurentius gebraten hatte. Die einzige Abkühlung brachte dem Doktor der Gedanke, daß ihm die Begegnung mit Tante Hedi bevorstand, deren unerschöpflicher Wissensdurst einen Mann schon frösteln lassen konnte. Nach einer viertelstündigen Tortur stellte er den Wagen in der Berwangerschen Garage ab und schlich schweißgebadet zu seinem Zimmer hinauf, ohne jemandem zu begegnen. Da man sich im Haus Berwanger um ein Uhr zu Tisch setzte, hatte er eine gute Viertelstunde Zeit, sich zu duschen und die Wäsche zu wechseln. Mit dem Glokkenschlag eins ließ Elfriede in der Diele den Gong ertönen. Fünf Minuten später wurde das Essen aufgetragen. Der Doktor stieg erfrischt und mit dem selten gewordenen Gefühl eines rechtschaffenen Hungers die Treppe hinab. Manchmal wünschte man sich die Zeiten, in denen es einem weniger gutgegangen war, fast zurück.

Durch die offene Doppeltür des Speisezimmers sah er Onkel Paul an der Kredenz stehen. Vor ihm standen einige flache Kristallschälchen, die Silberdose mit Eiswürfeln und eine Flasche weißer Wermut. Nanu — Aperitifs vor dem Essen gehörten nur bei ganz besonderen Anlässen zu den Gepflogenheiten des Hauses.

»Einen oder zwei Eiswürfel?« hörte er Onkel Paul fragen.

»Zwei, wenn ich bitten darf«, antwortete eine sehr bekannte und geliebte Stimme. Er setzte zu einem Spurt an und war mit vier langen Schritten im Speisezimmer. Und da saßen die Damen einträchtig am runden Tisch und schienen sich prächtig zu verstehen, links Tante Hedi, und rechts Irene!

»Du nimmst doch auch einen, Werner?« fragte Onkel Paul, als ob Irenes Anwesenheit keiner Erklärung wert und die selbstverständlichste Sache von der Welt sei.

»Grüß dich, Werner«, sagte Tante Hedi und deutete auf seinen angestammten Platz, »oder willst du die Rindsrouladen im Stehen zu dir nehmen?«

»Irene . . .«, stammelte er fassungslos, »wie kommst du denn hierher?«

»Furchtbar einfach«, antwortete Tante Hedi für Irene, »wir haben sie abgeholt und mitgenommen.«

»Nun trink mal erst einen Schluck, mein Junge«, sagte Onkel Paul und reichte Werner eine Schale, »du scheinst mir ein bißchen durcheinander zu sein. Was ist mit dir los?«

»Ich glaube wieder an den Weihnachtsmann . . .«, murmelte Werner und leerte das Glas auf einen Zug, »und an den Osterhasen und ans liebe Christkind — und alle sehen genau wie Tante Hedi aus!«

»Er ist ein lieber Junge«, sagte Tante Hedi und tätschelte Irenes Hand, »er konnte sich immer so herzlich freuen, wenn er die Ostereier fand, die wir im Garten versteckt hatten, oder wenn er die Lok für seine Eisenbahn bekam, die er sich gewünscht hatte. Du freust dich doch jetzt auch, Werner, nicht wahr?«

»Ich bitte dich, Tante Hedi«, sagte er und faltete flehend die Hände, »mach es nicht so spannend! Wie bist du auf diese Überraschung gekommen?«

»Ja, glaubst du denn«, antwortete Tante Hedi mit ihrer gewöhnlichen Stimme, die durchaus nichts von der Sanftmut der guten Fee aus dem Märchen an sich hatte, »ja, glaubst denn du, daß ich warten wollte, bis du gnädig geruhst, mir deine Irene vorzustellen? Du hast Onkel erzählt, wie sie heißt und wo sie wohnt. Und da sind wir eben zu ihr hingefahren. Und komisch, als sie mir die Tür öffnete, da wußte sie sofort, wen sie vor sich hatte. ›Tante Hedi, nicht wahr?‹ sagte sie . . .«

»Weil mir in der Aufregung der Name Berwanger nicht einfallen wollte«, fiel Irene erklärend ein.

»Und da sagte ich«, fuhr Tante Hedi fort, »dabei wollen wir es auch bleiben lassen.«

»Ja, genauso war es«, bestätigte Onkel Paul. Er nahm Werner das Glas ab und füllte es zum zweitenmal. »Jetzt bist du einen voraus, was ich dir gar nicht gönne. Dafür gönne ich dir und deiner reizenden und tüchtigen Braut jetzt und für immer alles Glück, das ihr beide euch für die Gegenwart und Zukunft wünscht!«

»Und darauf wollen wir alle miteinander anstoßen!« sagte Tante Hedi feierlich.